KB137514

내가 있는 삶을 위한
반려도서 갤러리

내가 있는 삶을 위한

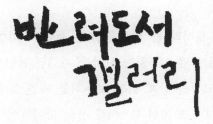

문무학

學而思│학이사

머리말

『반려도서 갤러리』는 서평을 모은 책이다. 학이사 독서아카데미의 독서 클럽 '책 읽는 사람들'과 3년 동안 한 달에 한 권씩 동서양 고전을 함께 읽고 토론회를 가진 36권의 서평이 중심이다. 여기에 2019년 봄, 여름 한국 파이데이아에서 읽은 『플루타르코스 영웅전』과 『그리스 로마 에세이』의 서평을 보태고, 2019년 동대구역 광장에서 펼쳐진 제1회 '울트라독서마라톤' 대회에 참가 완주하면서 읽은 북한판 『황진이』와 소설 『윤동주』가 더해졌다. 그 외, 틈틈이 읽은 10권, 합해서 모두 50권의 책에 대한 서평이다.

『반려도서 갤러리』란 이름이 붙은 것은 『반려도서 레시피』란 책의 자매편이기 때문이다. 굳이 책까지 낼 필요가 있느냐는 의문이 자꾸 고개를 쳐들긴 하는데, 같이 공부한 사람이 여럿 있어서 서평 쓰기를 계속하면 책이 된다는 사실을 보여주고 싶다는 궁색한 변명을 갖다 붙인다. 우리는 모두 어느 분야에서 전문가가 되고 싶다. 자타가 인정하는 전문가가 되는 길은 그 분야의 책을 펴내어 저자가 되는 것이다. 책을 읽고 서평 쓰는 버릇을 들이면 그것이 모여 책이 된다. 그러면 저자가 되어 '내가 있는 삶'을 살 수 있게 될 가능성이 높아진다.

책이 읽히지 않는 시대라고 하지만, 역사가 있은 이후로 여전히 책은 문화의 중심이고 창조의 핵이었다. 따라서 어느 시대나 어느 나라에서나 앞서가는 사람들은 책과 함께 걸었고, 책에서 얻은 지혜를 활용했다. 그래서 Leader는 Reader라는 사실을 증명했다. 그런데 책을 읽는 사람이 적지 않지만, 책을 읽고 독후 활동을 제대로 하는 사람은 생각보다 훨씬 적다. 책의 마지막 장을 덮는 것으로 그 책을 다 읽었다고 생각하는 것은 착각이다. 책을 읽지 않는 것과 별반 다를 게 없다고 보아도 크게 틀리지 않는다.

다 읽고 덮은 책장을 다시 들추어 어떤 내용이었던가? 얻은 것이 무엇인가? 등을 생각하고 읽은 책이 좋은 책이었는가, 혹은 좋은 책이 아니었든가 하는 내 생각을 정리해야 한다. 그 생각이 바로 서평이다. 서평을 쓰면 책의 내용이 기억된다. 기억되어야 활용할 수 있다. 책 읽고 그만 던져두면 휘발성 독서가 되지만, 서평 한 번 쓰면 남는 독서가 된다. 그 남는 것이 무엇인가? 창조의 씨앗이며, 지혜의 싹이며, 삶의 격을 높이는 사다리다. 아무쪼록 서평에 관심 있는 사람들에게 참고가 되었으면 좋겠다.

2020년 9월
문무학

차례

I

차례

II

III

IV

독서 논문

I

예술과 사랑

William Somerset Maugham, 송무 옮김
『The Moon and Sixpence』
민음사, 2016.

　『달과 6펜스』라는 소설 제목 속, 한글 '과'는 둘 이상의 사물을 같은 자격으로 이어주는 접속 조사다. 영어 'and'도 보통 어·구·문을 대등하게 잇는 문법 기능을 가진다. 그러고 보니 접속 조사는 참 힘이 세다. 전혀 같은 자격으로 놓을 수 없는 것으로 여겨지는 것들을 같은 자리에 놓을 수 있으니까 말이다. 같이 있어서는 안 될 것 같은 것이 같이 있는 제목에서 풍기는 이 강한 흡인력, 무엇인가 다른 생각들로 차 있을 것 같다.

　이 소설의 제목을 삶의 '품격과 천격'이라는 말로 바꿀 수도 있겠다 싶다. "달이 영혼과 관능의 세계, 또는 본원적 감성의 삶에 대한 지향을 암시한다면, 6펜스는 돈과 물질의 세계,

그리고 천박한 세속적 가치를 가리키면서, 동시에 사람을 문명과 인습에 묶어두는 견고한 타성적 욕망을 암시한다."는 해설자의 설명에 의해서다. 그것이 더 이상의 상상을 불허한다. 그러고 보면 이때의 해설은 책 읽기에서 독毒 한 줄이다.

『달과 6펜스』가 프랑스 후기 인상파 화가 Paul Gauguin을 모델로 했다는 사실은 널리 알려져 있다. 중년의 증권 브로커가 탈 없이 잘 살다가 느닷없이 화가가 되겠다고 처자며 직업이며 모든 것을 다 버리고 집을 나가 버린다. 그는 파리의 뒷골목을 떠돌다가 태평양의 외딴 섬 타히티로 간다. 그 섬에서 그림을 그리며 살다가, 문둥병에 걸려 장님이 되었지만 신비로운 그림을 완성하고 죽음을 맞는다는 줄거리를 갖는다.

화가 폴 고갱을 모델로 했다 해도, 작가의 심정적 개입을 의심하지 않을 수 없다. 서머싯 몸은 1874년에 태어났고 『달과 6펜스』는 1919년에 출판되었다. 작가의 나이 45세, 마흔의 한 중간이다. 이때 작가는 전성기를 구가했다. 소설의 주인공 스트릭랜드, 그가 몇 살에 집을 뛰쳐나갔던가? 작가와 소설 속의 주인공이 같은 마흔 중반이라는 사실은 이 소설과 전혀 관계가 없을까? 그냥 지나쳐버려도 되는 건가? 고개를 갸웃거려본다.

도입부에서 "예술에서 가장 흥미로운 부분은 예술가의 개성이 아닐까 한다. 개성이 특이하다면 나는 천 가지 결점도 기꺼이 용서해 주고 싶다."(8쪽)고 했다. 이는 주인공 스트릭랜드의 보통 사람들이 이해하기 어려운 부도덕과 뻔뻔스러움을 용서해야 할 이유를 제시하고 있다. 예술은 그런 부도덕과 뻔뻔스러움을 먹어야만 꽃으로 피는가 하는 의문을 갖지 않을 수 없게 한다.

그러나 소설의 끝에서 스트릭랜드는 기이하고 환상적인 그림, 공간의 무한성과 시간의 영원성이 섬뜩하게 느껴지는 그림이 그려진 "집에 불을 지른 다음 모조리 탈 때까지, 작대기 하나 남지 않을 때까지 떠나지 말라"(298쪽)는 유언을 남긴다. 그 유언을 그의 아내 아티가 받아들였다. 그리하여 위대한 걸작이 사라지게 되었다. 어쩌면 사라져서 더 위대한 걸작이 되었는지도 모른다. 그마저 작가의 개성이라는 보자기에 싸지 않을 수 없다.

사랑은 또 어떤가? "사랑에 자존심이 개입하면 그건 상대방보다 자기 자신을 더 사랑하기 때문이야."(152쪽)라는 말이나 "사랑은 사람을 실제보다 약간 더 훌륭한 존재로, 동시에 약간 열등한 존재로 만들어 준다. 사랑에 빠진 사람은 이미 자기가 아니다. 더 이상 한 개인이 아니고 하나의 사물, 말하자면 자기 자아에게는 낯선 어떤 목적의 도구가 되고 만다."(159~160쪽)는 문장에서 쉬어가지 않을 수 없다.

이해하기 어려운 예술가의 사랑, 아니 스트릭랜드 사랑에 대해서 "애정에 대한 개념이란 개성에 따라 형성되기 마련이지만 사람마다 다르지 않을까 한다. 스트릭랜드 같은 사람에게도 자기 나름의 사랑법이 있을 것이"(160쪽)라고 한다. 예술에서 개성이라는 말에 그 어떤 일이라도 용서하고도 남을 가치가 정말 있기는 한가. 이는 결국 예술지상주의와 다름없다. "스트릭랜드는 불쾌감을 주는 사람이긴 했지만, 나는 지금도 그가 위대한 인간이었다고 생각한다."(221쪽)는 판단 때문이다.

『달과 6펜스』는 고전이다. 고전이 될 수 있었던 것은 이렇게 단답형이 아닌 예술과 사랑의 개념 때문이 아닐까 싶다. 예술과 사랑이 궁금하고 예술을 사는 삶이 어떤가가 궁금해진다면 이 책을 펼치면 될 것이다. 그러나 이 책에 답은 없다. 이 책은 단지 생각을 더 깊고 넓게, 또 오래 하게 할 것이다. 그리하여 읽는 사람이 그 답을 스스로 만들 수 있게 해준다. 그 짜릿한 경험을 맛보고 싶다면 망설일 필요가 없다.

그런 생각을 더 깊게 해줄 다음 문장들에 나는 밑줄을 치지 않을 수 없었다. "작가는 글 쓰는 즐거움과 생각의 짐을 벗어버리는 데서 보람을 찾아야 할 뿐, 다른 것에는 무관심하여야 하며, 칭찬이나 비난, 성공이나 실패에는 아랑곳하지 말아야 한다는 것이다."(17쪽), "아스팔트에서도 백합꽃이 피어날 수 있으리라 믿고 열심히 물을 뿌릴 수 인간은 시인과 성자뿐이 아닐까."(70쪽) 6펜스로는 살 수도 없고, 어쩌면 6펜스로 사고 남을 말이기도 하다.

그냥 씨익 웃음이 나왔다

김만중, 송성욱 옮김
『구운몽』
민음사, 세계문학전집 72, 2016.

한 편의 소설이 어떤 목적을 가지고 쓰여졌다면, 그 소설의 평가는 그 목적이 이루어졌는가, 아닌가의 여부로 판단할 수 있을 것이다. 그런 측면에서 이 소설은 충분히 평가할 만하다. 목적을 달성했기 때문이다. 이 소설의 마지막 장을 덮으며 그야말로 씨익 웃었다. 역자가 해설한 마지막 문장도 "서포西浦의 어머니가 이 소설을 읽었다면 (…) 피곤했던 평생을 잠시나마 위로받았을 것이다."라고 했다. 따라서 웃음과 위로는 같은 선상에 놓인다.

이 소설은 조선 숙종 때 서포 김만중(1637~1692)이 인현왕후 민씨 폐비를 반대하다가 평안북도 선천(남해)¹⁾으로 유배되었는데, 어머니 윤 부인의 생신을 맞아, 어머니의 소일거리로 지어 보낸 것이다. 서포(귀양지 지명에서 딴 호)의 나이 51세 때다. 『구운몽』은 한글 필사본으로 71편, 한문 활자본으로 127차례나 간행되었다. 이 책은 서울대 규장각본 『구운몽』과 강전섭 소장본 한문본 『구운몽』을 비교하면서 현대어 번역을 시도한 책이다.

『구운몽』은 불제자였던 성진이, "처음에 스승의 책망을 듣고 풍도로 가고 인간 세상에 환생하여 양씨 집의 아들이 되어 장원 급제 한림학사를 하고 출장입상出將入相하여 공을 이루고 벼슬에서 물러나 두 공주와 여섯 낭자와 같이 즐기던 것이 다 하룻밤 꿈이라."(230쪽)는 줄거리를 가진다. 또 소설의 전 과정이 한 편의 시 "인위적인 일체의 법은〔一切有爲法〕, 꿈과 환상 같고, 거품과 그림자 같으며〔如夢幻泡影〕, 이슬과 같고 또한 번개와 같으니〔如露亦如電〕응당 이와 같이 볼지어다〔應作如是觀〕."(233쪽)로 요약되기도 한다.

이 과정이 서포의 어머니에게 위로가 될 것이라고 보는 것은 여덟 여인 모두가 한결같이 솔직하고 당당한 성격의 소유자들로 굳이 윤리에 얽매여 자신의 속마음을 억압하며 살아가는 여성들이 아니었기 때문이다. "혼인 전에는 깊은 규방에서 숨

---

1) 작가연보에는 1687년 선천에 유배되었다가 1688년 유배에서 풀려나고 1689년 남해에 유배되는 것으로 나오고 남해에서 『구운몽』을 지은 것으로 나오지만, 작품 해설에서는 평북 선천에서 쓴 것으로 해설되고 있다. 기록으로 보아 선천에서 지었을 가능성이 높은 것으로 보인다.

어 지내야 했고, 혼인한 후에는 남편을 따라 시집에서 살아야 하는 삶의 단절에 대한 비애를 느꼈을 것이다. (…) 그러한 삶의 질곡을 과감하게 벗어 던지고 살고자 하는 여덟 여인의 행적을 통해 대리만족의 기쁨을 느꼈을 수도 있기 때문이"라고 보는 것이다.

한편으로는 서포가 대장부로서 꿈꾸는 삶을 드러낸 독백이라고 보아도 될 것이다. 윤씨 부인은 맹자의 어머니에 비교될 만큼 교육에 정성을 쏟았고, 유복자 서포를 바르게 키우기 위해 온갖 고생을 마다하지 않았다. 그런 서포는 벼슬길에 나아가서 임금 앞에서 직언을 불사했다. 그런 강직한 성격으로 인해 관직을 삭탈당하기도 하고 '김'씨 성을 사용하지 못하는 벌을 받을 정도로 정의롭게 살았다. 그리고 결국 유배 생활을 하게 되었는데 양소유와 같은 삶을 살아보고 싶지 않았겠는가?

이 책을 읽는 동안 속계와 선계를 오락가락하고, 현실인 듯 아닌 듯한 분위기에 젖을 수밖에 없었다. 시가 많이 들락거리는 것도 분위기에 크게 간섭한다. 거기다 궁궐어(극존칭어) 사용이 주는 당혹감 내지 신선감은 책을 읽는 사람에게 선계에 든 듯한 느낌을 준다. "소제는 외지 사람이라 설사 두어 수 지어 보았으나 어찌 감히 형들과 더불어 재주를 다투리오?"(40쪽), "천첩이 낭자의 은혜를 갚을 길이 없으니 죽을 때까지 낭자를 뫼셔 떠나지 말고자 하나이다."(72쪽), "날이 저물어 맑은 말씀을 오래 듣지 못하고 물러가나이다."(143쪽), "성은이 이렇게 크시니 천첩의 몸을 갈아 가루를 만들어도 다 갚지 못할 소이다."(152쪽), "하교가 이러하시니 신첩의 복이 달아날까 하나니 오직 성교 거두시기를 바라나이다."(154쪽), "감히 그 연고를 묻나이다."(180쪽), "이 말을 들으니 노래를 못 부를 듯싶고, 낯이 따끈따끈하니 분가시조차 돋으려 하나이다."(196쪽) 등 요즈음 참 듣기 어려운 겸손한 언어의 맛을 볼 수 있다.

외워두고 싶은 낱말도 있다. '천천히'를 고어로 '날호여'라 하고, 미인의 발걸음을 '연보蓮步'라고 한다. 또 모임 혹은 잔치를 고어로 '모꼬지', 분명히, 틀림없이를 '벽벽이', 여자를 밝히면서 얼굴의 곱고 나쁨을 가리지 않는 자를 '등도자登徒者'라 하고, 가지가 드리워진 나무는, 포용력을 뜻하는 '규목樛木', 음력 9월 9일은 '등고절登高節'로 높은 산에 올라가는 오래된 풍습이 있다는 것, 그리고 과거에서 장원壯元 다음을 방안榜眼, 방안의 다음 자리를 탐화探花라고 한다는 말들. 뜻밖의 수확으로 말맛을 느끼는 기쁨이 적지 않다.

첫 부분에 두보의 시로 시작되어 마지막에 육관대사의 가르침이 요약된 시로 마무리되고 시를 주고받는 장면이 여러 차례 등장한다. 그런 풍류를 느끼기도 하지만 현대시로 이어지기도 한다. 양생과 진채봉이 처음 '양류사楊柳詞'란 시를 주고받는 걸 보면서 김소월의 "실버들을 천만사 늘어놓고도 가는 봄을 잡지도 못한다 말인가"라는 「실버들」이 떠올랐고, 2처 6첩의 이름을 보며 윤동주의 「별 헤는 밤」에 나오는 "패, 경, 옥, 이런 이국 소녀들의 이름과"라는 구절이 떠오르기도 했다.

꿈과 관련해서는 장주의 나비의 꿈을 빌려 "성진과 소유가 누가 꿈이며, 누가 꿈이 아니뇨?"(231쪽)라고 묻고 있다. 소설에서 꿈을 빌려오는 것은 현실적으로 해결할 수 없는 문제들을 해결하는 장치다. 프로이트는 『꿈의 해석』에서 무의식의 발로로 보기도 했다. 문학 작품에서 꿈이 자주 활용되는 것은 꿈의 이런 속성 때문이다. 한국 고전소설 가운데 작품의 표제가 '몽' 자로 끝나는 소설을 '몽자류 소설'이라고 부르기도 하는데, 『구운몽』이 대표적이고 『옥린몽玉麟夢』2), 『옥루몽玉樓夢』3), 『유화기몽柳花寄夢』4), 『이화몽梨花夢』5) 등이 있다.

책장을 덮으며 씨익 웃음이 나오는 책이라고 해서 가볍다고 생각하는 것은 금물, 이 책의 언어로 소설의 의미를 말하면 아아峨峨하고 양양洋洋하다. 생각의 깊이와 넓이에 따라서 맑은

---

2) 조선 숙종과 영조 때 문인 이정작이 지은 장회(章回)소설, 중국 송나라를 배경으로 범(范)공자와 그의 두 처인 유(柳) 부인과 여(呂) 부인 사이의 갈등으로 빚어지는 가문의 비극을 그린 내용이다, 한글본과 한문본이 있다. 7권 7책.

3) 조선후기에 남영로가 지은 몽자류 소설. 주인공 양창곡이 만국을 토벌한 공으로 연왕으로 책봉되어 2처 3첩을 거느리고 호화로운 생활을 누리다가 하늘로 올라가 선관이 되었다는 내용.

4) 작자 연대 미상의 고전 소설, 국문활자본, 영웅소설의 일종으로 주인공의 출생(남녀불문의 불구자) 과정이 특이한 10회 장회 소설이다.

5) 지송욱이 지은 신소설, 국문필사본 1914년 신구서림.

물로 고일 것이 차고 넘치기 때문이다. 문학사적으로는 고대소설의 형식 완성, 한글 소설, 몽자류 소설을 유행시킨 계기 등의 의미가 있다. 꿈 이야기이지만 꿈이 아닌 듯한 이야기 속에서 인생의 의미 한 갈래를 만져보는 듯하다. 나이 든 사람에겐 "언제 공을 이루고 물러나 세상 밖 한가한 사람이 될꼬?"(134쪽)라는 문장이 인상적일 수 있는데, 필자는 세상 밖 한가한 사람은 이미 되었는데, 이룬 공이 없으니 그, 참, "어찌 한심하지 않으시리이까?"

관계없음으로 더 강하게 관계되는

George Orwell, 도정일 옮김
『Animal Farm』
민음사, 2016.

　　"그러나 누가 돼지고 누가 인간인지, 어느 것이 어느 것인지 이미 분간할 수 없었다."는 마지막 문장을 읽을 때 떠오른 것은 돼지 '나폴레옹'이 아니고 '스탈린'이었다. Joseph Stalin(1879~1953). 소련의 공산당 서기장과 국가평의회 주석을 지냈던 독재자. 소비에트 전체주의의 설계자로 국제사회의 차가운 주시와 우려 속에서도 강력한 군사력으로 세계를 핵무장의 시대로 이끈 20세기 공포정치의 상징적 인물이다. 그가 통치하던 시대에 개인의 자유는 말살되었고, 생활 수준도 형편없었다.

스탈린을 떠올린 이유는 그가 없었다면 이 작품이 쓰이지 않았을 것이기 때문이다. 이 소설은 세계 3대 디스토피아 dystopia 소설6) 중의 하나인 『1984년』을 쓴 조지 오웰이 스탈린주의를 비판하기 위해 쓴 작품이다. 그는 "정치적 목적과 예술적 목적을 하나로 융합해 보고자 한, 그래서 내가 뭘 하고 있는지 충분히 의식하면서 쓴 첫 소설"(『나는 왜 쓰는가?』 149쪽)이라고 밝히고 있다. 그 줄거리를 아주 짧게 정리하면 인간이 경영하던 농장에서 인간에게 착취당하던 동물들이 인간을 내쫓고 동물농장을 세운다는 것.

스탈린을 비판하는 정치적 목적만을 위해서라면 글을 쓸 것이 아니라 반대하면서 목소리를 높이고 시위나 하는 정치적 방법으로 접근해야 할 것이다. 정치적 방법이 아닌 방법으로 정치적 문제를 드러내기 위해 예술에 손을 내밀었다. 예술적 목적과 융합시키는 묘책인 수사법을 찾은 것이다. 인격화한 동식물이나 기타 사물을 주인공으로 등장시켜 그들의 행동 속에 풍자와 교훈의 뜻을 나타내는 우화의 방식을 택한 것이 그것이다. 살벌한 정치 이야기를 우화를 통해 재미와 버무려 전달력

---

6) dystopia 유토피아와 반대되는 가상 사회를 가리키는 말이다. 이 사회는 주로 전체주의적인 정부에 의해 억압받고 통제받는 모습으로 그려지는데, 러시아 자미아틴의 『우리들』, 올더스 헉슬리의 『용감한 신세계』, 조지 오웰의 『1984년』이 세계 3대 디스토피아 소설이다.

이 강한, 상징성이 큰 우화 소설로 창작한 것이다.

이 소설의 정치적 목적은 "권력 자체만을 목표로 하는 혁명은 주인만 바뀌는 것으로 끝날 뿐 본질적 사회 변화를 가져오지 못한다는 것, 대중이 깨어 있으면서 지도자들을 감시 비판하고 질타할 수 있을 때에만 혁명은 성공한다."(153쪽)는 메시지다. 인간을 몰아내는 혁명을 한 동물 농장에서 "농장은 그 자체로는 전보다 부유해졌으면서도 거기 사는 동물들은 하나도 더 잘 살지 못하는 (물론 돼지(볼셰비키)와 개들(비밀경찰)은 빼고) 그런 농장이 된 것 같았다."(113쪽)는 말에서 그 메시지가 분명히 드러난다.

예술적 목적에서는 이야기를 흥미 있게 이끌어가는 것이 매우 중요한데, 이 소설은 후대에 우화를 매우 진지하고 훌륭하게 사용했다는 평가를 받는다. 서구 우화의 전통은 BC 6세기의 이솝[7] 우화가 효시다. 우화는 그다지 길지 않았으며 그 형식은 17세기 프랑스의 장 드 라 퐁텐[8]의 작품에서 그 절정에 달했

---

7) Aesop (620?~520? B.C.) 고대 그리스의 우화 작가. 원래는 사모스 사람인 이아드몬의 노예였으나 기지가 뛰어나 노예의 신분에서 풀려 자유인이 되었다고 한다. 예) 「염소와 나귀」 염소가 나귀의 먹이가 더 좋은 것을 질투하다가 나귀에게 너는 일을 많이 했으니 상처를 만들어서 좀 쉬라고 충고했는데 나귀의 상처를 고치려면 염소의 생간이 필요하다는 말을 듣고 주인이 염소를 죽여버렸다.

다. 그 후 19세기에 들어 아동문학이 번창하면서 새롭게 각광받기 시작한 수사법이다. 작가는 우화로 정치와 예술 그리고 그 목적을 융합시켰다.

책 끝에 "1943년 11월~1944년 2월"이라고 작품을 쓴 기간이 적혀 있는데, 우리가 일제로부터 해방되던 날로부터 이틀 후에 출판되었다. 우리의 해방과 이 책은 아무런 관계가 없다. 그러나 일제강점과 스탈린 독재는 줄긋기를 하지 않을 수는 없다. 우리의 일제강점기는 스탈린 독재시대다. 이 책이 나오고 오웰은 『1984년』을 썼다. 그리고 1950년 사망했다. 우리가 일제로부터 당한 36년, 조지 오웰의 『동물농장』과 『1984년』은 관계없음을 강조하는 것에서 더욱 강하게 관계 지어진다.

---

8) Jean de La Fontaine (1621~1695) 프랑스의 시인이자 동화작가. 라 퐁텐의 우화는 이솝 우화에 비해 내용 면에서 인간 풍자의 강도가 깊다. 예)「구두쟁이와 부자 이야기」어느 한 부자가 잠을 제대로 이루지 못했다. 노래를 좋아하는 구두쟁이가 매일 밤 노래를 불러대어 잠을 이룰 수 없었던 것이다. 그는 시장에서 잠은 왜, 살 수 없는지 불평한다. 참다못해 부자는 구두쟁이에게 돈을 줄 테니 노래를 부르지 말라고 부탁한다. 구두쟁이는 이게 무슨 행운이냐면서 부자에게 돈을 받는다. 그러고 난 후 돈을 어디에 숨겨야 할지 몰라 안절부절한다. 구두쟁이는 노래를 부르지 못해서 행복하지 못하다고 느낀다. 그런 후 구두쟁이는 부자에게 돈을 되돌려주고 돈보다 중요한 걸 깨닫게 된다.

일지반해—知半解[9]의 책

일연, 김원중 옮김
『삼국유사』
민음사, 2016.

    『삼국유사』, 초등학교 시절부터 저자의 이름을 듣고 책 제목을 알고 있던 책. 이 책은 분명 읽은 적이 있다. 그런데 안 읽은 책 같다. 향가를 공부하며 읽었고, 대학원 박사과정 졸업할 때 한문 시험 준비하면서도 『고문진보』와 함께 초조하게 읽은 기억도 있다. 또 본서가 아니라도 여기서 조금 저기서 조금 조각으로도 많이 읽었다. 그런데도 이 책은 내게 언제나 일지반해다. 이 책의 넓이와 깊이 때문이다. 작정하고 읽어도 그럴 수밖에 없다. 내 앎의 좁음과 얕음이 그 넓음과 깊이를 감당하기

---

9) 하나쯤 알고 반쯤 깨닫는다는 뜻. 지식이 충분히 제 것으로 되어 있지 않거나 많이 알지 못함을 이르는 말.

어렵기 때문이다.

이 책에 대한 가장 간단한 해설은 "고려 충렬왕 11년(1285년)에 중 일연이 쓴 역사책, 단군 기자 대방 부여의 사적과 신라 고구려 백제의 역사를 기록하고 불교에 관한 기사 신화 전설 시가 따위를 풍부하게 수록하였다."는 것이다. 저자 일연(1206~1289)은 고려시대 중으로 호는 목암睦菴, 무극無極, 고종 때 대선사에 이르고 충렬왕 때 국존이 되었다.

『삼국유사』는 5권 9편목이다. 『권1』의 「기이紀異 제1」은 고조선으로부터 신라 문무왕 이전까지의 기이한 역사적 사실, 『권2』의 「기이 제2」는 문무왕 이후부터의 신라 백제 가락국의 기이한 역사를 다루고 있다. 신라에 초점이 맞춰졌고, 호국 불교의 특색이 강하다. 「기이 제2」, 마지막의 「가락국기」는 일본인들에 의해 임나일본부설의 근거가 되는 '가야' 사이며, 김부식의 『삼국사기』에서 철저히 외면당한 비극적 왕조 이야기라 주목되는 항목이다.

『권3』의 「흥법興法 제3」은 불교 도입과 관련된 일, 「탑상塔像 제4」는 탑과 불상을 만든 이야기, 『권4』의 「의해義解 제5」는 승려들의 이야기, 『권5』의 「신주神呪 제6」은 밀교 신승神僧의 사적이란 뜻이며 밀교승이 신비스러운 주문을 외우기 때문에 붙인 이름이다. 밀교는 비밀불교로 불교의 세계를 거쳐 궁극의 세계라는 의미다. 「감통感通 제7」은 불교 신앙의 기적편, 「피은

避隱 제8」은 세속의 명리를 피해 심산유곡에 은둔하려는 승려의 이야기, 「효선孝善 제9」는 효행에 관한 설화를 묶었다.

여러 번 읽은 책에서도 새롭게 다가오는 의미가 있게 마련인데, 이번엔 "다른 것은 잘 알겠습니다만, 이른바 살생을 가려서 하라는 것만은 잘 알지 못하겠습니다. 원광법사가 말했다. 육재일六齋日[10]과 봄, 여름에는 살생을 하지 말아야 하니, 이는 시기를 가리라는 것이다. 부리는 가축을 죽이지 말라고 하는 것은 말, 소, 닭, 개를 말하는 것이다. 미물을 죽이지 말라고 하는 것은 그 고기가 한 점도 되지 못하는 것을 말하니, 이는 바로 대상을 가리라는 것이다. 또한 죽일 수 있는 것도 꼭 필요한 양만큼만 죽이고 많이 죽이지는 마라, 이것이 세속의 좋은 계다."(425쪽)라는 말이었다.

『삼국유사』는 아무래도 일지반해다. 그래서 「홍법 제3」부터 후반부의 거의 모든 조에 실려 있는 7언 절구 중에서 「감통 제7」의 '영재우적永才遇賊'에 '살생유택'과 함께 시대를 초월해서 살생과, 황금만능주의에 대한 경계 메시지가 담겼음을 알수 있다. "지팡이 짚고 깊은 산속을 찾으니 그 뜻이 매우 깊은데/ 비단과 주옥으로 어찌 마음을 다스리랴/ 숲속의 도적들이여, 서로 주고받으려 하지 말지니/ 몇 푼의 재물도 지옥의 근본

---

10) 몸조심하고 마음을 깨끗이 재계하는 날로 매월 8일, 14일, 15일. 23일, 29일, 30일이다.

이라네."를 새겨두고 싶다.

다시 읽으면 또 다른 어딘가에 끌리게 될 것이다. 그러나 이계복이 쓴 발문에 "내가 생각하건대 선비가 이 세상에 태어나 여러 사서를 두루 보아 천하 정치의 잘잘못과 흥함과 망함, 그리고 여러 이적異蹟까지도 널리 알고자 하는데 하물며 이 나라에 살면서 역사를 알지 못해서야 되겠는가?"라는 구절을 읽으면 읽지 않으면 부끄러울 책이다.

언젠가 책과 관련된 칼럼을 쓰면서 『삼국유사』와 김소월 시집 『진달래꽃』을 국민 필독서로 하자는 주장을 편 바가 있는데, 이 책은 내가 일지반해해도 자꾸 읽지 않으면 안 될 책이다. 일지전해─知全解하는 그날까지, 이 책은 오래전 이야기이지만 품에 안아보지 않으면 안 될 이야기들이다. 그 이야기가 상상력을 부추겨 내일로 이어질 것이기 때문이다. 책 부피에 놀라지만 않는다면 절대 지겨운 책도 아니다.

답이 아닌 생각을 얻다

Jean-Paul Sartre, 정명환 옮김
『문학이란 무엇인가?』
민음사, 2016.

Jean-Paul Sartre. 이 이름을 언제 처음 들었을까? 잘 기억되지 않는다. 기억을 더듬고 더듬어보니 아마 소설 『구토』로부터 비롯된 것이 아닐까 싶다. 그런데 『구토』를 읽었다고 해야 하나, 읽지 않았다고 해야 하나 망설여지는데, 아주 정확하게 말한다면 읽다 만 책이라고 해야 옳겠다. 다 읽지 않아서 그것에 대해서도 모르지만 그의 단편 몇 편, 즉 「벽」, 「방」, 「에로스트라트」, 「내밀」, 「어느 지도자의 유년시절」이라는 작품들은 읽었어도 잘 모르겠다.

프랑스 실존주의 철학자, 최초의 노벨문학상 수상 거부자라는 그의 명성이 '이 책은 꼭 읽어야 해'라고 명령하는 것 같아서 그의 책을 잡긴 했지만 늘 어려웠던 게 사실이다. 그런 주눅을 벗어나서 다시 『문학이란 무엇인가?』라는 책을 작정하고 펼쳤다. 그 작정이란 몰라도 끝까지 간다는 것. 1. 쓴다는 것은 무엇인가?, 2. 무엇을 위한 글쓰기인가?, 3. 누구를 위하여 쓰는가?, 4. 1947년의 작가의 상황 등의 차례로 이 차례만 보면 절대 어렵게 읽어야 할 책이 아닌 것 같다.

내 책 읽기가 아무리 시원찮다 하더라도, 의문형으로 제시된 장의 답 찾기가 그리 어렵겠는가. 질문을 염두에 두고 읽으면 되는 것이다. 1장에서 저자는 "우리에게는 글쓰기란 하나의 기도企圖이다. 작가는 죽기에 앞서 살아있는 인간이다. 우리는 책을 통해서 우리의 정당성을 밝혀야 한다고 생각한다."(48쪽)고 썼다. 2장에서는 "글쓰기는 자유를 희구하는 한 방식이다. 따라서 일단 글쓰기를 시작한 이상에야, 당신은 좋건 싫건 간에 참여하고 있는 것이다."(92쪽)라고 썼다.

3장의 대답은 이미 1장에서 한 적이 있다. "자기 자신을 위해서 쓴다는 것이 사실이 아니"라고, 3장의 첫 행은 "작가는 보편적 독자를 위해서 쓰는 것"(95쪽)이라 말한다. 이어서 "작가는 궁지에 빠지고 기만당하고 부자유한 사람들을 위해서 말한다는 것을 스스로 알고 있기 때문이다. 더구나 그 자신의 자유 자체가 그렇게 순수한 것이 아니어서 그것을 순화하기 위해서라도 글을 쓰는 것"이라고 말한다. 3장까지 그가 던진 질문에

'현실 참여'라는 말을 떠올리지 않을 수 없게 된다.

4장은 1947년 작가들의 상황을 설명한다. 4장이 먼저 오고 1, 2, 3장이 왔으면 어땠을까 싶은 생각이 든다. 4장은 관계의 복잡성으로 이해의 혼란이 온다. 그러나 "마르크스는 세계를 바꿔야 한다고 말했다. 랭보는 인생을 바꿔야 한다고 말했다." (250쪽), "라이프니츠는 찬란한 햇빛을 위해서는 어둠이 필요하다."(289쪽), "예술 작품은 그 자체로서는 생산 활동이 될 수도 없고 또 그렇게 되기를 바라지도 않지만, 그 대신 생산하는 사회의 자유로운 의식이 되고자 한다."(310쪽)에는 밑줄 긋지 않을 수 없었다.

4장에 사르트르 참여 문학관이 분명하게 드러나는데, "모든 것은 상황의 소산"(319쪽)이라 단정하면서 "우리는 우리의 글을 통해서 개인의 자유와 〈아울러〉 사회주의 혁명을 위해서 투쟁해야 하는 것"(363쪽)이라 강조한다. 4장 끝에서 그는 "아무것도 문학이 불멸不滅이라는 것을 보장해주지는 못한다."며 "글쓰기의 예술은 어떤 변함없는 신의神意의 보호를 받고 있는 것이 아니다. 그것은 인간이 만들어 나가는 것이며, 인간은 자신을 선택하면서 그것을 선택하는 것이다."라고 썼다.

사르트르의 『문학이란 무엇인가?』는 분명한 답을 주었다. 그러나 그가 주는 답을 나는 받지 못했다. 이의없이 받아들이기가 곤란했기 때문이다. 그래서 받지 못했다. 그러나 분명한 답이 아닌 '문학이란 무엇인가?'를 오래 생각하게 해 주었다. 그래서 이 책이 고전이 되었다. 그리고 내게 가르쳐주었다. "인간은 매일 새롭게 만들어지는 존재"(384쪽)라고… 그래서 그의 책을 다 이해하지 못해도 절망하지 않는다. 나는 내일 새롭게 만들어질 수 있으므로….

〈사족〉

이 책은 독자를 위해 많은 정성을 기울였다. 그 예가 주와 해설이다. 이 책의 내용은 444쪽이다. 1장의 원주 6쪽(49~55), 각주 41개, 원주에 달린 각주 14개. 2장의 원주 1쪽, 각주 30개, 원주의 각주 1개. 3장은 원주 8쪽(215~222), 각주 140개, 원주의 각주 15개. 4장은 원주 28쪽(389~415), 각주가 205개, 원주의 각주가 37개다. 여기에 옮긴이의 작품 해설이 21쪽에 이른다. 또 작가 연보 4쪽. 따라서 원주와 작품 해설, 작가 연보를 다 합치면 43쪽이다. 각주의 수가 483개나 된다. 해설이 본문의 10% 이상이다.

異常함을 깨닫하다

李箱
『이상소설전집』
민음사, 2016.

이상李箱은 이상異常한 작품을 쓰는 작가가 분명하다. 그는 1910년에 태어나서 1937년에 돌아갔다. 본명은 김해경金海卿. 李箱을 異常한 작가라고 하는 것은 그야말로 일상이, 아니 그의 시와 소설이 보통 작가들과 다르기 때문이다. 그가 시나 소설 속 작품들을 통해 드러내는 언어에 대한 계획된 실수는 이상이 한 일이라 이상할 수도 있고 그렇지 않을 수도 있다. 그가 필명을 李箱이라고 했는데 필자의 견해로는 異常을 염두에 둔 작명이라 믿고 싶다.

'箱' 자는 '상자 상', '곳집 상' 인데 이름에 쓰지 못할 글자는 아니지만 좋은 뜻이라고 보기 어렵다. 특히 필명을 지을 때

성은 바꾸지 않는 경향이 더 많다. 그런데 성까지 바꾸었다. 이런 필명에서부터 그는 異常하고 이상하다. 그는 초현실주의적이고 실험적인 시와 심리주의적 경향이 짙은 독백체의 소설을 써서 문단의 주목을 받았다. 민음사가 세계문학전집 300으로 발간한 『이상소설전집』에는 그의 대표작이라고 불리는 「날개」외 12편의 작품이 실렸다.

이 작품들 중 필자는 「종생기終生記」에 관심이 쏠렸다. "극유산호郤遺珊瑚요 다섯 자 동안에 나는 두 자 이상의 오자를 범했는가 싶다."고 시작되는 첫 문장에서부터 이상해지기 시작했다. 제목처럼 죽기 전에 쓴 종생기로 자의식적인 냉소주의 지식 청년의 죽음의 인식 및 죽음의 예감이 서술의 심층을 이룬다. 부정과 배신을 일삼는 여자를 사랑하는 주인공의 현재의 모습과 어두운 개인사가 교차되면서 극히 자학적으로 전개된다.

"나는 속고 또 속고 또 또 속고 또 또 또 속았다." 이 한 문장 안에 '또' 자가 여섯 번 나오는데, 처음 속은 게 있으니 일곱 번 속았단 말인가. 이건 뭐 평자의 장난기가 발동한 것인데 질투의 거대한 화산이 된 것 같다. 단편 소설인 「종생기」는 이 단편소설을 다 읽었다고 해서 이상의 「종생기」를 읽었다고 말하기가 어려울 정도다. 그가 이 소설 속에서 언급하고 있는 소설들을 어느 정도 이해하고 있어야 이해가 되기도 하고 맥락이 이어지기도 하기 때문이다.

「종생기」를 쓰면서 "천하 눈 있는 선비들의 간담을 서늘하게 해 놓기를 애틋이 바라는 일념 아래의 것인 만큼 인색한 내 맵씨의 절약법을 피력하여 보인다."고 쓰고, 톨스토이를 끌고 온다. 톨스토이는 1910년 10월 눈 오는 어느 날 밤 82세의 나이로 가정불화를 견디지 못하고 정처 없이 집을 떠난다. 집 떠난 지 11일째 되던 날, 어느 기차역에서 쓸쓸히 숨을 거두었다. 유언은 "아내가 절대 가까이 오지 못하게 하라."는 것. 화자는 이를 두고 "자지레한 유언 나부랭이로 말미암아 칠십 년 공든 탑을 무너뜨렸고 허울 좋은 일생에 가실 수 없는 흠집을 하나 내어놓고 말았다."고 썼고 "그런 실수를 알고도 재범할 리가 없다."고 했다.

모파상의 「지방덩어리」라는 소설을 인용하기도 했다. 이 작품에는 전쟁 당시 프랑스의 상황과 인간 사회의 비열함, 이기적인 면모가 잘 드러나 있다. 주인공 볼 드 쉬프(비계덩어리)는 몸을 파는 여자로 뭇사람들, 고상한 수녀, 공화주의자들의 멸시를 받는 인물이다. 소설 속의 이상은 정희를 볼 드 쉬프에 비유한 것 아닌가 싶다. 도스토옙스키의 장편 소설 「카라마조프의 형제들」, 고리키 장편소설 「사십 년」은 그 작품성을 자책의 도구로 삼기도 했다.

그러니 「종생기」 단편을 읽고 어떻게 다 읽었다고 말할 수 있으랴. 다 읽고도 다 읽지 못함이 되는 이 異常함은 이상의 작품이기 때문이다. 그러나 정말로 좋은 책은 책을 읽게 만드는 그런 책이 아닐까? 만약 이 말에 동의한다면 그것으로 「종생기」는 좋은 작품. 그리고 또 우리 모두가 끝내 맞이하지 않을 수 없는 큰일에 대해 나와 무관한 일이라고 생각하는 것은 이상한 일이란 걸 깨단하게 된다고 해도 그대여, 이 작품을 외면할 수 있겠는가?

음악 들으며 읽는 책

William Shakespeare, 최종철 옮김
『A Midsummer Night's Dream』
민음사, 세계문학전집 172, 2015.

　　『A Midsummer Night's Dream』, 한여름 밤의 꿈, 잠들지
못하다가 가까스로 잠든 밤에 꿈이나 꾸어야 한다면 그 잠은
망해버린 것이다. 그런데 그 꿈이 그야말로 달콤한 것이라면
꾸어도 괜찮겠다 싶은 생각도 아주 없지는 않다. 워낙 유명한
작품이라 이 책을 모르는 사람은 드물다. 그러나 이 희곡을 읽
은 사람은 유명세에 비해 많지 않다. 시쳇말로 고전이란 책 이
름만 알고 읽지는 않는 작품이라고 말하기도 하지만….
　　『한여름 밤의 꿈』은 뚜렷한 줄거리가 없는 다양한 이야기의
집합체다. 등장인물도 초자연적인 요정에서 왕족, 연인 및 장
인들에 이르고, 다루는 주제도 사랑과 결혼, 꿈과 상상력, 화

해, 가변성과 불변성 등 실로 다양하다. 그러나 이 극의 주제는 꿈의 형식을 빌려 사랑, 특히 젊은이들의 참사랑을 코믹하게 만드는 과정에서 그 진실을 드러내는 것이다. 5막 1장에서 테세우스가 "그의 대사는 뒤엉킨 사슬 같았소, 손상된 건 없었지만 모든 게 혼란스러웠소."(96쪽)라고 한 말이 어울릴 정도다.

드미트리어스와 결혼하기로 되어 있던 허미어는, 라이샌더를 사랑하여 그와 함께 숲속으로 도망친다. 드미트리어스와 헬레나가 그들을 뒤쫓는다. 이들의 모습을 본 요정의 왕 오베른은 헬레나가 자신의 처지와 비슷하다고 생각하여 동정하게 된다. 그러나 그의 부하 요정 퍼크가 실수로 드미트리어스가 아닌 라이샌더에게 눈을 뜬 후 맨 처음 만나는 상대와 사랑에 빠지게 되는 마법의 꽃 즙을 발라주어서 드미트리어스와 라이샌더 모두가 헬레나를 사랑하게 된다.

이것을 본 오베른은 젊은이들을 잠들게 하여 제대로 짝지은 후 팬지의 꽃 즙을 다시 발라준다. 결국 잠에서 깨어난 젊은이들은 사랑하는 사람들끼리 맺어져 두 쌍의 결혼식이 이루어진다. 라이샌더가 "참사랑의 길은 결코 순탄한 적 없었으니"(17쪽)라고 말한 것처럼 불화의 모든 요소들이 결혼을 통해 화해와 조화를 이루게 되는 과정을 흥미진진하게 그리고 있다.

"병은 옮아오잖아, 오, 미모도 그렇다면"(19쪽), "우리 눈은 서로를 못 보고 굶어야 해"(21쪽), "아무리 쓸모없고 비천한 것이라 해도 사랑은 그것들을 가치 있고 귀한 것으로 바꿔놓을 수 있어, 사랑은 눈으로 보는 게 아니라 마음으로 보니까."(21쪽)라는 말들은 붙들어 볼 필요가 있다. 붙들고 하룻밤쯤 생각해 봐도 좋겠다. 진정한 사랑의 의미, 진정한 사랑의 힘 같은 것을 곱씹어 보면서….

그리곤 멘델스존의 '한여름 밤의 꿈'을 듣는 것이다. 멘델스존은 17세 때에 셰익스피어의 『한여름 밤의 꿈』을 읽고 그 환상적이며 괴이한 분위기에 영감을 받아 이 곡을 작곡하였다고 한다. '한여름 밤'은 6월 24일 '성 요한제'의 바로 전날 밤을 가리킨다. 서양에서는 그 밤에 기이한 일들이 많이 생긴다는 미신이 전해오는데 그러한 미신의 영향을 받아 환상적인 분위기의 희극인 『한여름 밤의 꿈』이 나왔다고 한다.

이뿐이 아니다. 『한여름 밤의 꿈』은 희곡 작품으로 쓰였지만, 예술의 전 장르에서 다루어지고 있다. 연극은 말할 것도 없고 오페라, 뮤지컬, 영화 등, 그야말로 등등이다. 그것들을 컴퓨터에서 찾아 즐기는 것으로도 여름 밤 하나는 모자란다. 좀 더 이색적으로 이 작품을 즐기고 싶다면 멘델스존의 작품을 들으면서, 셰익스피어의 작품을 읽으면 참 묘한 분위기를 경험하게 될 것이다. 그렇게 하면 다른 사람의 꿈 구경만 하는 것이 아니라 스스로 한여름 밤의 꿈을 꾸는, 꿈꾸는 사람이 될 수 있을 것이다.

新話인가? 神話인가?

김시습
『금오신화』
민음사, 2017.

　"김시습이 남겨 놓은 다섯 편의 이야기는 비현실 세계를 다루고 있지만 역설적으로 이를 통해 현실을 직시하고자 한다는 점에서 여러 겹의 의미망을 지니며 세대를 거듭하여 생각할 거리를 제공한다고 하겠다." 옮긴이 이지하가 쓴 작품해설의 마지막 단락이다. 『금오신화』에 대한 포괄적인 평가다. 그런데 이 말을 믿어도 좋을까? 역설적인 현실 직시, 여러 겹의 의미망, 세대 거듭, 생각거리 제공이라는 말들이 왠지 공허하게 읽힌다.

　『금오신화』가 가진 문학사적 위상 때문에 무엇인가 그럴듯해야 한다는 강박관념 때문은 아닐까 싶은 생각도 든다. 김시습이 31세 때부터 37세 무렵까지 금오산에 머물면서 이 책을 지었다고 하니 2017년을 기점으로 하면 552~559년 전의 이야기를 지금 시점에서 판단하면 안 된다는 것쯤은 상식에 속하지만, 해설자가 쓴 의미를 그대로 수용하기에는 아무래도 명쾌하지 않은 구석이 남아있다. 문학사상文學史上 최초의 소설이라는 무게에 눌려있는 것 같다.

왜, 귀신과의 이야기일까? 소설이면 소설, 시면 시라도 될 터인데 '남염부주지' 외에는 아무래도 시가 너무 많이 삽입된 것 아닌가. 시라야 그 전달력을 높일 수 있었을까. 아니면 작자의 운문 숭배, 산문 천시 의식은 아니었을까? 김시습의 정신을 알 수 있는 생애사를 통해 보면 그가 운문 숭배 같은 막힌 의식의 소유자는 아닐 것이라는 확신이 서기도 하는데 쉬 판단할 수 있는 것도 아니다.

해설자가 지적한 대로 이런 것이 생각거리에 속하는 것인가. 그렇다면 해설자의 해설은 틀리지 않았다. 소설 미학상 여러 겹의 의미망은 비현실적인 '귀신' 과 '꿈' 에서 비롯된다. 내용적인 면에서 무엇이 역설적인 현실 직시인가를 알아보는 것은 필요한 일이라는 생각이 든다. 그것을 위해 일단 줄거리를 요약해본다.

「만복사 저포기」는 양생이 만복사 부처님과 저포 놀이로, 승자의 소원 들어주기에서 양생이 이겨 부처님이 축원하러 온 여인을 만나게 해 준다. 양생은 여인을 유혹하여 그의 마루방으로 데리고 가서 즐긴다. 그곳에서 부모님께 고하지 않은 혼인을 한다. 그 후 양생은 그 여인을 따라가 인간 세상의 3년과 같은 3일을 보내고 이별 잔치를 연다. 잔치엔 사방의 이웃들을 초청했고 그들은 모두 시를 지어 바쳤다. 술을 다 마신 후 헤어질 때 여인이 은그릇 하나를 주면서, 내일 여인을 위해 보련사에서 음식을 베푸는 부모님을 뵙자고 한다. 무덤에 묻은 은쟁반을 든 양생을 부모들이 의심했지만, 결국 휘장 곁에서 같이 잠자기를 권하여 사위로 인정받는다. 부모는 은그릇과 밭 몇 마지기와 노비를 양생에게 주며 딸을 잊지 말아달라고 부탁한다. 양생은 고기와 술을 마련해 전날의 자취를 더듬어 찾아갔다. 그곳은 시체를 임시로 묻어둔 곳이었다. 양생은 제물을 차려놓고 슬피 울면서 그 앞에서 종이돈을 불사르고 장례를 치러주었다. 제문도 지어 영혼을 위로한다. 양생은 이후에도 밭과 집을 모두 팔아 사흘 저녁을 계속해서 제를 올리니 지성 덕분에 다른 나라에서 남자로 다시 태어났다는 소리를 공중에서 듣는다. 양생은 장가들지 않고 지리산에 들어가 약초를 캐며 살았는데 어떻게 생을 마감했는지는 아무도 알지 못한다.

「이생규장전」은 이생과 최씨의 사랑 얘기다. 선남선녀인 그들이 시를 주고받아 정을 나누고 있었는데 이생의 부모가 그것을 알아 멀리 농장을 관리하라며 억지로 헤어지게 한다. 이생을 기다리던 최씨가 결국 상사병에 걸리고 이를 안 부모들이 중매쟁이를 들여 혼인을 하게 한다. 혼인 후 홍건적의 난이 일어 이생은 살고 최씨는 도적들에게 정절을 지키려다 죽임을 당하게 된다. 귀신이 된 최씨가 이생을 만나 부모님들의 시체를 거두어 장사 지내고 행복하게 지내다가 최씨가 저승으로 돌아가게 된다. 이생은 최씨와의 추억을 생각하다 몇 달 후에 세상을 떠나고 말았다.

「취유부벽정기」는 홍생이라는 부자가 평양에 와서 그의 옛 친구인 이생의 대접을 잘 받고, 배로 돌아오다가 맑은 흥취를 이기지 못하여 작은 배를 타고 부벽정에 다다랐다. 시흥에 취해 여섯 수나 되는 시를 읊고 돌아가려 했을 때 아리따운 여인이 다가온다. 그 여인이 술 한 잔과 시 한 수로 그윽한 심정을 유쾌히 풀어보자고 한다. 홍생은 여인에게 조심스럽게 나아가서 절을 하고 꿇어앉았다. 홍생의 시 듣기를 청해 홍생이 시를 읊자, 그녀는 향기로운 종이에 시를 적어 홍생에게 건넸다. 그녀는 신선이었다. 시를 주고받으며 마음을 나누다가 신선은 돌아가고, 홍생은 그녀를 그리워하다 옥황상제가 신선의 말을 듣고 그를 하늘나라로 불러 올려 신선이 되게 한다.

「남염부주지」는 경주의 박생 이야기로 그는 과거에 합격하지 못하였으나 사람들로부터 칭찬받는 사람이었다. 마음의 심지가 굳고 일리론을 주창하며 책을 읽었다. 어느 날 주역을 읽다가 얼핏 잠이 들어 꿈속에 홀연히 한 나라에 이르게 되는데 그곳은 넓은 바다 한가운데 있는 어떤 섬이었다. 그 섬의 임금이 박생에게 왕위를 물려준다. 박생이 명을 받고 문을 나설 때 수레를 끄는 자가 발을 헛디뎌 수레가 뒤집혀 그 바람에 박생도 꿈을 깼다. 몇 달 뒤 박생은 병을 얻어 죽게 되었다. 그가 염라대왕이 된 것이다.

「용궁부연록」은 고려 한생이 주인공이다. 그는 널리 알려진 문사였다. 어느 날 거처하는 방에 느긋하게 앉아 있었는데 공중으로부터 두 사람이 내려와 그를 용왕님께서 모셔오라고 한다며 데리고 간다. 용궁에 이른 한생은 용왕이 딸을 위한 누각을 지어 주고자 하는데 그 상량문을 써달라는 부탁을 받는다. 한생이 상량문을 지어 바치니 크게 기뻐하였다. 노래를 지어 부르고 춤을 추고 용궁의 세신이 시를 지어 읊었다. 한생이 허락을 받아 용궁을 구경하고 작별을 아뢰었다. 돌아와서 보니 선물로 받은 야광주와 비단은 그대로 있었다. 그 뒤 한생은 세상의 명예와 이익을 돌보지 않고 명산으로 들어갔는데 어찌 되었는지 알 수가 없다.

이상의 줄거리를 통해서 보면 무엇이 역설적인 현실 직시인지 찾아내기가 쉽지 않다. 굳이 찾아내자면 「만복사 저포기」와 「이생규장전」, 「취유부벽정기」의 여자 귀신이 모두 사랑에 적극적인 태도를 보이는 것이다. 조선시대에 여성들이 제대로 표현하지 못하던 현실을 직시한 페미니스트 운동인가? 그것은 아닐 것 같다. 그럼 무엇일까? 「남염부주지」에서 드러나듯 그가 나라를 다스리고 싶은 꿈을 말하는 것인가. 아니면 「만복사 저포기」의 마지막 문장, "양생은 이후 다시 장가들지 않았다. 지리산에 들어가 약초를 캐며 살았는데 그가 어떻게 생을 마감했는지 아무도 알지 못한다."라고 한 것이나, 「용궁부연록」의 마지막 문장 "그 뒤에 한생은 세상의 명예와 이익을 돌아보지 않고 명산으로 들어갔는데 어찌 되었는지 알 수가 없다."고 한 것처럼 초야에 묻혀 사는 삶을 희구한 것인가?

어찌 되었건 현실 직시는 그가 소설에서 쓴 것처럼 "아무도 알지 못한다."거나 "어찌 되었는지 알 수가 없다."고 한 말을 빌려 쓰고 싶다. 소설의 제목은 수도 없이 들었고, 줄거리도 들었지만 귀신 이야기라 잘 기억되지 않은 것, 이 서평을 씀으로써 그래도 읽은 것 같다는 느낌이 든다. '무엇일까, 왜일까'가 책 읽기의 주요한 목적이라면 세세히 알지 못해도 이 소설은 읽을 가치가 있는 것이다. 우리나라 최초의 한문소설이라는 책을 읽지 않고 대한민국 국민이라고 말하기에는 부끄러운 구석이 있지 않을까 싶은 생각도 든다.

이 글의 제목에 대한 답, 새로운 이야기일까? 신의 이야기일까? 여기엔 분명한 대답이 있다. 『금오신화』는 새 이야기이면서 신의 이야기다.

신화는 미래의 이야기다

이윤기
『이윤기의 그리스 로마 신화 1』
웅진지식하우스, 2013.

'신화神話'가 무엇인가? 글자 그대로 풀면 '신의 이야기'. 그것도 절대 틀린 것은 아니다. 국어사전은 신화를 "고대인의 사유나 표상이 반영된 신성한 이야기. 우주의 기원, 신이나 영웅의 사적事績, 민족의 태고 때의 역사나 설화 따위가 주된 내용"이라고 풀고 있다. 신화를 푸는 사전에서 설명의 길이가 길다는 것은 그만큼 신화가 복잡하다는 것이다.

그래서 그런지 이윤기의『이윤기의 그리스 로마 신화 1』은 '신화를 이해하는 12가지 열쇠'라는 부제가 붙어있다. '아리아드네의 실타래'라는 제목의 들어가는 말이 있고, 제1장 잃어버린 신발을 찾아서, 제2장 황당하게 재미있는 세계, 제3장 사랑의 두 얼굴, 제4장 길 잃은 태양마차, 제5장 나무에 대한 예의, 제6장 저승에도 뱃삯이 있어야 한다, 제7장 노래는 힘이 세다, 제8장 대홍수, 온 땅에 넘치다, 제9장 흰 뱀, 검은 뱀, 제10장 술의 신은 왜 부활하는가, 제11장 머리의 불, 사타구니의 뿔, 제12장 기억과 망각, 그리고 나오는 말로 아리스타이오스의 사슬로 마무리된다.

신화를 이야기하면서 그 구성도 그야말로 신화적으로 하고 있다. 들어가는 말에서 "신화는 미궁과 같다. 신화라는 미궁 속에서 신화의 상징적인 의미를 알아내기란 여간 어려운 일이 아니다."라고 겁을 준다. 그러나 이어서 "그러나 방법이 있다. 독자에게는 아리아드네의 실타래가 있다."고 달래기도 하는 것이다. 독자가 가지고 있는 아리아드네의 실타래, 그것을 저자는 '상상력'이라고 단언한다. "미궁은 거기에 들어가지 않으려는 사람에게는 존재하지 않는다. 신화도 그 의미를 읽으려고 애쓰지 않는 사람에게는 존재하지 않는다."고도 했다.

그래서 이 1권은 신화의 상징적인 의미를 해석한 책이 아니라 열두 꼭지의 글에 신화 이해와 해석에 필요한 열두 개의 열쇠를 숨겨두고 있다고 한다. 그 열두 개의 열쇠, 그리고 각각의 열쇠에 무수히 달린 꼬마 열쇠를 찾는 것이 신화 읽기인 것이다. 그래서 매우 어려우면서 아주 쉽다고 말할 수 있다. 내 마음대로 해석하고 내 마음대로 상상해 보는 것, 신화를 모티브로

해서 그런 장난을 해보는 것이 이 책 읽기의 바른 방법이 될 것 같기 때문이다.

　그 안내는 매우 흥미롭다. 이해에는 큰 도움을 주지만 읽기에는 번거롭다 싶을 정도의 시각 자료는 작가의 발품이 배인 것들이 많았다. 그리고 작가의 놀라울 정도로 많은 경험과 재치가 시대 흐름을 외면하지 않았다. 무엇보다도 신화가 미래로 이어지는 열쇠를 가졌다는 것을 보여주었다. '나무에 대한 예의'의 '다프네 이야기'에서 나는 그것을 보았다. "내 아내가 될 수 없게 된 그대여, 대신 내 나무가 되었구나. 내 머리, 내 수금, 내 화살통에 그대의 가지가 꽂히리라. 기나긴 개선 행렬이 지나갈 때, 백성들이 소리 높여 개선의 노래를 부를 때, 그대는 승리자들과 함께할 것이다."(185쪽)에서 보듯 신화는 신의 이야기로 끝나지 않았다.

　유럽 문화의 두 기둥은 헬레니즘 문화와 헤브라이즘 문화로 알려진다. 서구 문화의 많은 작품과 그 속의 상징들이 이 신화 속에서 나온 것이다. 그래서 신화는 지난날의 이야기가 아니라, 오늘의 이야기일 뿐 아니라 미래의 세상을 열 이야기다. 월계수 나무가 된 다프네, 그를 사랑한 아폴론이 승리자들의 머리에 씌워주는 월계관이 되어 다프네를 영원히 기억하게 한다. 이윤기가 신화를 푸는 열쇠를 '상상력'이라고 한 것은 탁월한 견해다.

저자는 1권의 나오는 말 마지막 문장을 "독자는 혼자서 이미 먼 길을 달려온 것이다."라고 썼다. 그가 쓴 그리스 로마 신화 1~5까지를 어디까지 읽게 될 지 모르겠지만 그 출발은 꽤나 흥미롭다. 저자가 자전거의 짐받이를 잡아주든 놓아버리든 가보긴 해야겠다.

더 아름답기 위해서 예술가가 범하지 못할 법칙은 없다

이윤기
『이윤기의 그리스 로마 신화 2』
웅진닷컴, 2002.

『이윤기의 그리스 로마 신화 2』는 '사랑의 테마로 읽는 신화의 12가지 열쇠'라는 부제가 붙어있다. '그렇구나, 2권은 신들의 사랑 이야기구나, 더욱 흥미진진하겠구나.' 싶다. 이윤기가 할 말이 많아서 들어가는 말이 길다. '잃어버린 반쪽을 찾아서', '인간아, 인간아', '상징은 도끼자루다'를 무려 29쪽까지 썼고, 30쪽에 차례가 나온다. 들어가는 말의 마지막 문장은 "신화는 어쩌면 우리가 잃어버린 신발 한 짝인지도 모른다."고 했다. 그 신발 찾아 나선다.

그 전에 이 서평의 제목이 좀 이상해 보일지 모르는데, 그 사정은 이렇다. 이 책 전체를 통해 필자에게 강한 인상을 남긴

한 문장을 뽑으라면 이 문장을 뽑지 않을 수 없을 것인데, 이 말을 내가 잊어버리고 싶지 않아서 서평의 제목으로 삼는다. 시원찮은 내 예술 활동에서 이리저리 걸리적거리는 일이 생길 때, 용기가 부족해서 하고 싶은 말 하지 못할 때 생각나면 도움을 줄 수 있지도 않을까 싶어서 말이다. 여러 번 읽고 읽어도 예술가가 더 아름답기 위해서 저지르지 못할 일은 정말 없다는 생각이 든다.

제1장은 '이루어져서는 안 될 사랑' 이라는 부제 아래, '암 염소를 사랑한 헤르메스' 에서 판의 피리가 '팬플루트' 가 되었다는 이야기를 하고, '파시피에 그게 아니라구요.' 에서 "부적절한 욕정이라는 것이 원래 다 타서 재가 되기 전에는 꺼지지 않는 불길인 법"이라고 쓰고, "신화는 상상하는 이들의 몫", "신화는 끝나지 않는 이야기"라고 정의하고 있다.

제2장은 '사랑해선 안 될 사람' 이라는 부제 아래 '히폴뤼토스, 조심해' 에서는 "신화는 상징적이다."라는 또 하나의 정의를 내놓으며 테세우스, 아리아드네, 그리고 파이드라의 이야기를 하고 있다. '뷔블리스, 그대는 신이 아니잖아' 에서는 사랑해선 안 될 오누이 간의 사랑, '스뮈나르가 기가 막혀' 는 부녀 간의 사랑 등이 인간의 세계를 넘은 신의 이야기로 남았다.

제3장 '도마뱀을 잡아라', 중 '도마뱀을 잡으라니?' 에서 도마뱀은 고대 그리스어 '사우로스' (도마뱀)가 남성의 성기, 그 중

에서도 특히 청년의 성기를 뜻했다는 사실을 안다면 내용이 짐작 갈 것이다. 그리고 '사랑의 진실' 에서는 "신화는 '잃어버린 반쪽이 찾기' 가 진화해 온 역사의 기록" 이라는 저자의 말에 끌린다. 그리고 '휘아킨토스, 꽃으로 피어나다.' 는 "고대 그리스는 철저한 남성 중심 문화가 지배하는 사회였고, 연장자에게 청소년을 유혹하여 가까이 두고 가르치는 것은 쾌락의 추구라기보다는 의무에 가까운 것이었다."(113쪽)는 사실을 알게 된다.

제4장 '레스보스 섬 사람들' 로 기원전 7세기에 활약하던 시인 사포를 변호한다. 레스보스 섬은 그리스 에게해 동부, 터키 해안 가까이에 있는 섬으로 위대한 여류 시인 사포의 고향이기도 하다. 여성의 동성애는 원래 레스보스 섬 풍속이었던 것으로 전해진다. 동성애에 탐닉하는 여성들을 '레즈비언 Lesbian, 즉 '레스보스 섬 여자들' 이라고 부르는 것은 이 때문이다. 그래서 사포도 레즈비언 혐의를 받고 있다. 4장의 마지막에 "더 아름답기 위해서는 예술가가 범하지 못할 법칙은 없다."고 한 말에 강하게 끌린다.

제5장 '오이디푸스, 너 자신을 알라' 로 오이디푸스 이야기를 하고 있다. 4장에서 '너 자신을 알라' 는 문장이 '너 자신이 인간이라는 것을 알라' 로 믿는다고 밝힌 바 있는데, 처음으로 이 경구를 신전 문 상인방에 새기게 한 사람은 철학자 탈레스

임을 알려준다. 사랑 이야기로는 아들과 잠자리를 같이 하면서 살아왔다는 것을 알고 자살 직전의 이오카스테와 스스로 눈을 찔러 장님이 된 오이디푸스 이야기로 모두 아프기만 하다.

제6장 '엘렉트라, 피로써 피를 씻다.' 는 '오이디푸스 콤플렉스' 에 대칭되는, 엘렉트라 콤플렉스(어머니를 미워하고 이성인 아버지의 사랑을 구하려는 복잡한 마음 상태를 일컫는 말)를 알게 해 준다. 이 엘렉트라 이야기는 신화와 여러 편의 희곡을 통해 전해지고 있다.

제7장 '테레우스, 사타구니로 무덤을 파다.' 는 처제에게 음욕을 품은 테레우스에게 아들을 제물로 삼아 복수한다. 아들의 몸을 먹는 죗값을 치르게 한 것이다. 동생을 유린한 남편에게 자식을 죽여 복수하는 참으로 무시무시한 이야기다. 인간의, 아니 신들의 세계가 이토록 지독할 수가 있는가 싶다. 죄도 죄이지만 그 죗값도 참 죗값이다. 제8장 '나르키쏘스, 자기를 너무 사랑하다.' 는 잃어버린 반쪽이를 자기 자신에게서 찾는 안타깝고 슬픈 이야기다. 제9장 '코스모스를 위한 카오스' 에는 '영웅들을 위한 변명' 과 '그리스 최고의 도사, 테이레시아스', '완전한 인간, 아피스' 이야기가 실려 있다.

제10장 '『로미오와 줄리엣』이 어디에서 왔는가 하면' 에서는 '이루어지지 못한 사랑' 으로 퓌라모스와 티스베 이야기가 있다. 뽕나무 열매를 빨갛게 만든 사랑 이야기다. 제11장 '바이

런, 위험해요.'는 레안드로스라는 청년과 헤로의 이야기, 제12장 '포모나, 때를 잘 아시는군요?'에서 '포모나와 베르툼누스'는 과수원을 사랑하고 과일나무를 손질하는 포모나, 그를 가장 사랑한 베르툼누스의 이야기다. 처녀의 이름 포모나는 과실, 베르툼누스는 계절의 변화다. 과실은 때가 있다. 계절의 변화를 알지 못하면 과실은 농익다 못해 썩는다. 베르툼누스가 노파로 변해 사랑을 쟁취한 이야기는 신화가 품은 다의성에 혀를 내두르지 않을 수 없다.

작가는 그리스 로마 신화 2권에 나오는 말로 '달리지 않으면 넘어진다.'고 썼다. 1권 들어가는 말의 말미에 자전거 타기를 배우고 있다고 생각한다는 말에 연결된다. 이어지는 3권을 읽지 않을 수 없게 하는 말이다. 2권 나오는 말의 마지막 문장은 "달리지 않으면 넘어져요." 넘어지지 않기 위해서 빨리 3권의 책장을 넘겨야겠다. 2권을 읽으면서도 이윤기의 그야말로 걸쭉한 입담은 재미를 더한다. 그런데 소제목들이 이 책을 썼을 무렵에 유행했던 대중가요 제목들과 비슷한 것들이 많아서 웃음이 나오기도 했다. 하나만 예를 들면 제2장 '스뮈나르가 기가 막혀'는 '홍부가 기가 막혀'를 닮았다. 이 노래는 2001년에 음반이 나왔고 이 책은 2002년에 출판되었다.

신화는 참 힘이 세다

이윤기
『이윤기의 그리스 로마 신화 3』
웅진지식하우스, 2010.

서평을 써야겠다고 작정하게 했고, 서평을 쓰고 싶다는 생각이 들게 하는 책이었다. 사실 아는 척하지만 잘 모르는 신화神話를 이제 어렴풋이 알겠다는 생각이 들었기 때문이다. 문학 비평을 공부할 때 도대체 이해되지 않던 신화, 모든 문학 작품은 신화의 변형이니 비평은 그 원형이 무엇인가를 찾아내는 것이라는 게 왜 그렇게 이해되지 않았는지, 그리고 그게 말이나 되느냐는 무식한 용기가 나를 지배하고 있던 시절, 그때도 그리스 로마 신화를 읽었다. 그런데 보이지 않았다.

사전적으로는 "고대인의 사유나 표상이 반영된 신성한 이야기, 우주의 기원, 신이나 영웅의 사적事績, 민족의 태고 때의 역사나 설화 따위가 주된 내용이다. 내용에 따라 자연 신화와 인문人文 신화로 나눈다.", 그리고 또 하나의 의미로 "신비스러운 이야기"로 풀고 있다. 이 정도도 모르고 신화에 덤빌 일은 아니지만 신화는 많이 헷갈리게 하는 것이 사실이다. 특히 그리스 로마 신화의 경우 신이 하도 많아서 이름에 헷갈리고 사건의 복잡성에 헷갈린다. 지금은 그래야만 하는 이유도 읽힌다. 세상은 복잡한 것이니까.

내가 신화에 대해서 이것이, 신의 이야기인지, 신기한 이야기인지, 헷갈려 하는 것을 저자는 참 쉽게 가르쳐 준다. "신화는 언제 한 번 꾸었던 꿈의 내용물 같기도 하고, 언제 한 번 들었던 남의 꿈 이야기 같기도 하다. 신화에 가장 가까이 닿아있는 이야기 형식이 바로 설화다. 설화는 신이 등장하지 않는 신화이기도 한데, 민간에 널리 퍼져있는 민간 설화를 우리는 특별히 '민담'이라고 부른다."(204쪽)고 옛날에 읽었을 때 이 글을 만났다면 밑줄쯤 그었을 만한데, 왜 그냥 지나치고 말았을까?

그러고 보니 신화에 민담이 섞이고 민담에 설화가 섞이겠구나 싶다. 대구 동구에 '아양峨洋'이라는 지명이 있다. 이 말엔 '伯牙絶絃'의 이야기가 담겨있고, '知音'이란 고사성어가 만들어지기도 했다. 伯牙는 거문고를 잘 타는 사람이었고, 鍾子期는 음악을 들을 줄 아는 사람이었다. 백아가 높은 산을 생각하고 거문고를 타면 종자기가 "峨峨兮"라고 했고, 물을 염두에 두고 타면 "洋洋兮"라고 했다고 해서, 峨峨洋洋이 되는 것인데 높은 팔공산과 넓은 금호강이 잘 보이는 이 지역을 아양이라고 부르게 된 것이다.

그런데 그리스 로마 신화에 이 비슷한 이야기가 나온다. 올림프스 신 가운데 아폴론은 수금을 잘 뜯는 신이었다. 그런데 제우스신의 난봉질을 견디지 못한 헤라의 부탁을 받고 포세이돈과 함께 제우스를 곰 가죽 끈으로 묶은 일이 있었다. 제우스가 테티스의 도움과, 손이 백 개나 되었다는 거인 헤카톤케이레스 덕분에 곰 가죽 끈에서 풀려나자마자 포세이돈과 아폴론을 트로이아로 보내어 라오메돈 왕의 종살이를 하게 했다. 라오메돈 왕은 포세이돈에게는 성채 쌓는 노역을 맡기고 아폴론에게는 송아지 떼를 돌보게 했다. 그래서 목동 노릇하는 신세가 되었다. 그럼에도 수금을 손에서 놓은 적이 없었다.

"아폴론이 수금을 뜯으면 그 소리가 참으로 간곡했는데, 가령 아폴론이 기뻐하는 마음일 때 뜯는 수금소리를 들으면 소들이 하루 종일 지칠 줄을 모르는 채 산야를 뛰며 풀을 뜯었고, 혹 아폴론이 슬픔에 잠겨 있을 때 뜯는 수금소리를 들으면 소들이 사흘 동안이나 풀 뜯을 생각을 하지 않았다고 한다." (168~169쪽) 그렇다. 신화의 변형이 많겠구나. 그리스 신화와 중국 전설에 비슷한 이야기가 있으니까 말이다.

또 하나 이윤기가 신화를 "짧은 가르침을 길고 재미있는 이야기 속에다 버무리기, 이야기에 의탁해서 슬그머니 교훈이 될 메시지를 전하기, 이것이 신화다."(215쪽)라고 정의하는 것에 고개가 끄덕여진다. 마지막 12장 '프로메테우스 마침내 해방 되다.'의 마지막 단락, "오비디우스를 보라. 자신이 한 일은 제우스의 분노도 소멸시킬 수 없다고 하지 않는가? 자신의 이름이 영원히 사라지지 않을 것이라지 않는가? 명성을 통하여 영생불사를 얻었으니 영원히 살 것이라지 않는가? '영원히' 까지는 모르겠지만 2천 년 전에 그가 쓴 책을 우리가 이렇게 읽고 있으니, 신화는 참 힘이 세다 싶다."(277쪽)를 읽고도 고개를 끄덕였다.

그러면서 얻는 힘이 센 말은 "껄끄러운 적을 제압하는 최선의 방법은 내 편으로 끌어들이는 것이다."(217쪽), "밤 잔 원수 없고 날 샌 은인이 없는 법"(254쪽)이다. 힘이 세지기를 바란다면 힘 센 책을 읽어야 하지 않겠는가? 힘 세지고 싶은 사람은 이 책 읽기를 망설이지 말아야겠다. 그리고 신화에 대한 생각, 바로 잡기 위해서, 언젠가 사서 얼핏 보고 꽂아둔 책 유시주가 쓴 『거꾸로 읽는 그리스 로마 신화』라는 책(푸른나무, 2000)을 꺼내 먼지를 턴다. 아주 기분 좋은 일이다.

미리 읽은 유시주의 '책머리에'에서 "고대 그리스 문화의 정신으로 세 가지를 든다. '인간은 만물의 척도'라는 말로 언표되는 인간 중심주의, 이성과 절제 중용을 높이 산 합리주의,

민주주의라는 정치체제를 이룩한 독특한 공동체 문화가 그것이다."라고 쓰고 있다. 그리고 "탁월한 번역가이자 소설가인 이윤기 씨의 여러 역서들에서 큰 도움을 받았다."고 밝히고 있어 이어 읽어야 할 책이 분명하다. 책은 이렇게 책을 낳는다. 그리스 로마 신화를 읽고, 이윤기가 쓰고, 이윤기가 쓴 것을 유시주가 읽고 또 쓰고 책은 이렇게…. 그러고 보니 오늘의 모든 이야기는 신화의 변형 같다는 지평의 전환이 온다.

폭 넓은 독서력과 에디톨로지 기법

유시주
『**거꾸로 읽는 그리스 로마 신화**』
푸른 나무, 2017.

　『이윤기의 그리스 로마 신화 1, 2, 3』까지 읽고 집어든 책이다. '거꾸로 읽는' 이라는 수사에 끌려서다. '거꾸로' 라는 부사는 '차례나 방향, 또는 형편 따위가 반대로 되게' 라는 뜻이다. 이 책명의 '거꾸로' 를 사전적 해석으로 이해하고 따라갈 사람은 없겠지만 그렇게 생각하면 '거꾸로' 에 대한 인식의 지평을 넓히고 읽어야 한다. "이 책은 그리스 로마 신화와 그것을 인유引誘, 원용한 문학, 예술 및 여타 학문에 관한 이야기를 엮어 놓은 책"(16쪽)이라고 저자가 밝히고 있다.

　저자 유시주는 61년 생, 서울대학교 사범대학 국어교육과 출신으로 출판과 관련된 일을 한 사람이다. 이 책의 내용은 청소년 교양 잡지에 연재한 글이 반쯤 되고 반쯤은 새로 쓴 것이라고 한다. 그리스 로마 신화라는 아우라가 관심을 갖게 했겠지만 그 신화를 '거꾸로 읽는'이라고 수식하여 관심을 증폭시킨 것 아닌가 하는 생각이 든다. 필자가 뒤늦은 2018년에 읽는 이 책만 해도 1996년에 초판이 나왔고, 2017년에 개정판 17쇄가 나왔으니 참 많은 사람들이 읽었을 책이다.

이 책은 '인간을 믿어도 될 것인가?-프로메테우스의 대답-'으로 시작해서 '아무도 역사로부터 자유로울 수 없다.'까지 17장으로 나누어져 있다. 저자가 읽은 책들 가운데서 그리스 로마 신화와 관련된 부분을 추려내어 신화의 이야기와 짝을 맞춘 것이다. 예를 들면 오이디푸스 이야기를 실마리 삼아 정신분석학에서 말하는 오이디푸스 콤플렉스를, 아름다움의 여신 아프로디테를 실마리 삼아 아름다움이란 무엇인가를 훑어보는 식이다. 따라서 이 책에는 역사, 철학, 고고학, 여성학, 교육학 등등 다양한 분야의 이야기가 나온다.

실제 그 내용을 따라가 보면 '마음은 힘이 세다-피그말리온 효과-'에서 '피그말리온 효과'의 연구 과정과 결과를 설명하고 이어 '피그말리온의 사랑과 아프로디테의 은총'과 '사랑과 믿음의 힘'으로 끌고 가서 '네가 바라는 것을 남에게'로 마무리 지으며 그리스도 로마도 아닌 한국 신경림 시인의 「동해바다 -후포에서-」, "멀리 동해 바다를 내려다보며 생각한다/ 널따란

바다처럼 너그러워질 수는 없을까"를 인용한 것은 놀라운 일이기도 하지만 저자의 대단한 재치를 보여주는 부분이다.

뿐만 아니라 '개혁은 어려워라-트로이의 목마-'에서 보여주는 그리스 로마 신화와 한국 정치사와의 연결은 신화가 그 옛날의 이야기가 아니라 미래로 이어지는 이야기이듯이, 유시주의 『거꾸로 읽는 그리스 로마 신화』도 김영삼이라는 정치 지도자의 이름을 그 누구로 바꾸면 될 것 같은 느낌을 주어 이 책의 생명력을 늘이겠다. 필자의 경우에는 청소년 잡지에 연재를 한 글이 뒷부분에 새로 쓴 글보다 훨씬 더 재미있었다. 책을 내기 위해 새로 쓴 글들은 연재한 글들의 장점을 상당히 훼손하고 있다는 판단이다.

그럼에도 불구하고 이 책에서 필자는 두 가지 측면에서 놀랍다는 생각을 버릴 수 없는 부분이 있다. 그 첫째는 저자가 61년생이고 이 책은 96년에 초판이 나왔다. 그때 저자의 나이는 35세. 그쯤의 나이에 매우 많은 책을 읽었다는 것을 보여주는 것이었다. 그것도 단순히 읽은 것이 아니라 활용할 수 있을 만큼 깊이 읽었다는 점이 놀랍다는 것이다. 그와 함께 어느 한 분야만이 아니라 다양한 분야에 걸쳐 깊이 있는 관심을 갖고 휘발성 독서가 아닌 남는 독서를 한 것은 평범함을 넘어서는 일임에 틀림없다.

두 번째는 이 책이 '에디톨로지' 기법으로 쓴 것이라는 점이다. 이 책이 처음 나온 1996년에는 '에디톨로지'라는 것에 관심을 가진 사람은 거의 드물었다. 잘못하면 표절로 오해받을 시기였으니까 드물 수밖에 없었던 것이다. 김정운이 『에디톨로지』라는 단행본을 내며 부제로 "창조는 편집이다."라고 외친 것이 2014년이다. 그러니까 18년이나 지나서 에디톨로지에 대한 인식이 일반화되었다고 볼 수 있다. 그런 점에서 저자는 창조성이 매우 높은 사람이라는 것을 인정하지 않을 수 없다.

그러나 이 책에서 끝까지 거치적거리는 것은 저자의 의도가 아니라 출판사의 의도일 수 있겠지만, 유시민의 추천사는 없었으면 좋겠다. 유명세를 타고 있는 오빠의 영향력이 없어도 저자의 실력이 충분히 드러나고 정체성이 드러나기 때문이다. 그리고 책의 마지막 부분에 '고사성어들', '그리스 신화에 나오는 주요 신들'이라는 부분은 책의 이해를 위해 필요한 부분이기는 하지만 왠지 사족 같아 보인다. 청소년에게 읽히기 위한 책이라서 그렇게 했다고 해도 동의하기가 쉽지 않다. 그래도 어쨌든 이 책은 재미있다.

저녁에도 희망은 있다

Kazuo Ishiguro, 송은경 옮김
『남아 있는 나날』
민음사, 2017.

2017년 노벨문학상은 일본 태생의 영국 작가 '가즈오 이시구로'에게 돌아갔다. 그는 현대 영미권 문학의 앞자리에 서 있다. 1982년에 발표한 첫 소설 『창백한 언덕 풍경』으로 위니프레드 홀트비 기념상, 1986년 작 『부유하는 세상의 예술가』로 휘트브레드 상과 이탈리아 스칸노 상, 세 번째 소설 『남아 있는 나날』로 1989년에 부커 상을 받았으며, 1993년 제임스 아이보리 감독의 영화로 제작되기도 했다.

이 외에도 1995년 『위로받지 못한 사람들』, 2000년 『우리가 고아였을 때』에 이어 문제작 『절대 날 떠나지 마』, 최신작 『녹턴』까지 인간과 문명에 대한 비판을 작가 특유의 문체로 잘 녹

여내고 있다는 평가를 받는다. 문학적 공로로 1995년 대영제국 훈장, 1998년 프랑스 문예훈장을 받았으니, 영국 내에서만 아니라 영미권 문학의 앞자리에 서 있다는 말이 실감난다. 그의 삶 자체가 이미 국제적인 환경이라고 보아도 괜찮겠다.

소설 『남아 있는 나날』은 1956년 7월, '달링턴 홀'에서의 '프롤로그'로 시작하여 여섯째 날 '웨이머스'에서 끝난다. 충직한 영국인 집사 스티븐스는 서부 지방으로 생애 첫 여행을 떠난다. 미국인 갑부의 소유가 된 달링턴 홀에서 집사로 일했는데 주인이 여행을 권했다. 일주일간의 여행에서, 1920~1930년대의 격동하는 유럽 사회의 중심에 있던 달링턴 홀, 그리고 달링턴 경을 위해 헌신한 과거를 회고한다.

주인 달링턴 경에 충성을 다하기 위해 켄턴 양을 향한 사사로운 감정을 모른 체하며 집사 직분에만 충실했다. 게다가 자신과 마찬가지로 집사인 아버지의 죽음을 눈앞에 두고도 그날의 자기 일에 몰두하는 것이 아버지가 진심으로 원하는 일일 거라고 생각하며 이를 위해 최선을 다한다. 그러나 그는 결국 아버지의 임종은 지키지 못했다.

스티븐스가 위대한 주인이라고 믿었던 달링턴 경은 유대인 하녀를 집에서 내보내라고 명령하고 스티븐스는 이에 복종한다. 몇 년 후 주인은 이때의 결정을 후회하지만 이제 와서 그녀를 찾을 방법이 없다. 게다가 유럽과 미국, 독일의 화합을 추진

한 달링턴 경은 친 나치주의자로 몰려 종전 후 폐인이 되어 죽고 만다. 스티븐스는 주인이 바뀌고도 집사로서 지위를 인정받으며 새 주인을 위해 충성스런 역할을 다한다.

그러다 새 주인이 권유하기도 했거니와, 과거에 장원에서 같이 일한 여인 켄턴 양에게 다시 같이 일할 것을 제안하기 위해 여행을 떠난다. 여행길에서 그는 켄턴 양의 편지를 곱씹어 읽고, 과거를 회상하며 많은 것들을 깨닫게 된다. 오로지 일에 충실하기 위해 아버지의 임종을 지키지 못한 것에 대한 회한, 자신에게 관심 많았던 켄턴 양이 다른 남자와 결혼해 떠나가는 것을 지켜보기만 했던 일을 떠올리게 된다.

집사의 일 외 어떤 것에도 관심을 두지 않았던 그는 황혼에 이르러 과연 제대로 살아왔는가에 대해 회의를 느끼기 시작한다. 후회만 할 수도 없고 긍지만 가질 수도 없는 삶에서 20여 년 만에 만난 그 여인과도 또다시 이별한다. 그는 인생의 황혼기에 와서야 삶의 가치와 잃어버린 사랑에 대한 중요한 깨달음을 얻는다. 직업에 충실했다는 말을 할 수는 있지만 그 직업에 너무나 충실해서 후회가 컸을 수도 있겠다.

이 소설을 읽어가며, "단지 전통 그 자체를 위해 전통에 매달리는 식의 집착은 아무런 가치가 없다."(15쪽)는 말, '위대함'(39쪽), '자신의 직위에 상응하는 품위'(57쪽) 같은 말들이 소설의 처음부터 끝까지 따라다녔다. 한 인간의 삶이 고상한 말로

포장될 수 있으면 목숨이라도 바칠 수 있는 것인가? 전통을 지키는 것, 품위를 갖는 것, 위대함을 존중하는 것, 그 모든 것들은 결국 누구를 위하는 것인가?

소설의 마지막 부분이 되는 여섯째 날 바닷가에서 자기보다 초라한 삶을 산 노인이 하는 말, "즐기며 살아야 합니다. 저녁은 하루 중에 가장 좋은 때요. 당신은 하루의 일을 끝냈어요. 이제는 다리를 쭉 뻗고 즐길 수 있어요. 내 생각은 그래요. 아니, 누구를 잡고 물어봐도 그렇게 말할 거요. 하루 중 가장 좋은 때는 저녁이라고,"(300쪽) 하는 그 '저녁' 으로 비유되는 한 인간의 황혼, 차분히 읽을 수는 있었지만 아려오는 것까지 팽개치기는 어렵다.

그래서 조금은 요란해도 좋았을 것 같은 삶, 수십 년 삶이 단 며칠에 정리될 수도 있지만, '남아 있는 나날' 이라는 소설의 제목은 아무래도 희망의 존재를 암시한 것이겠다. 저녁이라고 어찌 희망이 없단 말인가? 스티븐스가 자신의 단점이 되고 있는 농담과 유머의 수준을 발전시키려는 희망을 갖고 달링턴으로 돌아가듯이, 그래, 우리는 어제하던 그 일, 지금 하고 있는 우리의 일을 계속해야 한다. 남아 있는 나날에, 희망을 키우기 위해….

내가 탄 욕망의 열차는 어디서 멈추나?

Tennessee Williams, 김소임 옮김
『A Streetcar Named Desire』
민음사, 2017.

미국 뉴올리언스의 전차 노선 중에는 'Desire Line'이 있었다고 한다. 노선 인근의 지역 이름에서 따온 것인데, 공교롭게도 '욕망이라는 이름의 전차'라는 연극이 초연된 1948년에 없어졌다. 실제이건 상상이건 간에 '욕망이라는 이름의 전차'라는 제목은 참으로 매력적인 것이 아닐 수 없다. 욕망이 없는 사람은 없으니, 『욕망이라는 이름의 전차』라는 제목의 책이라면 누구라도 꼭 읽어야 한다고 생각하지 않을까.

테네시 윌리엄스는 뉴욕타임스가 평한 것처럼 『욕망이라는 이름의 전차』로 '성공'이라는 전차에 올라탔다. 원래 이름은 토마스 러니어 윌리엄스였다. 그는 작가로 살아가는 것이 야만

인들과 맞서 싸우는 것과 유사할 것이라는 각오와 함께 개명을
했다고 한다. 테네시 주에서 활약한 인디언과 대적한 무사들에
대한 공감대가 들어있는 것이다. 『뜨거운 양철 지붕 위의 고양
이』 등 전성기 작품들은 브로드웨이뿐만 아니라 영화로도 각
광받았다. 1960년대 전성기가 가고, 1975년 자신의 문제 많은
사생활을 과감하게 드러내는 『자서전』을 발표해 주목을 받기
도 했으나, 1983년 호텔에서 병마개가 목에 걸려 '외로운 죽음
의 전차'를 타고 말았다.

이 극의 배경은 뉴올리언스의 빈민가. 가난한 사람들이 살
기는 하지만 안온함과 서정성이 느껴지는 곳이다. 미군 특무
상사 출신의 외판원 스탠리와 남부 귀족 집안 출신의 스텔라가
살고 있다. 어느 5월 연락도 없이 찾아온 스텔라의 언니 블랑시
에 의해서 두 남녀가 살던 작은 집의 평온이 깨어진다. 사사건
건 과거 자신 집안의 영광을 들먹이며 동생이 사는 방식과 제
부의 행동거지를 비판하는 블랑시는 환영받지 못하는 귀찮은
친척일 뿐이다.

중반부터 귀부인인 척하던 블랑시의 정체가 밝혀진다. 동성
애자 남편의 자살 이후 낯선 사람들과 잠자리를 같이하고 고등
학생까지 유혹해 직장인 학교와 고향에서 추방되었다. 스탠리
의 폭로로 미치와 헤어지게 되고 극도의 혼란 상태에서 스탠리
에게 겁탈 당한다. 결국 현실과의 연결고리를 놓아버린 블랑시

는 정신병원으로 끌려가고 아이를 낳은 스텔라는 언니가 떠나는 것을 애통해하면서도 스탠리에게 남는 것으로 11장의 막이 내린다.

이 희곡의 주인공 블랑시의 삶은 처절했다. 미치와의 짧은 사랑도 슬픔이었다.

> **블랑시** 슬픔이 진실을 가져오나 봐요.
> **미치** 슬픔은 분명 사람에게서 진실을 끄집어내요.
> **블랑시** 얼마 안 되는 진실이나마 슬픔을 경험한 사람만이 갖고 있죠.
> **미치** 당신 말이 맞아요.(3장 55쪽)

인간의 삶에서 타락을 위한 타락이 어디 있을까마는 낯선 이의 친절에 의지할 수밖에 없었던 블랑시의 삶이 꼭 그만이 겪는 삶일까 싶은 생각이 든다. 닮진 않아도 살아남기 위하여 적당히 타락하는 삶은 누구나 겪는 것 아닌가. 거짓말을 한다고 윽박지르는 스탠리나 미치에게 블랑시는 자신은 진실을 말한 것이 아니라 진실이어야만 하는 것을 말했다고 항변한다. 자기 삶의 합리화 방법이 억지 같다. 그러나 진실의 위치는 고정되지 않는다는 생각이 스친다.

주인공도 아니고 가족도 아닌 같은 건물 위층에 사는 유니스의 말 중 "인생은 계속되어야 하는 거야. 무슨 일이 벌어지든지 계속되어야 한다고,"라는 스텔라와의 대화에 밑줄을 그었다. 그렇다. 우리는 모두 욕망이라는 이름의 전차를 타고 있다. 어디로든지 가긴 가야 한다. 그곳이 어디든 도착했다 싶으면 또 떠나야 한다. 옳은 길인지 아닌지도 모르면서…. 내가 탄 욕망이라는 이름의 전차는 어디로 가고 있으며 어디서 멈출 것인지…. 그걸 생각하게 하는 책이다.

유정한 『무정』 100년에 읽다

이광수
『무정』
민음사, 2010.

　　"경성학교 영어 교사 이형식은 (…) 김장로의 집으로 간다."
로 시작되는 이광수 장편 소설 『무정無情』이 출판 100년을 맞았
다. 1917년 1월 1일부터 6월 14일까지 126회에 걸쳐 〈매일신보〉
에 연재되었던 작품을 작가가 직접 교열하고 첨삭하여 1918년
'신문관'에서 출판했다. 이후 일제강점기 동안 '회동서관',
'박문서관' 등의 출판사에서 여덟 번에 걸쳐 간행되었고, 평단
으로부터 '조선 신문학 사상의 기념비적 작품', '한국 근대문
학사상 최초의 장편 소설'로 자리매김되었다. 학계에서도 한국
문학 연구가 본격화되면서 이 소설에 대한 연구들이 쏟아져 나
왔고, 현재까지도 여전히 연구자들의 관심을 끄는 작품이다.

작가 이광수는 1910년대 최남선과 함께 한국문학의 2인 문단시대를 구가한 사람이다. 이 작품을 쓴 1917년에는 재동경조선유학생학우회의 임원 개선에서 편집부원으로 뽑혀 「학지광」 편집위원이 되기도 했고, 『무정』이 단행본으로 나온 1918년엔 일본의 '조선청년독립단' 조직에 가담하기도 했다. 1919년에는 도쿄 유학생들의 2·8 독립선언서를 작성하는 등 민족계몽가로도 활동했으나, 1939년 6월 북지 황군 위문에 협력하면서부터 친일문학자가 되어 한국 현대문학 선구자로서의 공이 무색하게 되어버렸다.

『무정』의 주제는 "낡고 어두운 구세계로부터 밝고 희망찬 신세계로 비약하고자 하는 열망'으로 파악된다. 주제가 신세계에 대한 열망이라면 어느 특정 시기에 매몰되지도 않고, 변화는 어느 시대에나 희망 사항이 되는 것이기 때문에 언제나 읽힐 수 있는 소설이 될 수 있다. 따라서 『무정』은 지금도 읽힐 수 있는 소설이다. 한국 최초 장편 소설이라는 문학사적 의미 때문에 이 소설을 읽는 것이 아니고, 100년이 지나도 읽을 만한 가치가 있어 읽히는 소설이 되는 것이다. 현재의 문학적 안목으로 보면 이해하기 어려운 구석이 없지 않지만….

소설 속에 등장하는 여주인공 영채와 병욱, 그리고 선형이. 그들은 기생인 영채가 구세대를, 양가집 규수로 동경에서 유학하는 병욱을 신세대로, 그리고 김장로의 딸 선형을 신세대로

가는 길목의 '끼인(?) 세대'로 볼 수 있겠다. 주인공 영채를 중심으로 읽으면 기생이 될 수밖에 없었던 가정환경과 기생으로서의 삶, 그리고 사랑하는 사람과의 관계 등에서 100년 전에 나온 장편소설이라는 사실도 잠시 잊을 법하다. 100년 세월이 바꾸지 못한 인식이 여전히 존재하고 있음을 부정할 수 없기 때문이다. 여성 인권 문제가 크게 확산되고 있는 지금이나 소설 속의 100년 전이 다르지 않다는 사실이 놀랍기만 하다.

2018년 3월 17일 대구백화점 앞 광장에서 대구여성학 소모임 '나쁜 페미니스트' 회원 7명이 "미투를 지지하는 위드 유 독서행동"이라는 팻말을 두고 집회를 가졌다. 아무런 구호나 몸짓 없이 각자 가져온 관련 서적을 읽는 행사였다. 피해자가 자신의 신분을 드러내야 하는 미투 운동에 일반인들이 동참하기 어렵다는 점에 착안한 행사라고 한다. 우리 사회에 크나큰 경각심을 불러일으킬 정도로 성숙한 집회다. 그들은 그 자리에서 성폭력을 언어화한 책을 읽고 있었다고 하는데, 그들의 책 목록에 이광수『무정』을 갖다 놓았어도 전혀 이상하지 않았을 것 같다. 영채와 월화 등 당시 기생들의 아픈 삶이 담겨져 있기 때문이다. 그것이 100년 전에 나온『무정』을 읽어야 할 이유가 되기도 한다. 특히, 초판 100년이 되는 2018년에.

그런 의미에서 소설『무정』은 100년이 지난 지금 무정하지 아니하고 유정하다.『무정』의 마지막 단락은 다음과 같다. "어둛던 세상이 평생 어두운 것이 아니요, 무정하던 세상이 평생 무정할 것이 아니다. 우리는 우리 힘으로 밝게 하고 유정하게 하고 가멸케 하고 굳세게 할 것이로다. 기쁜 웃음과 만세의 부르짖음으로 지나온 세상을 조상하는 『무정』을 마치자."

거짓말로 끝나는 진짜 사랑 이야기

프랑수아즈 사강, 김남주 옮김
『Aimez-Vous Brahms…』
민음사, 2015.

　　『Aimez-Vous Brahms…』, 제목에 끌려 책을 선택하는 경우
가 종종 있다. '독일진혼곡', '헝가리 춤곡'으로 널리 알려진
독일 출생 작곡가 브람스에 관한 호기심 내지 관심으로 이 제
목에 끌렸다. 내 나이 열아홉 살이었을 때 부산의 타월 공장에
서 급사 노릇을 했다. 그때 힘든 삶을 어디에서든지 위로받고
싶어서 온천장에 있는 서점에 들렀다. 아주 높은 서가에 꽂혀
있던 『슬픔이여 안녕』을 발견하고 제목만으로도 위로받을 수
있을 것 같아 책을 샀던 기억이 생생하다. 그때 처음 사강이 쓴
책을 만났다.
　　프랑수아즈 사강(1935~2004). 그녀의 책은 제목이 색다르다.

'사강'이라는 필명은 프루스트의 소설 『잃어버린 시간을 찾아서』에서, 『슬픔이여 안녕』은 엘뤼아르의 시 「눈앞의 삶」에서, 『한 달 후 일 년 후』는 라신의 비극 「베레니스」, 『신기한 구름』은 보들레르의 시 「이방인」에서 따온 것이라고 한다. 이를 자신의 문학적 토양이 된 선배 작가들에게 바치는 경의의 표시라고 해석하기도 한다. 그런데 필자는 작가 자신의 취향에 크게 영향 받아서, 주제나 내용에 밀착되지 않는 경우도 있겠다는 생각을 했다.

프랑수아즈 사강, 얼마나 많은 호기심을 자극하는 작가인가? 1935년에 태어나서 학교에서는 퇴학 당하기도 하고 낙제도 하면서 처음 쓴 소설이 크게 성공을 거두고, 교통사고를 당해 3일간 의식 불명의 상태까지 가기도 했고, 낭비벽에, 알코올과 연애와 섹스와 도박과 약물 중독자로 살았다. 나이 60이 되던 1995년에 코카인 소지 혐의로 기소되었을 때 프랑스의 한 풍자쇼에 출연하여 "타인에게 피해를 주지 않는 한, 나는 나를 파괴할 권리가 있다."는 유명한 말을 남겼다. 그런 삶에서 태어나는 소설이니까 달라도 한참이나 다를 것이라는 기대를 가지지 않을 수 없다.

폴, 로제, 그리고 시몽, 그 흔한 삼각관계이지만 상투적인 삼각관계가 아닌 사랑, 이혼녀와 미혼 청년, 열네 살 연상의 여인 등 그런 설정들이 재미없다고 말하기는 어렵다. 내 경우에는 이 책을 너무 늦은 나이에 읽는구나 싶다. 소설의 제목은 시몽이 폴에게 보낸 "오늘 6시에 플레엘 홀에서 아주 좋은 연주회가 있습니다. 브람스를 좋아하세요? 어제 일은 죄송했습니다."라는 편지에서 나왔는데 '좋아하세요' 다음의 문장부호가 물음표가 아니라 말줄임표라야 한다고 사강이 강조했다. 그런데 본문에는 '?'로 쓰였다. 출판사와 번역자가 표지와 내용과 해설에서 그 일관성을 유지하지 않았다. 내가 읽은 책은 1판 29쇄나 되는데 64쪽에는 "기쁨과 회의와 온정와 고통으로"라는 문장에서 고딕체로 쓴 글자는 오자를 그대로 두고 있다. 그러나 이 제목의 문장부호[11]가 '?'가 아니라 '…'라는 것은 사강다운 발상이다.

이 책을 읽어가면서 빌려왔다는 사실을 깜빡 잊고 밑줄을 그은 곳이 "모르지, 어째서 당신은 내가 미래를 준비하느라 현

---

11) 정상혁, 「잘 찍은 마침표 하나, 열 문장 안 부럽다」, 조선일보, 2018. 3. 23. 재인용(조재룡, 『의미의 자리』에 수록한 '구두점의 귀환'에서)
프랑스 시인 기욤 아폴리네르(1880~1918)부터 마침표 생략을 통해 문장의 해석 가능성을 늘리려는 시도가 생겨났고, 1980년대 이후 국내 시단에서도 유행처럼 자리 잡았다. 그런데 "최근엔 문장을 명료하게 하거나 화자의 행위 및 시어의 상태 등 개성을 강조하는 도구로 다시 호출되고 있다." 김언 시인은 "과거엔 속도감과 중의적 해석을 유도하기 위해 산문시에도 마침표를 안 찍는 경우가 잦았지만 호흡과 속도 조절 차원에서 마침표는 중요해 보인다."고 했고, 문정희 시인은 "마침표가 많으면 시각적으로 지저분해 보여 편집자들이 일부러 삭제하기도 했다."면서 "마침표는 문장 종결에만 쓰이는 게 아니라 다음 문장부터 의미나 전개가 변전(變轉)된다."고 예고하는 기능도 있다. 번역자가 "시에 마침표가 없어 전달이 난감하다."고 하는 경우도 많았다고 부언한다.

재를 망치기를 바라는 거지? 내가 관심 있는 건 오직 내 현재뿐인데 말이야, 그것만으로도 난 충분해."(106쪽)라는 시몽의 말이었다. 그리고 내 책이었다면 밑줄을 그었을 문장이 "여자가 쓰는 말을 문제 삼기 시작하면 끝이 가까워졌다는 얘긴데,"(118쪽)이다. 이 문장들이 사강의 삶에 비춰봤을 때 그의 생각이었을 것 같고, 충분히 공감할 수 있는 문장이기 때문이다.

첫째 인용문은 이 소설이 출간된 1959년에 이런 자의식이 있었다는 사실이 놀랍다. 그때 작가 나이 24세. 우리 사회는 그로부터 60년이 지난 지금 이런 생각에 가까운 '소확행小確幸(작지만 확실한 행복)'이니 '워라밸(Work-Life-Balance)'이라고 하는 말들이 회자되고 있지 않은가! 둘째 인용문도 사랑하는 사람들 사이에서 사랑하는 사람의 말은 모두가 좋고, 상대의 나쁜 점은 보이지 않아서 사랑을 맹목이라고 하는데, 사랑하는 사람의 말이 귀에 거슬리기 시작한다면 그렇다, 분명 끝이 가까워온 것이 확실하다.

사랑은 덧없는 것인가? 끝이 없어야 하는 것인가? 덧없다는 말에는 공감이 가지만 끝없음에는 동의하기 어렵다. 끝없음은 희망이지만 절대 이루어질 수 없는 것이다. 영원한 사랑이란 단어는 있어도 실제는 없는 것이라고 해야 옳을 것이다. 그러나 이 소설 속의 사랑에 스스로의 사랑을 대입시켜 보면 생각거리가 생길 것 같다. 이 소설이 마지막 문장으로 던져놓은 그 상투적 거짓말 "미안해, 일 때문에 저녁 식사를 해야 해, 좀 늦을 것 같은데…"(150쪽), 나는 이런 말을 한 적이 없다고 우기기 어렵다. 이런 전화만 하지 않았어도 내 사랑은 더욱 돈독해졌을지도 모르고….

영웅은 혼자 살지 않는다

허균, 김탁환 풀어 옮김, 백범영 그림
『홍길동전』
민음사, 2014.

　　話說[12)], 우리나라 최초의 국문소설로 창작 연대가 분명히 밝혀지지 않았고 이식의 『택당집澤堂集』 별집 권15 「산록散錄」에 전한다. 김탁환이 풀어 옮긴 책은 완판 36장본, 경판 24장본이 한 권에 실려 있다. 전라도 지역에서 출판된 것이 완판, 서울지역에서 출판된 것이 경판이다. 완판이 서민적이고 익살맞다면 경판은 이보다는 양반 취향의 표현이 많다. 완판이 크게 유행해서 경판이 나오게 되었다.

　　최초의 국문소설이라는 점에서 작가에 대한 관심이 크지

---

12) 화설 : 고전 소설의 상투어. 이야기를 시작할 때 씀

않을 수 없다. 작가 허균許筠은 1569년(선조2년) 학자와 예술가 가문에서 태어났다. 형 허봉은 당대 최고의 문장가로 이름이 높았고, 누이 허난설헌〔許楚姬〕은 호방하고 미려한 시로 중국에 까지 알려졌다. 허균도 조선 최고의 시인, 소설가로 평가받는 다. 여러 차례 죽을 고비를 넘기며, 뛰어난 외국어 실력을 바탕으로 조선을 대표해 명나라 사신을 맞는 등 활발히 활동했다. 말년에는 현실 정치를 통해 자신의 꿈을 실현하고자 분투했다. 광해군 시절 이이첨 중심의 북인 정권에 합류했고, 광해군을 도와 개혁안을 내놓지만 역모 혐의로 체포되어 1618년(광해군 10년) 처형 당했다.

이같이 죽을 고비를 넘겨 개혁안, 역모 혐의, 체포 등의 낱말들이 소설 『홍길동전』 속에 살아있다는 생각이 들기도 한다. 그러나 『홍길동전』에 17세기 말에 실재했던 인물인 장길산이 나오는 것13)을 보면 허균이 지은 『홍길동전』 그대로의 모습일까 하는 의문을 가지지 않을 수 없다. 여러 이본이 있을 수 있고, 있을 수밖에 없다. 그렇지만 소설의 큰 골격은 바뀌지 않았다. 좋은 혈통 - 비정상적 출생 - 비범한 능력 - 위기 봉착 - 위기를 극복하고 승리자가 되는 영웅소설의 전범을 따르고 있다.

---

13) 옛날 장충의 아들 길산(吉山)은 천한 소생이로되 열세 살에 그 어미를 이별하고 운봉산으로 들어가 도를 닦아서 아름다운 이름을 후세에 전하였으니 소자도 그를 본받아 세상을 벗어나려 합니다.(경판본) 113쪽.

"아버지를 아버지라 부르지 못하고 형을 형이라 부르지 못하니 자신이 천하게 난 것을 스스로 깊이 한탄하였다."(15쪽)는 시작 무렵에서 "왕이 나라를 다스린 지 삼십년 만에 갑자기 세상을 떠나니 나이 일흔두 살이었다."(154쪽)는 문장 다음에 "대를 이어 태평성대를 누렸다."로 끝난다.

且說[14], 이 소설이 단순히 영웅소설로 끝나는 것이 아니라 사회소설이라는 점이 고전이 된 이유가 될 것이다. '활빈당'이라는 의적 단체와 '율도국'이라는 이상국가가 없었다면 이 소설은 전해지지 않았을지도 모른다. 어느 시대나 삶에서 의로움과 이상이 없다면 무엇이 남을 것인가. 영웅은 절대 혼자만 잘 살지 않는다는 사실을 보여주기도 한다. 허균의 연보를 읽으면, 그때나 지금이나 인간이라는 한계를 벗어나기가 쉽지 않구나 하는 점을 느낄 수 있다. 세상은 변해도 변하지 않는 그런 무엇이 반드시 있게 마련인가 싶어 쓴웃음이 나오기도 한다.

"1599년 12월 19일. 기생이나 무뢰배와 어울린다는 이유로 황해 도사[15]에서 파직되었다.", "1601년 7월~9월, 전라도 일대에서 기생 광산월과 사랑을 나누었다. 어머니의 상중에 기생과 사귀었다고 나중에 비판을 받았다.", "1610년 11월 과거시험의 대독관이 되었다. 조카를 부정한 방법으로 합격시켰다는 탄핵

---

14) 차설 : 고전소설의 상투어. 이야기를 전환할 때 씀
15) 都事 : 조선시대 감사의 보좌관으로 파견한 지방관

을 받고 42일 동안 의금옥에 갇혔다."

오늘날 우리 사회를 흔드는 적폐청산과 미투me too에서 그리 멀지 않다. 이 또한 고전이 되는 이유가 될 것이다. 서른여섯 장 이야기. 짧다, 그러나 굵다. 그것이 홍길동전이다.

却說16), 허균, 그 훌륭한 형제들의 시를 살펴 배경 지식을 넓혀보는 것도 『홍길동전』을 읽는 재미를 추가하는 일이 될 것 같기도 하다. 허균은 초당 허엽의 후처 소생. 전처 소생의 1남 2녀, 후처 소생의 2남 1녀가 있는데 큰형 허성은 전처 소생, 작은 형 허봉과 누이 난설헌은 후처 소생인데 그 후처 형제자매의 시를 찾아볼 수 있다.

허균의 중형[허봉]이 귀양 가기 전 옥당玉堂에 있을 때 꿈속에서 지은 시,

稼圃功夫進 (가포공부진)
煙霄夢寐稀 (연소몽매희)
唯殘賈生淚 (유잔고생루)
夜夜濕寒衣 (야야습한의)
텃밭에 채마 부치노라니 솜씨야 늘었다만

---

16) 각설 : 지금까지의 이야기를 그만두고 화제를 돌려 다른 말을 꺼냄.

천상은 꿈결에도 어렴풋

오직 가의의 눈물만 남아

밤마다 차가운 옷을 적실 뿐

이 시를 짓고 가을이 되자 갑산甲山에 귀양 가게 되었다고
한다.

누이 허난설헌이 남긴 貧女吟(가난한 처녀의 노래)도 보자

手把金剪刀 (수파금전도)

夜寒十指直 (야한십지직)

爲人作嫁衣 (위인작가의)

年年還獨宿 (연년환독숙)

손에 바늘을 잡고

밤이 차가워 열 손가락 곧아온다.

남을 위해 혼수 옷 지을 뿐

해마다 독수공방 신세라네.

허균의 시

낙화洛花

桃李爭誇富貴容 (도이쟁과부귀용)

笑他穠竹與寒松 (소타황죽여한송)

須臾九十春光盡 (수유구십춘광진)

惟有松篁翠萬重 (유유송황취만중)

복사꽃과 오얏꽃 용모를 다투어 자랑하며

다른 대나무와 소나무를 쓸쓸하다 비웃는구나.

잠깐의 봄 석 달 다 지나가니

오직 있는 것은 소나무와 대나무 만 겹으로 푸르렀구나.

예술가 가문에서 태어났다는 사실을 이 작품들이 증명해
준다.

삶과 기다림

Samuel Beckett, 오증자 옮김
『고도를 기다리며』
민음사, 2018.

　『고도를 기다리며』는 희곡이다. 그래서 소설보다 덜 읽는 장르이고 기억에 있는 희곡은 Peter Handke의 『관객 모독』이 고작이다. 희곡은 보며 듣는 문학이다. 보며 들어야 하는 문학을 '읽는 것', 그것은 또 어떤 재미인가? 무대를 상상해 보는 재미, 배우들의 제스처를, 표정을 상상하는 재미가 있을 수 있다. 저런 말을 하며 어떤 표정을 짓고 어떤 제스처를 쓸 것인가를 생각해보는 것은 기대 이상의 재미를 주었다.

　1906년 더블린에서 출생한 사무엘 베케트는 트리니티 칼리지를 수석 졸업, 고등사범학교에서 영어를 가르쳤다. 1931년 더블린으로 돌아와 대학 강단에 섰다. 1948년 『고도를 기다리며』의 집필을 시작, 1952년 프랑스어 판 『고도를 기다리며』가 출간되었고, 1953년 초연되었다. 1969년 건강악화로 튀니지에서 정양 중 노벨문학상 수상 소식을 듣게 되었으나 시상식 참여를 비롯하여 일체의 인터뷰를 거절했다. 말년에 자신의 작품들은 "침묵과 무無 위에 남긴 불필요한 오점"이라는 말을 남기고 1989년 12월 사망했다.

『고도를 기다리며』는 매우 답답하다. 고도가 누구인지? 아니 무엇인지도 모르겠다. 미국 초연 때 고도가 누구이며 무엇을 의미하느냐고 연출자가 묻자, "내가 그걸 알았더라면 작품 속에 썼을 것"이라고 대답했다고 한다. 그래서 고도는 신이다, 빵이다, 희망이다 등등 다양하게 해석한다. 그래서 명작이다. 누구든 매우 궁금하게 해놓고 그것을 가르쳐주지 않아 상상하게 하는 것, 그것이 문학의 본령일지도 모르기 때문이다.

이 작품은 매우 다양한 의미를 창출한다. 2막으로 구성된 이 작품의 무대는 1막은 "시골길 나무 한 그루 서 있다. 저녁."이며, 2막은 "다음 날. 같은 시간, 같은 장소." 더 이상 줄일 수 없을 정도로 단순하다. 이 나무 아래서 블라디미르와 에스트라공은 50년 동안이나 오지도 않는 고도를 기다리는 것이다. 그래서 지루하기 짝이 없고, 도대체 어쩌자는 것인가? 하는 의문도 든다. 그래서 이 작품은 성공한 것 같다.

여러 해석이 가능하지만 '삶=기다림'이란 등식 하나를 만들려고 쓴 희곡이다. 그런데 그걸 재미있게 할 수는 없었을까? 없었을 것이다. 재미를 주기 위한 작품이 아니라 의미를 주기 위해 쓴 작품이기 때문이다. 도대체 말도 안 되는 말들 속에서 "아무리 하찮은 인간이라도 만나면 다 배울 점이 있고, 마음이 넉넉해지고 더 많은 행복을 맛보게 되거든."(45쪽)이라는 교훈적인 말을 들을 수도 있고, 지겨워하는 블라디미르에게 에스트라공이 "기다리기만 하면 되는 거야."(60쪽)라고 하는 말은 목표 의식이 분명하다. 작품의 주제이기도 하다.

이 말은 2막으로 이어져 "문제는 지금 이 자리에서 우리가 뭘 해야 하는가를 따져보는 거란 말이다. 우린 다행히도 그걸 알고 있거든, 이 모든 혼돈 속에서도 단 하나 확실한 게 있지. 그건 고도가 오기를 기다리고 있다는 거야."(134쪽)에서 주제 의식을 확실하게 짚을 수 있다. 왜 사는지도 모르면서 경거망동하는 현대인들에게 '넌 왜 사는 거야?', '네가 보기엔 의미 없을 것 같은 우리의 기다림은 내 삶의 목표야, 네게 뭐 그런 게 있어.' 하는 것 같다.

에스트라공 그만 가자.
블라디미르 갈 순 없다.
에스트라공 왜?
블라디미르 고도를 기다려야지,

에스트라공 참 그렇지.(141쪽)

　　이쯤에 오고 보면 독자가 작가 앞에 두 손 들어야 한다. 그
리고 수긍해야 한다. 삶이란 그래, 기다리는 것이야. 그 기다림
이 없다면 오늘을 견딜 수가 없지! 그럼에도 불구하고 한편으
론 지겨움을 견디는 인간의 한계가 어디까지일까? 라는 궁금증
을 작가가 실험한 것 아니었을까? 하는 의문도 든다. 그러나 작
가의 그런 계산에 말려들었다 해도 결코 후회하지는 않는다.
삶은 기다림이라는 사실을 인정할 수밖에 없으니까!

古小說은 참 '고소하다'

김광순 소장 필사본 고소설 100선, 김광순 역주
『춘향전』
㈜박이정, 2017.

　　『춘향전』은 우리나라 대표적인 고소설로 조선시대의 판소리계 한글 소설이다. 이본異本이 150여 종[17]이나 된다. 이렇게 이본이 많다는 것은 그만큼 많은 관심을 받았다는 말이 되는 것이다. 이런 사실을 잘 반영하는 증거로 춘향전의 내용에서 많은 속담이 만들어졌다는 것이다. "춘향이가 인도환생人道還生을 했나"[18), "춘향이네 집 가는 길 같다"[19], "억지 춘향"[20] 등

---

17) 김광순 역주, 『춘향전』, ㈜ 박이정, 2017,19쪽.
18) 춘향이가 인간 세상에 다시 태어났느냐는 뜻으로 마음씨 아름답고, 정조가 굳은 여자를 이르는 말.
19) 이 도령이 남의 눈을 피해서 골목길로 춘향이네를 찾아가는 길과 같다는 뜻으로 매우 복잡한 경우를 비유적으로 이르는 말.

이 그것이다.

춘향전의 줄거리는 남원 퇴기 월매의 딸 성춘향과 남원 부사의 아들 이몽룡의 신분을 뛰어넘은 사랑 노래다. 단옷날 멀리서 그네 타는 춘향을 보고 그를 찾아 사랑에 빠진 이몽룡과 춘향이 백년가약을 맺었다가 이몽룡 아버지의 근무지 이동으로 이별을 하게 된다. 고을에 새로 부임한 신임 사또가 춘향에게 수청들 것을 요구하자 죽음을 불사하고 이를 거절하여 옥고를 치른다. 이때 과거에 급제하여 어사가 된 이몽룡이 나타나 죽음 직전의 춘향을 구하고 사랑의 승리를 거둔다는 줄거리다. 이 소설의 주제가 표면적으로는 열녀 이데올로기이지만, 이면적으로는 정절을 내세워 신분제에 저항한 것이라는 견해[22]가 있기도 하다.

770개의 각주가 달리고, 한글 원문이 실린 이 책은 이것만으로도 소장의 가치를 느낀다. 이몽룡이 어사가 되어 춘향을 구하고 그다음, 다음은 어땠을까? 해피엔딩이 될 것이라는 짐작을 할 수 있었지만 이만저만한 일이 아니었다.

---

20) "억지로 어떤 일을 이루게 하거나, 어떤 일이 억지로 겨우 이루어지는 경우를 비유적으로 이르는 말"이다. 이 속담은 영어사전에 "Doing against one's will"로 등재되었다.
21) "변학도 잔치에 이 도령 술상이다"(접대 소홀), "춘향 어멈 같다"(넋두리를 잘하는 사람)
22) http://blog.naver.com/postview:nhm?blogld=sohyunwriterblog No=221299542133

"임금이 들으시고 기특하게 여기어 정렬부인(貞烈夫人)의 가자(加資)를 내리시니 이런 영화가 또 있겠는가. 부모께 알현(謁見)하고 두 사람이 해로(偕老)하여 아들 삼 형제를 두었는데, 소년 등과하여 고관대작을 다 지냈다. 내외가 해로하다가 구십 세의 장수를 누리고 돌아가니 이런 경사 또 있겠는가?" (187쪽)

본문의 내용처럼 이런 경사가 없을 정도로 당시 사람들이 원하는 모든 것을 이루었다. 아들 삼 형제 모두 고관대작, 장수長壽, 현실적으로 불가능한 상상을 얘기하고 노래 불렀다. 꿈이라도 꾸어야 살 수 있었을 테지만, 유교 사회에서 이 정도의 연애 소설이 나올 수 있었다는 것은 참으로 놀라운 일이 아닐 수 없다. 그 파격적 내용이 인기의 비결이 되었는지도 모를 일이다. 소설은 이른바 꾸민 이야기인데 이는 실화를 바탕으로 했을 것이라는 가정하에 이루어진 많은 연구들은 국문학 연구자가 아니라도 관심을 갖기에 충분하다.

이야기로만 전해 들은 내용을 책으로 확인해 보는 것도 드물게 재미있는 일 중의 하나이지만, 이 책에는 '춘향전'이라는 이야기에 못지않은 국문학 연구자의 열정이 묻어있고 담겨있다는 사실이 확인된다. 이야기를 읽어가면서 무슨 말인지 몰라 각주 살펴보며, 그야말로 이 도령이 춘향이 집 찾아가듯이 어렵게 어렵게 가야 하지만 어렵게 가는 그 길이 고소설의 맛을

제대로 음미하게 해준다. 이 소설을 읽다보면 고소설은 참 고
소하다는 생각이 들 것이다.

순수에 대한 인간의 갈망

J. D. Salinger, 공경희 옮김
『The Catcher in the Rye』
민음사, 2018.

'이 세상 그 누가 거짓과 가식을 흠모하랴?' J. D. 셀린저 (1919~2010)의 『호밀밭의 파수꾼』(1951)이 전후 젊은 층을 사로 잡으면서 베스트셀러가 되고, 작가에게 세계적 명성을 안겨준 이유를 생각하다가 얻은 명제다. 소설의 주인공으로 영화를 싫 어하는 캐릭터를 만들어놓고 "그가 싫어할까 봐 두렵다."며 영 화화를 거부한 것이나 사생활 노출을 철저히 거부했던 것은 작 가의 삶 자체가 거짓과 가식을 혐오하고 있었다는 해석이 가능 해진다. 그런 점이 이 책을 유명하게 만드는 데 기여했을 것이 라고 추측할 수 있다.

이 책의 유명세에는 그 외에도 몇 개의 에피소드가 있다. 노벨문학상 수상 작가 윌리엄 포크너가 '현대문학의 최고봉'이라고 극찬한 작품이며, 미국대학위원회 선정, 타임지와 뉴스위크지가 선정한 100대 영문 소설 중의 하나라는 평들은 사실 특별하지 않다. 그렇지만 이 책이 출간 직후에는 청소년 금지 도서였으나, 지금은 최우수 권장 도서가 되었다는 것은 분명히 특별한 점이다. 그리고 1980년 존 레넌[23]의 암살범 마크 채프먼이 암살 순간 『호밀밭의 파수꾼』을 지니고 있었으며, 암살 동기로 거짓과 가식에 대한 콜필드의 절규 때문이라고 밝힌 사실은 매우 큰 충격을 주었다. 이만하면 충분히 주목받지 않겠는가?

주인공 홀든 콜필드가 학교에서 네 번째 퇴학을 당해 집으로 들어오기까지 2박 3일 동안 겪는 일들이 독백으로 전개되는 작품이다. 어쩌면 매우 단순한 소재라고 말할 수 있다. 그러나 인간은 얼마나 복잡한지, 특히 열여섯 살 청소년의 마음이 어이 이리도 복잡한지, 그 며칠간의 시시콜콜한 생각들에 의미를 부여하여 긴 이야기를 만들었다. 청소년기의 마음이 얼마나 복

---

23) 영국의 전설적인 싱어송 라이터, 대중음악 역사상 가장 영향력 있고 위대한 그룹 비틀즈의 일원으로 폴 메카트니와 더불어 대중음악사에서 가장 혁신적인 파트너십으로 유명하다.

잡한지를 알고 싶은 사람, 알아야 할 사람들은 꼭 읽어야 할 것 같다는 생각을 하면서 필자는 세 가지 점에 주목한다.

첫째, 제목이다. 사실 책 제목이 내용과 동떨어진 것은 아니지만 아주 밀착된 것이라고 보기는 어렵다. 로버트 번스[24]의 시 「호밀밭을 걸어오는 누군가를 만난다면」이 모티브가 되었기 때문에 작가로서는 애착이 가겠지만 시에서 제목을 따오면 내용과 얼마간의 간극이 생기지 않을 수 없다. 이런 식의 제목이 소설 내용을 확장해서 생각하게 하는 장점도 있을 수 있지만 필자에게는 불만이다.

---

[24] Robert Burns (1759~1796) 영국 시인, 그의 시 「Comin Through the rye」. (호밀밭에서, 혹은 호밀밭에서 누군가를 만나게 된다면)는 전통 동요로 알려져 있으며, 스코틀랜드 음유시(Common' s Free The Town)에 멜로디를 붙여 부른다. 한국에서는 '들놀이' 란 노래의 번안곡이 있으며 초·중 교과서에도 실렸다. 작사자는 김미선.

나아가자 동무들아 어깨를 걸고
시내 건너 재를 넘어 들과 산으로
산들산들 가을바람 시원하구나
랄라 랄라 씩씩하게 발맞춰가자.

나아가자 동무들아 손목을 잡고
산새 들새 노래하는 들과 산으로
푸른 하늘 흰 구름을 바라보면서
랄라 랄라 우리들도 노래 부르자.

일본에선 '고향의 하늘' 이란 곡으로 소개되었고, 음향신호기의 멜로디로 사용한다.

둘째로는 작가의 문체다. 소설에서 구사한 수사법 중 과장법은 참으로 흥미롭다. 소설 전편에 널려있다. 첫 부분에서 추위의 정도를 "이곳의 12월은 마녀의 젖꼭지처럼 춥다."(13쪽)고 했고, 중간 부분에서 음식을 마지막으로 입에 대본 시간을 "한 50년 전에 있었던 일처럼 느껴진다."(143쪽)고 했다. 마지막 부분에서는 "끈을 매는 구멍이 못 돼도 백만 개는 될 것 같은 그런 신발이었다."(259쪽)고 하는 등 과장의 범위가 상식을 뛰어넘어 웃음이 되곤 한다.

마지막으로 소설의 시적인 마무리다. 소설을 이렇게 끝낼

---

25) 그립다
　　말을 할까
　　하니 그리워

　　그냥 갈까
　　그래도
　　다시 더 한 번

　　저 산에도 가마귀, 들에 가마귀
　　서산에는 해진다고
　　지저귑니다.

　　앞 강물, 뒷 강물
　　흐르는 물은

　　어서 따라 오라고 따라 가자고
　　흘러도 연달아 흐릅디다려.
　　　　　　　　　(1923.10. 개벽 발표)

수 있다니…. 독백으로 이야기한 것을 후회한다고 하면서, 그 이야기 속에 등장한 미워했거나 싫어했던 사람들까지 그 모두가 그리워질 것이라고 했다. 한 소년의 특수성이 인류의 보편성이 되게 하는 장치이며 아주 인간적이다. "누구에게든 아무 말도 하지 말아라. 말을 하게 되면, 모든 사람들이 그리워지기 시작하니까." 우리에게 많이 알려진 김소월 시 「가는 길」[25]을 연상하게 한다.

필자는 이 책의 제목을 바꾸어 기억하고 싶다. 문학성에 제목이 따라가지 못한다는 판단에서다. 차라리 '순수의 파수꾼'이면 어떨까? 너무 직설적인가? 그러나 세상의 소금 같은 순수가 가려지는 것은 안타까운 일이다. 그런 이유에서다. 그리고 작가 문체로 패러디하며 이 글을 끝내고 싶다.

'누구든 이 책을 읽지 않고, 순수를 말하지 마라. 잘못되기 시작하니까.'

다시 안개 속으로

김승옥
『**무진기행**』
민음사, 2018.

『무진기행』이라는 제목으로 묶어진 이 소설집엔 「다산성」이라는 중편 한 편, 그리고 「무진기행」을 비롯한 9편의 단편이 실려 있다. 이 책을 해설한 문학평론가 김미현은 "김승옥의 소설은 1960년대 서울의 근대성을 자신만의 독특한 시각으로 첨예하게 문제 삼는다. 그래서 '감수성의 혁명'을 보여주면서 '슬픈 도회의 어법'을 그 누구보다도 '지적인 절제'를 통해 소설화함으로써 '1960년대 문학의 기둥'이라는 찬사를 받고 있는 김승옥의 소설은 한국 문학의 근대성 논의에서 이정표의 역할을 하고 있다."고 주장한다.

이 주장을 반박하고 싶다는 생각은 없다. '혁명'이니 '기둥' 이니 하는 말들에는 약간의 거부감이 없는 것은 아니지만, 그 정도는 양해하고 동의하기로 한다. 그중 '슬픈 도회의 어법' 이라는 표현이 내게는 매우 인상 깊다. 이 책의 대표작이 되는 「무진기행」도 서사가 진행되는 공간은 무진이라는 소읍이지만 소설의 어법은 도회적이고, 그 도회성은 아주 슬픔에 가깝다. 공교롭게도 소설의 공간 배경은 도회, 아니 서울 지향적이다. 60년대 서울에 사는 소시민들의 삶이 슬픈 목소리로 '안개' 라는 대중가요를 부르고 있는 듯하다.

여러 편 소설 속의 주인공들은 아무도 선하지 않았고, 또 아무도 악하지 않았다. 설사 조금 선했다고 하고, 조금 또 악했다 하더라도 '삶' 이라는 용광로에서 녹이면 서로 뒤섞여 구분할 수 없을 정도가 되겠다. 한 편의 영화, 한 곡의 대중가요를 탄생시킨 원재료, 단편소설 「무진기행」, 그 아는 스토리를 다시 담담하게 읽었다. 이 단편의 경우 스토리를 모르는 것보다 아는 게 읽는 재미를 더해준다는 경험을 하게 했다. 주인공들의 심정을 이해하는 것이 아니라 더욱 절실하게 느낄 수 있었기 때문이었다.

「차나 한 잔」이라는 작품도 인상적이었다. 이 작품의 시대적 배경은 김승옥이 〈문학춘추〉에 「역사」를 발표하고, 〈사상계〉에 그의 대표작인 「무진기행」을 발표하고, 〈세대〉에 이 작품을 발표한 것이 1964년이다. 금년이 2018년이니까 54년, 반

세기가 넘었다. 그런데 이 소설은 2018년인 지금 상황에서 그리 멀지 않다. 만화를 그려서 신문사에 직접 갖다 주는 것과 이메일로 보내는 것 말고는 그 차이가 없다. 그리고 이 소설의 제목 「차나 한 잔」은 차 한 잔에 담길 수 없는 참 많은 의미를 거느리고 있다.

전 작품에서 60년대, 서울을 의식하면서 읽게 했지만 김승옥의 소설 제목 붙이기가 재미있다면 재미고, 아니라면 이상하다. 특히 「건乾」의 경우, 그 내용이 '건'과 어떻게 연결되는지 이해하기가 어렵다. 자전을 찾아보면 '하늘 건', '건괘 건'으로 팔괘의 하나로 순양純陽의 괘, 곤괘坤卦의 대對로서 하늘 위, 위 등 양성陽性, 남성男性의 것을 뜻하며, 방위로는 서북간에 배당한다. 그 외, 임금 건, 굳셀 건 부지런할 건, 마를 건, 말릴 건, 건성 건, 건성으로 할 건 등의 의미를 갖는데, 이 중의 하나일 것이지만, 딱 맞게 찍기 어렵다. 그 외도 「서울의 달빛 0장章」, 「생명연습」 등 자꾸 생각하게 하는 제목이 많다.

김승옥 소설은 제목도 그렇지만 시적인 표현들이 적지 않다. 예를 들면 「차나 한 잔」에서 "차나 한 잔, 그것은 이 회색빛 도시의 따뜻한 비극이다. 아시겠습니까? 김 선생님 해고 시키면서 차라도 한 잔 나누는 이 인정, 동양적인 특히 한국적인 미담… 말입니다."(189쪽)라는 문장이나, 「다산성」에서 벼를 '들의 시민'으로, '고개를 약간 숙여서 마룻바닥의 한 군데를 시선으로 만지작거리며'(238~239쪽) 등이 그렇다. 그리고 김승옥의 단편은 끝났지만 사건은 계속되는 결말을 갖고 있다. 그리하여 '생각을 많이 하게 하는 소설'로 독자를 자꾸 안개 속으로 미는 듯한 인상을 받는다. 짧게 읽고, 길게 생각하게 하는 매력이 있다.

惡의 거울에 비춘 人間

Emily Bronte, 김종길 옮김
『Wuthering Heights』
민음사, 2018.

　"1801년 - 집주인을 찾아갔다가 막 돌아오는 길이다."라는
문장으로 제1장 첫 문장을 시작하여, 제34장 "저렇게 조용한
땅 속에 잠든 사람들을 보고 어느 누가 편히 쉬지 못하리라고
상상할 수 있겠는가."라고 끝나는 장편 소설이다. 공교롭게도
2018년 10월 5일 밤과 6일 오전 태풍 '콩레이'가 남해안과 동
해안을 지나가며 반도를 할퀴던 날 지겨웠던 기억밖에 떠오르
는 게 없는 이 책을 다시 읽고 있었다.
　'폭풍'은 '매우 세차게 부는 바람'이지만 '태풍'은 "북태
평양 남서부에서 발생하여 아시아 대륙 동부로 불어오는 폭풍
우를 수반한 맹렬한 열대 저기압. 풍속은 초속 17.2미터 이상으

로 중심에서 수십 km 떨어진 곳이 가장 크며, 중심은 비교적 조용한 편이다. 보통 7~9월에 내습하여 종종 해난과 풍수해를 일으킨다."라고 정의되어 있다. 이 사전적 설명에 의하면 지금 이 시간 내가 겪는 태풍보다는 약한 바람이 부는 언덕을 오르고 있는 셈이 되는 것이다.

그런데 밑줄을 긋기 위해 연필을 찾은 것은 55쪽 제4장의 첫 문장이었다. "인간이란 얼마나 허황한 바람개비같이 변덕스러운 존재인가!" 이 문장은 아주 생소하게 느껴지는 것이 아니다. 살아가면서 누구나 한두 번쯤 이런 혼잣말을 하지 않았을까 하는 생각이 들기 때문이다. 책을 다 읽고 나서 밑줄 그은 부분을 다시 살펴나가다가 그렇다, 이 한 줄이다 싶은 생각이 스친다. 이 소설은 이 문장에 대한 긍정이거나 아니면 그 반론이다.

거리에 버려졌던 아이, 히스클리프, 그는 언쇼가에 들어와서 무시당하고 살면서도 캐서린을 사랑한다. 그런데 캐서린이 에드거와 결혼을 약속하고, 넬리에게 "지금 히스클리프와 결혼한다면 격이 떨어지지."라고 말하는 것을 듣게 된다. 히스클리프는 그 말을 듣고 그 집을 떠나와서 오로지 복수를 위한 삶을 살게 된다. 사랑한다는 말의 힘이, 아니 사랑하는 힘이 얼마나 사람을 악하게 할 수 있는가를 보여준다.

인간의 결심이 얼마나 무서운 것인가는 이 책에 나오는 욕설과 폭력과 저주가 알려준다. 그렇게 무서운 것이다. 사랑하는 사람으로부터 결혼하면 격이 떨어진다는 말 한마디를 듣고 나머지 인생을 오로지 복수의 시간으로 채우고, 인간으로서는 차마 할 수 없는 일들을 서슴없이 저질렀다. 그렇게 복수가 끝났을 때 허무를 씹으며 자살에 가까운 죽음을 맞이하는 것이 이 소설의 줄거리다. 나머지의 모든 문장들은 이 소설의 장식에 지나지 않는다.

독기로 가득 찬 문장들, 욕설과 폭력이 난무하는 황량한 벌판의 『폭풍의 언덕』, 이 책이 어떻게 영문학의 3대 비극, 세계 10대 소설의 반열에 오를 수 있었을까? 목사의 넷째 딸로 태어났고, 세 살에 어머니를 여읜 작가, 그를 키운 것은 독서의 힘이라고 느껴진다. 시를 쓰기도 했지만 소설은 이 작품이 유일하다. 에밀리 브론테는 서른 살에 죽었지만 스물세 살에 이 책을 썼다.

궁금증이 생기는 것은 이 작품이 고전이 되는 이유다. 그것이 무엇일까? 악에 악을 보태는 그 집요함이라고 할까? 그 이유를 제28장 468쪽의 "제 의도는 이미 넘치는 그분의 괴로운 잔에 되도록 괴로움을 더 이상 붓지 않으려는 것이었어요"에서 찾을 수 있지 않을까 싶다. 문맥 그대로가 아니라 그 반어적 의미로 괴로움의 잔을 든 사람에게 눈 하나 까딱하지 않고 괴로움을 자꾸자꾸 더 부을 수 있는 것이 인간이라는 사실을 깨우쳐주기 때문이라고.

그런데 어찌 이것만이 그 이유가 될 것인가? 나만의 독후감이랄 수밖에 없는 것, 다양하게 해석될 수 있는 작품이 문학에서는 좋은 작품이 아닌가? 이른바 아름다운 문장이나 교훈적인 내용으로 꾸며진 이야기보다는 인간이 얼마나 악할 수 있는가를 보여주겠다는 의도를 가진 문장이 훨씬 충격적이게 할 수도 있는 것이니까? 인간을 악이란 쪽에서 비춰본 거울이기 때문에 고전의 반열에 오를 수 있었다고 본다.

그런 악들, 그런 거침들, 그것들을 순화시킬 수 있는 것은 무엇인가? 악함 속에 그 길 하나를 열어두었다. 무서운 복수의 전개 과정에서도 책이 세상을 구할 수 있는, 인간을 인간이게 할 수 있는 역할을 할 수 있음을 드러낸 문장들이 있다. "아마 주인님이 생각하시는 것보다 책을 많이 읽어서겠지요. 제가 읽고 무엇인가 배우지 않은 책은 이 서재에 한 권도 없답니다." (104쪽), "책도 없다니 이런 데서 어떻게 지내십니까?"(500쪽)라는 문장.

책꽂이에 읽지 않은 책을 많이 꽂아놓고 있는 것이 맘에 걸리긴 하지만, 책 읽기를 낙으로 큰 보람으로 여기고 사는 사람에게는 위로가 되지 않을 수 없겠다. 그러면서 그 악함 속에서, 욕설이 많은 문장 속에서 "오만한 사람들은 스스로 슬픈 일을 만드니까."라는 문장에 그은 밑줄이 유독 도드라져 보인다. 태

풍 콩레이가 지나가고 6일 오후에는 햇볕이 났다. 날씨도 사람
만큼이나 변덕이다.

마당보다 더 깊은 가난

김원일
『마당 깊은 집』
문학과 지성사, 2004.

'깊다.' 라는 형용사는 다섯 개의 뜻을 가진다. '①겉에서
속까지의 거리가 멀다. ②생각이 듬쑥하고 신중하다. ③수준이
높거나 정도가 심하다. ④시간이 오래다. ⑤어둠이나 안개 따
위가 자욱하고 빽빽하다' 가 그것이다. 『마당 깊은 집』의 '깊
은' 은 어느 의미인가? 첫째 의미에 가깝다. 『마당 깊은 집』 대
문에서 안채까지의 거리가 멀기도 하고, 비가 오면 물이 빠지
지 않을 정도로 마당이 깊은 집이다. 전체적으로는 아래채가
꺼져있어서 마당이 깊은데, 이는 같은 집이지만 돌층계 위 본
채는 마당 깊은 집에 속하지 않는다고 볼 수 있다.
그런데 그 깊이, 나는 '깊다' 는 형용사가 가진 다섯 가지 의

미 모두를 품고 있다는 생각이 들기도 한다. 첫째는 위에서 이미 말한 바와 같고, 둘째도 주인공 길남의 어머니나 상이군인 주인집 안씨 등등 생각이 듬쑥하고 신중한 사람들이 마당 깊은 집에 없지도 않다. 세 번째는 가난의 정도가 심한 정도를 넘어서는 것이니 그 또한 깊음이고, 네 번째 그 가난을 벗어나는 데는 시간이 오래 걸린다는 의미에서 통하고, 다섯 번째 의미는 마당 깊은 집 사람들의 앞날에 안개 자욱하다는 점에서 모두 깊다.

이 소설을 우찬제가 신판 해설에서 쓴 마지막 문장, "김원일 문학의 핵심적 기저 구조를 담고 있는 『마당 깊은 집』은 난세의 성장소설이다."라고 한 말보다 더욱 적확한 말을 찾기가 어려울 것 같다. 김원일은 진영에서 출생해 대구에서 성장했다. 영남대학을 졸업하고 1966년부터 소설을 썼다. 1942년생으로 6·25가 났을 때 8살이었지만 6·25 소설가라 할 수 있을 만큼 그 전쟁에 관심이 많았다. 『불의 제전』, 『겨울 골짜기』, 『노을』, 『바람과 강』이 6·25 소설이며, 이 작품 또한 휴전 이듬해, 한 해 대구를 공간으로 한 전쟁 후 가난만 창궐하던 참으로 시리고 아픈 삶의 현실을 보여준다.

그 난세는 "삼 년 동안의 전쟁이 멈춘 휴전 이듬해였으니, 1954년 4월 하순이었다."에서 시작되어 1년 남짓 된다. 전쟁이 남긴 상처는 가난이라는 현실로 다가섰지만, 그 가난을 벗어나려는, 아니 생명을 유지하려는 필사적인 노력을 처절하게 펼치는 다양한 삶을 보여준다. 먹을 것이 해결되지 않아 늘 배가 고픈 사람들이 소설 속에서 허우적댄다.

길남이 어머니가 장남을 앞에 두고, "니는 인자 애비 읍는 이 집안의 장자다. 가난하다는 기 무슨 쥔지, 그 하나 이유로 이 세상이 그런 사람한테 얼매나 야박하게 대하는지 니도 알제? 난리를 겪으며 배를 철철 곯을 때, 니가 아무리 어렸기로서니 두 눈으로 가난 설움이 어떤 긴 줄 똑똑히 봤을 끼다. 오직 성한 몸둥이뿐인 사람이 이 세상 파도를 이기고 살라카모 남보다 갑절은 더 노력해야 겨우 입에 풀칠한다."(31쪽)고 한다.

길남이는 어머니의 이 말을 잘 받들었지만 "나는 장가를 간 뒤에까지 때때로 다리 밑에서 주워온 자식이 아니면, 아버지가 다른 여자로부터 나를 낳아 집으로 데려오지 않았을까 하는 의심을 잠재적으로 가지고 있었다. 매질만 해도 어머니는 내게만 유독 극악을 떨었고, 어렵고 힘든 일은 내게만 맡겼던 것이다. 나 혼자 진영에 떨어뜨려둔 것도 그랬고, 대구로 올라왔으나 학교에도 보내주지 않고 신문팔이를 시킨 일도 따지고 보면 서럽지 않을 수가 없다."는 길남의 이 말이 이 소설의 뼈대가 된다.

가난하다는 것은 절대 죄가 아니지만, 가난하면 큰 죄를 지은 것보다 더 혹독한 삶을 살아야 한다. 그것이 전후의 대구였다. 소설 속에서는 대구로 한정되어 있지만 이는 전국적인 현상이었다. 어쩌면 대구는 적지가 되지 않았으니 다른 지역보다 좀 나았을지도 모른다. 모든 악은 돈과 관련이 있다. 그 돈이 가난을 해결하기 때문이다.

김장 시장판에서 주워온 배춧잎 국을 먹던 길남이가 누이와 대화를 나누는 부분이 나온다.

> "누부야, 씨레기 매(깨끗이) 안 씻것네."
> "매 빨았는데… 와, 머가 씹히나?"
> "모래가."(115쪽)

지독한 가난 속에서도 가족애를 느낄 수 있는 대화인데 어쩐지 끌리는 장면이다. 이런 국이라도 먹을 수 있었던 것이 다행인 세월을 보며 가난의 처절함에 몸서리치지 않을 수 없다. 사전은 '가난'을 "살림살이가 넉넉하지 못하고 쪼들림, 또는 그런 상태"로 풀고 있는데 이는 수정되어야 한다. 다음 문장을 보면 그 이유를 알 수 있다.

> "그 시절 나는 이다음에 돈 잘 버는 그런 세월이 오면 여름철에 아이스께끼를 한자리에서 오십 개쯤 먹어 뱃속이 얼어붙게 만들어볼 테다고 결심했을 만큼 아이스께끼와 자장면의 그 야릇하게 고소한

내음은 선망의 대상이었다."(69쪽)

　"쓰레기통에 내다버린 꽁꽁 언 국수가락을 떨리는 손가락으로 집
어올릴 때, 아무도 보는 사람이 없었지만 나는 부끄러웠고 뺨으로 더
운 눈물이 흘러내렸다. 어쨌든 먹어야 살고, 앞으로 이런 찌꺼기 음
식을 아무렇지 않게 먹을 수 있어야 한다고 나는 옥마음을 먹었다."
(208쪽)

　그랬다. 『마당 깊은 집』에는 그보다 더 깊은 것이 있었다.
그것은 가난이었다.

먼 천둥

가와바타 야스나리, 유숙자 옮김
『**설국**』
민음사, 2018.

모호하다, 이 소설을 처음 읽고 마지막 장을 덮었을 때 드는 생각이었다. 그럼에도 불구하고 책장을 덮기가 아쉽긴 했다. 이 책의 137쪽에 나오는 낱말 '먼 천둥' 처럼 소리인지 형상인지 분명치 않은 무엇인가 가슴으로 젖어오는 것이 있었다. 줄거리가 분명치 않았지만 지겹지는 않았다. 첫 페이지로 돌아간다. 다시 설국의 국경에 선 것이다. 이 낯선 느낌은 어디서 오는 것인가? 가와바타 야스나리 문학의 특색 같은 것일까? 일본 최초의 노벨문학상 수상자라는 명성에 눌린 느낌 때문인가? 오래전에 책은 소장하고 있긴 했지만 읽지 않은 책이었다.

가와바타 야스나리, 그는 이 책을 처음부터 하나의 완결된 작품으로 구상해서 쓴 것이 아니라 36세 때 쓴 단편 「저녁 풍경의 거울」(문예춘추 1935) 이후, 이 작품의 소재를 살려 단속적으로 발표한 단편들을 모아 중편으로 완성해갔다. 1948년 완결판을 출간하기까지 13년이 걸렸다. 13년간 다듬은 소설이다. 그가 묘사한 저녁 풍경 "약하게 비추던 해가 지고 나서는 찬 공기가 별을 말갛게 닦아낼 듯 쌀쌀해졌다. 발이 시렸다."(137쪽)라는 문장 같은 것은 아무리 천재적이라 해도 단번에 되는 것은 아닐 성싶다. 미화하고 싶은 생각은 없지만, 이 책을 선전하는 "동양적 미의 정수를 보여준 노벨문학상 수상작"이란 카피에 그 답이 들어 있을 것이란 생각이 들었고, 진작 읽을 걸 하는 어리석은 자의 후회가 또 한 번 밀려왔다.

동양적 미, 그것은 또 무엇인가? '동양적(Asian)'이란 말 그 자체도 이 소설만큼 모호하다. 어쩌면 꼭 찍어 말할 수 없을 때 '적的'이란 말을 쓰는데 그런 수준으로 두어야겠다. 1968년 스웨덴 한림원은 "자연과 인간 운명에 내재하는 존재의 유한한 아름다움을 우수 어린 회화적 언어로 묘사했다."는 것을 노벨문학상으로 선정한 이유로 들었다. 그렇다. 뭔지 몰라도 이 말 중 '회화적 언어'라는 말에는 동의하지 않을 수 없다. 그 묘사 능력이 탁월함을 잘 보여주었기 때문이다. 여러 평자들이 명문장으로 꼽는 것들을 제쳐두고도 아름다운 문장은 차고 넘쳤다.

"아득히 먼 산 위의 하늘엔 아직 지다 만 노을빛이 아스라하게 남아, 유리창 너머로 보이는 풍경은 먼 곳까지 형체가 사라지지 않았다. 그러나 색채는 이미 다 바래고 말아 어디건 평범한 야산의 모습이 한결 평범하게 보이고 그 무엇도 드러나게 주의를 끌만한 것이 없는 까닭에 오히려 뭔가 아련한 커다란 감정의 흐름이 남았다."(12쪽)

두 번째로 읽으며 앞부분에서 이 문장을 만나고 그래, 줄거리는 그의 풍경 묘사에서 한 말처럼 "주의를 끌만한 것이 없는 까닭"에 소설로 읽을 것이 아니라 시로 읽자는 생각을 했고 그렇게 읽었다. 소설이란 생각을 버리고 읽는 것이 이 책의 훌륭한 독법이다. 그래서 어느 페이지라도 펼쳐보면 되는 것이다. 누구라도 이 책을 한 번 읽고, 두 번째 이런 식으로 접근해보면 아주 독특한 재미를 느낄 수 있을 것이다. 인물을 묘사한 다음 문장을 보자.

"가늘고 높은 코는 다소 쓸쓸하게 마련인데 뺨이 활기 있게 발그레한 덕분에, 나 여기 있어요, 하는 속삭임처럼 보였다. 아름다운 윤기 도는 입술은 작게 오므렸을 때조차 거기에 비치는 햇살을 매끄럽게 어루만지는 듯했다. 더욱이 노래를 따라 열렸다가도 다시 안타깝게

맞물리는 모양은 그녀의 몸이 지닌 매력 그대로였다. 약간 처진 눈썹 밑의, 눈꼬리가 올려가지도 않고 일부러 곧게 그린 듯한 눈이 지금은 촉촉이 빛나 앳돼 보였다. 화장기 없고, 도시에서의 물장사로 말쑥해진 얼굴에 산 빛깔이 물들었다고나 할 만치 백합이나 양파 구근을 벗겨낸 듯한 새하얀 피부는 목덜미까지 은근히 홍조를 띠고 있어 무엇보다 청결했다.”(65쪽)

여인의 얼굴을 이렇게 묘사한 문장을 나는 처음 만났다. 이 단락만 따로 떼 내서 '그녀'라는 제목이 붙은 산문시로 읽으면 어떻겠는가? 그가 묘사한 고마코가 바로 앞에 앉아있는 듯한 느낌을 받지 않는가? 그래서 한 편의 소설을 읽으면서 더 많은 것을 욕망한다는 것은 지나친 욕심이다, 더 이상 바라지 말자고 생각했다.

그럼에도 불구하고 “옷감은 공예품 가운데 수명이 짧은 편이긴 해도, 소중하게만 다루면 50년 이상 된 지지미도 색이 바래지 않은 상태로 입을 수 있지만, 인간의 육체적 친밀감은 지지미만한 수명도 못 되는 게 아닌가 하고 멍하니 생각하고 있으려니,”(133쪽)와 같은 문장, 같은 페이지의 “자신의 쓸쓸함을 지켜보며 그저 가만히 멈춰 서 있는 것뿐이었다.”는 문장이 주는 충격과 관조의 미까지 외면하기는 어렵다.

무위도식의 여행자가 눈의 지방에 와서 그 지방에서 게이샤로 사는 고마코와 요코 사이를 오가는 마음의 발자국을 옮긴 것, 그 줄거리에 크게 관심 둘 이유는 없다. '아름답다.' 라는 말이 소설 본문 속에서 수없이 나오는데 처음 읽기에서는 걸림이 었는데, 두 번째 읽기에서는 충분히 동조할 수 있었다.

시마무라가 마음을 주던 고마코가 아닌 요코가 화재로 사고를 당해 고마코에 의해 들려 나오는 순간 "쏴아 하고 은하수가 시마무라가 안으로 흘러드는 듯했다."고 소설이 끝나는데, 그 순간이 어떤 것일까? 짐작하지 못했다. 이 소설은 마지막 문장에서까지 내가 경험해보지 않은 감각을 묘사하고 있었다. 이 문장이 날 쉬 떠나지 않을 것 같다. 그런 감각을 경험할 때까지….

그래 겨울은 『설국』을 읽어야 할 계절이다. 소식이 궁금한 옛 친구의 주소를 안다면 『설국』 한 권 사서 부쳐주고 싶다. 그리고 정 많은 그 누가 겨울에 내게 전화를 걸어오면 『설국』에 가보라고 권하고 싶어진다. 『설국』, 무엇이든 간에 뚜렷하고 똑똑해야만 빛나는 것이 아니라 희미한 그 무엇도 우리들을 황홀하게 해 줄 수 있다는 것을 가르쳐준 그것이 '먼 천둥' 의 아름다움일 것이다.

눈길은 '눈물의 길'이었다

이청준
『눈길』
열림원, 2005.

"동구 밖까지만 바래다주겠다던 노인은 다시 마을 뒷산 잿길까지 나를 좀더 바래주마 우겼고, 그 잿길을 올라선 다음엔 새 신작로가 나설 때까지만 산길을 넘어가자 우겼다. 그럴 때마다 한 차례씩 애시린 실랑이를 치르고 나면 노인과 나는 더 이상 할 말이 있을 수 없었다. (중략) 나는 결국 그 면소차부까지도 노인과 함께 신작로를 걸었다."(63쪽)

'애시린', 아마도 전라도 사투리쯤 되리라. 국어사전엔 실리지 않은 말이다. 국어사전에 사투리야 실릴 수 있지만 이 문장 속의 '애시린'이란 표현의 말뜻을 사전에 어찌 다 실어낼 수 있겠는가. 그 말뜻이 무엇인지 잘 모르지만, 다 몰라서 더 애잔해지고 끌리는 낱말이다. 이 소설을 읽고 딱 한 단어로 말하라고 한다면 나는 이 '애시린'을 들지 않을 수 없다. 그것 말고는 다른 말이 있을 수도 없고 있을 리도 없다. 그래, '애시린' 소설이었어!

이청준, 1939년생, 1965년 〈사상계〉에 「퇴원」이 당선되어 문단에 나온 후 '한 세기에 한 번 배출되기가 쉽지 않은 불세출의 작가'로도 불리는 작가다. 『이어도』, 『당신들의 천국』, 『서편제』는 영화가 되기도 했고, 『숭어도둑』, 『동백꽃누님』 같은 동화집도 있으며, 산문집 『아름다운 흉터』 등도 있다. 2003년에 『이청준 문학전집』이 25권으로 완간되었다.

『눈길』은 단편이다. 형의 노름과 주벽으로 집이 팔렸는데, 이를 외지에서 공부하다 온 작은 아들에게 알리지 않으려고 그 집에서 밥 해 먹이고 하룻밤을 재우고, 떠나는 아들을 배웅 갔다 돌아오는 새벽 눈 내린 길 위의 이야기다. 더 길면 사족이 되었을 것이다. 이 단편을 읽고 어머니를 떠올리지 않고, 눈물 글썽이지 않은 독자는 없을 것이며, 어머니의 깊고 깊은 사랑에, '어머니'라고 소리쳐 부르지 않을 사람 드물 것이다. 그래서 소설 제목 『눈길』은 '눈물의 길'을 줄인 것으로 읽어도 좋으리라.

이 소설의 끝에 가면 어머니와 자식의 마음을 응축시킨 문장들이 있다. "나는 아직도 눈을 뜰 수가 없었다. (중략) 졸음기가 아직 아쉬워서도 아니었다. 눈꺼풀 밑으로 뜨겁게 차오르는 것을 아내와 노인 앞에 보일 수가 없었다. 그것이 너무나 부끄러웠기 때문이다."(80쪽)는 아들의, 그리고 소설의 마지막 단락이 되는 어머니의 다음 말이 그것들이다.

"그때 내가 뒷산 잿등에서 동네로 바로 들어가지 못하고 있었던 일 말이다.··· 갈 데가 없어서가 아니라 아침 햇살이 활짝 퍼져 들어있는디, ··· 그렇게 시린 눈을 해갖고는 그 햇살이 부끄러워 차마 어떻게 동네 골목을 들어설 수가 있더냐. 그놈의 말간 햇살이 부끄러워서 그럴 엄두가 안 생겨나더구나, 시린 눈이라도 좀 가라앉히자고 그래 그러구 있었더니라···."

어머니, 그 사랑에 대한 죄책감으로 어머니를 '노인'이라고 부르며, 그의 무능을 애써 '빚'으로 치부하며, 괴롭지 않은 듯 괴로워하는 이 역설은 서러워서 아름답다. 만약 '노인'을 어머니라 부르고 '빚'을 '효'라고 말했다면 이 소설의 감동은 덜했을 것이다. 그리고 사투리의 진정성, 그 말맛이 진하다. 여기에 꼭 눈물 닦은 손수건 같은 변병준의 눈발 그림은 왜 그리도 서럽게 보이는지! 이 소설을 읽고 소설을 길이로 장편이니 단편이니 하며 나눠야 하는가 하는 의문을 처음 가졌다. 나는 단편이라고 부르고 싶지 않다.

어머니가 미운 사람이나 어머니에게 효도하지 못해 가슴 태우는 사람들은 절대 이 소설을 읽지 마라. 미운 어머니에게 갑자기 마음이 쏠려갈 수도 있고, 효도하지 못한 자신을 너무 많이 미워할 수도 있으니까. 그러나 읽으려면 겨울에 읽어라. 우리 어머닌 먼 길 가시며 휴대폰을 휴대하지 않으셨다. 그래서 통화가 안 되는데, 오늘 밤 눈이라도 내리면 좋으련만….

두 개의 자아, 규명이 불가능한…

Robert Louis Stevenson, 마도경 옮김
『지킬 박사와 하이드』
더클래식, 2018.

    사람이 삶을 영위하면서 '존재의 의미를 분명하게 깨닫고 생각하며 행동하고 있는가? 또는 인간은 원래 선하게 태어나는가? 아니면 악하게 태어나는가?' 하는 문제에 대해 명확하게 알고 살아가지 못한다. 그에 대한 대답은 인간이 답하기 어려운 문제이기 때문이다. 『지킬 박사와 하이드』는 바로 이 양면성을 다룬 작품이다. 해설자 마도경은 "늘 안개 끼고 음산한 19세기 런던을 배경으로 낮과 밤을 통해 선과 악의 행동 시간을 고정시키고, 고상하면서 한편으로 음흉한 노신사가 자유자재로 변신하는 기적의 약물을 발명한 뒤 그것의 도움으로 재미있는 삶을 즐기다가 몰락에 이르는 전 과정을 담은 공상과학 소

설"이라고 정의했다.

이 소설은 2019년을 기점으로 해서 133년 전인 1886년에 나왔는데, 2004년 한국 문인이 선호하는 세계 명작 소설 100선에 들었고, 소설로서만이 아니라 영화와 뮤지컬로도 크게 부각되어, 영국 스토리텔러 시대를 연 최고의 걸작으로 평가받고 있다. 저자 스티븐슨(1850~1894)은 병약하게 태어나 1883년 『보물섬』 출간으로 인기작가가 되었고, 이어 『지킬 박사와 하이드』 등 많은 화제작을 발표했다. 1888년 건강 악화로 고국을 떠나 남태평양의 사모아 섬에서 살았고 '베일리마'라는 이름의 추장으로 불리며 존경받고 살다가 뇌출혈로 갑자기 죽었다.

정말 인간은 착하게 태어나는가? 악하게 태어나는가? 이는 온 인류가 궁금해하는 일이지만 규명이 불가능해, 이것도 저것도 아니게 선한 면도 있고 악한 면도 있다고 얼버무려 놓고 살고 있는 것이 아닌가 하는 의문이 들기도 한다. 맹자는 이른바 성선설性善說로 인간에게는 천성적인 양지양능良知良能[26]이 갖추어져 있고, 이것에 의해 인의예지仁義禮智의 사단四端(도덕의 근본)을 가지게 되며, 또 이 사단을 확충할 능력이 있다고 본다.

이에 대해 순자가 주장하는 성악설性惡說은 인간의 도덕성이 선천적이란 것을 부정하며 사람의 성은 악한 것이고 선은

---

26) 경험이나 교육에 의하지 아니하고도 알며, 또한 행할 수 있는 타고난 지능

인위적인 것이라고 했다. 성은 선천적인 것인데, 그것이 이기적인 욕망이며 위僞라는 것은 작위作僞, 즉 후천적인 노력이라고 하면서 사람들은 이 후천적 노력을 통해서 예를 따르도록 힘써 선을 발휘하지 않으면 안 된다고 주장했다.

이 소설은 '선하게'로 일생을 마치는 것이 아니라 '악하게'로도 살아서 재미를 느껴보자는 욕망에서 출발한 것이다. 인구에 회자되는 것도 인간 그 누구라도 그런 생각들을 갖고 있기 때문일 것이다. 그 누구라도 죄를 짓고 싶은 욕망을 억제해 보지 않은 사람은 없을 것이다. 주인공은 그런 삶을 살아보았지만 결국은 악을 악으로 생각하는 것에서 벗어나지 않았다. 그것은 결국 인간은 굳이 구분을 한다면 선한 쪽이라는 사실을 암시하는 게 아닐까 싶기도 하다.

"나는 매일 도덕과 지식이라는 지성의 양면을 고찰하여 인간은 실제로 하나가 아니라, 두 개의 자아로 이루어진 존재라는 진리에 점점 접근했다. 이러한 진리의 불완전한 터득이 결과적으로 나를 끔찍한 파멸로 이끈 셈이다. 여기서 내가 두 개의 자아라고 말하는 것은 현재 나의 지적능력으로는 그 이상의 규명이 불가능하기 때문이다."(133쪽)라고 '헨리 지킬이 진술하는 사건의 전모'에서 밝히고 있다.

두 개의 자아로 살아보겠다는 것이 아주 허황한 것이었지만 인간은 이런 꿈도 꿀 수 있다는 것을 알려준 작가는 그것만으

로도 인류의 발전에 기여했다. 그것을 읽고 잠시라도 생각해
본다면 독자 역시 인류 발전에 참여하는 것, 그렇다. 생각해 보
게 하는 것으로 이 소설이 해야 할 일을 다한 것이고, 얼마나
혹은 어떻게 생각하느냐의 문제는 독자 스스로의 몫이다.

나쁜 제목의 좋은 소설

Jane Austen, 박현석 옮김
『Pride and Prejudice』
동해출판, 2008.

'오만傲慢'이라는 낱말도 '편견偏見'이라는 낱말도 듣지 않고 살면 좋을 말이다. 듣기 싫은 낱말 두 개가 만난 것이 소설의 제목이라니, 이게 내 편견일지 모르지만… 읽기 싫을 것 같지만, 그래서 또 호기심을 자극할 만도 하다. 어쨌든 출간된 지 200년이 넘도록 전 세계적으로 많은 독자를 확보하고 있는 고전 목록이다.

상류층의 오만한 남자 다아시와 그 오만에 편견을 가지게 된 몰락한 귀족 집안의 여성 엘리자베스 베넷이 오만과 편견으로 서로를 오해하며 지내다가 오만을 반성하고, 편견을 버림으로써 서로 진실로 사랑하여 결혼에 이르게 된다는 줄거리다.

이를 "평범한 가정의 응접실을 인간 희극의 극장으로 바꿔놓았다." 거나 "가족 소설의 걸작" 등으로 평가하기도 한다.

Jane Austen(1775~1817)이 21살인 1796년에 『첫인상』이라는 제목으로 집필 출판하려 했으나 거절당했고, 그로부터 17년이 지난 1813년에 『오만과 편견』으로 개작 출판하였다. 이후 영화, 연극, 드라마 등으로 재탄생하기도 했고, 세계적인 사랑을 받고 있다. 작가의 서거 200주년 기념 영국 화폐 모델에 선정되어 2018년 영국 10파운드에 사진이 인쇄되었다.

18세기 후반의 영국은 귀족과 평민의 차별뿐 아니라 남여의 신분 차이도 컸다. 특히 재산 상속이 남자에게만 허용되어 여성들은 따로 직업을 가지기가 어려웠고 결혼해서 남편에게 의지할 수밖에 없었다. 그런 시기 결혼기에 접어든 작자의 결혼에 대한 꿈과 환상을 소설화한 것이 아닐까 싶기도 하다. 작가는 42년을 결혼하지 않고 독신으로 살았는데 독신을 고집한 이유가 당시 영국 사회의 남녀 불평등에 기인했을 것이라는 추측도 가능하다.

"자존심은 스스로가 자신을 좋게 생각하는 것이지만, 허영은 남이 나를 좋게 생각했으면 하는 마음이거든."(33쪽), "나는 그것이(춤) 상류 사회 최고의 풍류 중의 하나라고."(41쪽), "언제 누구와 만나더라도 친절하게 대하시잖아요, 나는 그런 게 참된 교양이라고 생각해요."(68쪽), "시는 사랑의 양식"(69쪽), "기쁨을 주는 과거만을 회상하라는 게 내 철학이에요."(506쪽) 등의 구절은 교양에 연계되고, 여성의 권리 찾기 등 의미를 부여할 만한 게 많다.

이 소설은 오만과 편견이 얼마나 많은 불행을 초래할 수 있는가를 오만과 편견에서 벗어나서 행복해지는 것으로 보여주고 있다. 이 소설이 세기를 넘어 인기를 얻고 있는 것은 이 구체성과 여주인공이 사회적 지위와 재산에 마음을 뺏기지 않고 오로지 순수한 사랑의 힘으로 여성의 권리, 아니 여성의 행복을 찾아간 점일 것이다. 오만과 편견에도 이유가 없을 리 없다. 오만과 편견이 오해의 뿌리가 되는 것은 틀림없다. 그러나 오해의 원인을 분명히 밝혀 오해를 풀 수 있다면 오만도 편견도 모두 자존심이 될 수 있는 것이다.

따라서 소설 속 여주인공은 모든 여성들이 우상으로 삼을 만한 인물이 되었다. 어떤 소설을 읽고 그 소설에 나온 멋진 주인공의 행동을 따라하기는 어렵다. 그러나 소설 속 이야기에서 멋있고 가치 있어 보이는 행동을 하지 않으면 심기가 편치 않게 된다. 이 소설에서 오만했음을 반성하는 다아시의 행동은 엘리자베스 베넷이 가진 편견을 불식시키기에 충분했고, 엘리자베스 베넷의 자존심은 아름다웠다.

어느 세대에게나 훌륭한 읽을거리가 되고 있지만 특히 결혼을 앞둔 남녀들이 읽으면 좋겠다는 생각이 든다. 좋은 결혼, 영원한 사랑의 길, 품위 있는 삶의 길이 어떻게 닦여지는가를 보여주고 있기 때문이다. 결혼을 앞둔 이들에게 『오만과 편견』이라는 나쁜(?) 제목의 좋은 소설을 선물할 수 있으면 좋겠다.

정신적 승리는 패배자의 변명이다

루쉰 지음, 조관희 옮김
『아큐정전』
마리북스, 2018.

중국 작가 루쉰魯迅하면 떠오르는 것이 두 가지다. 그 첫째는 '아큐'라는 사람의 이름, 알파벳으로 표기된 한어병음의 첫 글자를 대신 쓴 특이함이 기억되고, 둘째는 희망에 대한 그의 해석이다. 그의 단편『고향』의 끝 단락에서 "생각해 보니 희망이란 것은 본래 있다고도 할 수 없고, 없다고도 할 수 없다. 이 것은 땅 위의 길과 같은 것이다. 본래 땅 위에는 길이 없었다. 지나가는 사람들이 많아지면 그게 곧 길이 되는 것이다."라는 문장이다.

루쉰(1891~1936)은 중국 현대 소설의 선구자로 우리의 이광수와 비교할 수 있다. 1904년 24세 때 중국 홍문학원을 졸업하고 일본 센다이 의전에 입학했다. 1년 반 의학을 공부하다가 중국인들이 일본인으로부터 핍박받는 중국인을 구하지 않는 것에 격분, 센다이 의전醫專을 중퇴하고 문학을 통한 정신개조를 위해 동경에서 문예 연구에 종사하다가 귀국한다. 1921년(41세) 12월부터 『아큐정전』을 巴人(빠런)이란 필명으로 베이징의 '晨報(신빠오)'에 매주 연재했다가 1923년 첫 소설집 『납함(吶喊)』-적진을 향해 돌진할 때 여러 군사들이 일제히 고함을 지르는 것-에 수록했다. 세 권의 소설집에 33편의 단편을 남긴 단편 작가다.

『아큐정전』은 신해혁명辛亥革命(1911년 청나라를 무너뜨리고 중화민국을 세운 혁명)을 전후한 농촌을 배경으로 성도 이름도 정확히 알 수 없는 날품팔이 농민의 삶을 전기라는 형식으로 쓴 소설이다. 아큐는 혁명 당원임을 자처했으나 도둑으로 몰려 어이없게 총살되고 마는 것이 줄거리다. 그 과정에서 지주 조가趙家와 대조되어 당시 중국 사회상이 드러난다.

이 작품에 대한 평가는 엇갈리기도 하지만 중국 현대문학의 출발점이 되었다는 사실은 부인할 수 없으며, 오늘날에도 높은 평가를 받고 있다. 그 까닭은 주인공 아큐가 모욕을 받아도 저항할 줄 모르고 오히려 머릿속에서 '정신적 승리'로 탈바꿈시켜 버리는 주인공의 정신 구조를 희화화시켰기 때문이다. '정신적 승리'라는 심리 기제를 만들어 당시 중국 구 사회의 모순을 적나라하게 폭로하고 있는 것이다.

이 소설을 의미 있게 하는 장치는 '정신적 승리'라는 말이다. 그것은 제2장 끝 단락의 다음과 같은 경우를 말한다. "그는 즉시 실패를 승리로 전환시켰다. 그는 오른손을 들어 뺨을 두 차례 때렸다. 얼얼한 통증이 왔다. 때리고 나자 마음이 편안해졌다. 때린 것은 자기이고, 맞은 것은 또 다른 자기인 듯 느껴졌다. 잠시 후 그는 마치 자기가 남을 때린 듯 -비록 아직도 뺨이 얼얼하긴 했지만- 흡족해져 의기양양해하며 드러누웠다. 그는 잠이 들었다."

중국인들의 정신개조를 꿈꾼 루쉰은 아큐를 전형적인 중국인으로 보았다. 지도층이 비리를 저질러도 비분강개하지 않고 잠시 울분을 토하다가 금세 그럴 수도 있다는 식으로 마무리하며 좋은 게 좋다는 결론에 이르는 것이 중국인이라는 것이다. 역사적으로도 주변 이민족들이 중원에 들어와 수많은 왕조를 세우고 자신들을 잔인하게 지배했지만 레지스탕스를 하지 않은 중국인의 정신을 루쉰은 문학으로 바꾸어야 한다고 생각했던 것이다.

이 소설은 루쉰이란 작가를 제대로 알아야 몰입할 수 있다. 실패 혹은 패배의 다른 이름인 '정신적 승리'를 만끽하며 자기를 합리화하는 것이 옳지 않은 일이라는 것을 깨닫는 것에는 얼마간의 사색이 필요하기 때문이다. 따지고 보면 이런 정신이

어찌 중국 사람들에게만 있고, 루쉰이 이 소설을 썼던 1920년
대 초에만 있었겠는가? 100년이 지난 지금도 마찬가지 아닌가?
2019년 현재 대한민국 정치판에 만연하는 '내로남불'과 다를
것이 없지 않은가? 『아큐정전』은 그래서 고전이 되고, 읽어야
할 이유가 여기 있는 것이다.

조르바, 나는 무엇을 남겨야 하나요

Nicos Kazantzakis, 베스트트랜스 옮김
『그리스인 조르바』
더클래식, 2018.

'희랍希臘'이라는 중국어 발음이 내게는 더 오래전부터 기억
된 것이고, 영어권에서 그리스Greece라고 하나 정식 명칭은 헬
레니공화국(Hellenic Republic)이라고 한다. 정작 그리스인들은 '엘
라스'라고 부른다고도 하고, 헬레니즘Hellenism[27]이란 말도 그리
스문화를 잇는 개념이 되고, 1863년 독일의 드로아젠이 『헬레

---

[27] 기원전 334년 알렉산더 대왕의 동방 원정에서부터 기원전 30년 로마의 이
집트 병합 때까지 그리스와 오리엔트가 서로 영향을 주고받음으로써 생긴
역사적 현상. 세계 시민주의, 개인주의적 경향이 나타났으며 자연 과학이
발달하였다.
Hebraism : 히브리인의 사상, 문화 및 그 전통, 일반적으로 유대교와 기독
교의 전통을 통틀어 이르는 말로 헬레니즘과 함께 유럽 사상 문화의 2대 원
류이다.

니즘사』에서 '헬레니즘'이라는 말을 쓰기 시작했는데 그리스 문화, 그리스정신을 가리키기도 한다.

작가 니코스 카잔차키스Nicos Kazantzakis는 1883년 터키 지배 아래 있던 크레타섬 이라클리온에서 출생했다. 1943년 『그리스인 조르바』를 발표했고, 1951년과 1956년 두 차례에 걸쳐 노벨문학상 후보에 지명되기도 했다. 그의 대표작 『마킬레스 대장』, 『그리스도 최후의 유혹』이 신성을 모독했다는 이유로 그리스 정교회와 로마가톨릭으로부터 파문破門[28] 당하기도 했다. 1957년 독일 프라이부르크 대학병원에서 사망(1957), 그리스 정교회가 아테네에 안치하는 것을 반대 크레타로 운구되어 고향에 묻혔다.

'조르바'라는 사람의 실화라고 전해지는 이 이야기는 그리스의 젊은 책벌레인 화자 '나'가 광산을 관리하기 위해 떠나는 아테네의 피레우스 항구 카페에서 마케도니아 출신의 노동자, '조르바'와 우연히 만나 그를 광산 감독으로 채용하고 갈탄 광산에서 일하며 벌목 사업을 벌이다 실패하는 이야기다. 재미없을 듯했지만 드물게 재미있는 소설이다. 재미있다. 그러나 그 재미가 재미에서 끝나는 것이 아니라 자꾸 질문을 던지며 생각하게 한다.

---

28) 종교 신도로서의 자격을 빼앗고 종문(宗門)에서 내쫓는 일, 특히 가톨릭교에서 공식적으로 행하는 일이다.

삶이 책장 속에 있는 것이 아니라 우리 눈앞에 있다는 것을 보여준다. 작중 화자가 친구에게 보낸 편지 속에서 "공자가 말하기를 많은 사람이 자기보다 높은 곳에서, 혹은 낮은 곳에서 복을 구한다. 그러나 복은 사람과 같은 높이에 있다."(180쪽)고 했다고 인용하고 있다. 삶이 복을 구하는 과정이라고 한다면 어떻게 복을 구하는가가 궁금해질 것이다.

작가는 이 책 전체에서 두 번이나 인간의 종류를 나눈다. 하나는 음식을 먹고 뭘 하는지를 기준으로 해서 "누구는 먹은 음식으로 비계와 똥을 만들고, 누구는 일과 좋은 유머에 쓰기도 하고, 어떤 이는 하느님께 돌린다고 합니다."(134쪽), 다른 하나는 "나는 세 종류의 인간이 있다고 생각해요. 첫 번째는 주어진 인생을 먹고 마시고 연애하고 돈 벌고 명성을 쌓는 걸 삶의 목표로 여기는 사람이죠. 또 한 부류는 자기 삶보다는 인류의 삶에 더 관심이 있는 사람들이에요. 인간은 결국 하나라는 생각으로 인간을 가르치려 하고 사랑과 선행을 권합니다. 마지막은 전 우주의 삶을 목표로 하는 사람이에요."(238~239쪽)

이 같은 인용문도 많은 생각을 하게 하지만 "먹고 살기 힘들 때는 산투르를 연주하며 여인숙을 돌아다니기도 하지요. 마케도니아에서 전해지는 늙은 산적의 옛 노래도 부른답니다. 그러고는 모자를 벗어들고 바로 이 베레모 말이외다. 한 바퀴 돌면 돈으로 가득 찬다오."(25쪽), "아, 그게 돌림판을 돌리는데 자꾸 거치적거리더란 말이오. 이게 기어들어 내가 만들려던 걸 망쳐 놓더란 말이지요. 그래서 어느 날 손도끼를 들고 그만…."(38쪽), "무슨 신명이 난다고 그렇게 춤을 춥니까?" "보스, 어쩔 수 없잖아요. 너무 기뻐서 목이 졸리는 것 같은데, 숨을 쉬게 해 줘야지요. 말로 됩니까? 흥, 웃기죠."(143쪽), "내 속에는 소리 지르는 악마가 한 놈 있어서 나는 그놈이 시키는 대로 합니다. 감정이 목구멍까지 치받치면 이놈이 소리치죠. '춤춰!' 그러면 나는 춤을 추는 거예요. 그러고 나면 숨통이 뚫리지요."(145쪽), "입으로 할 수 없는 말을 발로 손으로 배로, 하이, 하이, 호플라, 호 하이 따위의 장단으로 표현한 거지요."(147쪽), "나는 내 불행을 춤으로 얘기했어요."(148쪽)라는 문장들에서 악기와 춤 같은 예술이 인간의 삶에서 무엇이고 어떤 것인지를 가르쳐준다.

조르바는 이렇게 얘기한다. "봐요. 내가 툭 까놓고 말하지요. 이 세상은 하나의 수수께끼인 데다 인간이란 야만스러운 짐승에 지나지 않는단 말입니다. 잔혹한 야수면서 신이기도 하지요. 나와 함께 마케도니아에서 온 놈 가운데 불한당 반역자, 요르가란 놈이 있었어요. 진짜 악랄한 놈인데, 그놈이 글쎄 울더란 말입니다. '왜, 우는 거야 요르가, 이 개놈아.' 말은 그렇게 했지만 내 눈에서도 눈물이 흐르고 있었습죠. '늙은 돼지 새끼 같은 놈이 뭐 하러 울어?' 그랬더니 그는 두 팔로 내 목을 끌어안고 어린애처럼 엉엉 울더란 말입니다. 그러고는 그 잡놈이 자기 지갑을 꺼내 터키 놈들에게서 뺏은 금화를 몽땅 쏟아 내서 한 줌씩 공중에 뿌렸어요. 보스, 그런 게 자유29)라는 겁니다."

자유인인 조르바가 정의하는 자유는 그야말로 자유롭다. 그리고 상징적인 의미에서 돈에서 풀려나는 자유를 말하는 것이라면 정말 큰 자유다. 조르바의 여성관에 대해서는 고개를 갸웃거리게 한다. 하지만 인간이 사는 세상은 지역과 그 시대와 맞물려 돌아가는 것이기 때문에 지역과 시대적 배경에 대한 이해 없이 가치를 판단해서는 옳은 것이 되기 어렵다. 그러나 "여자를 보는 모든 남자는 그녀를 갖고 싶다고 해야 합니다. 불쌍하게도 여자란 그런 걸 바라거든요 그러니까 남자라면 여자에게 그런 말로 기쁘게 해 줘야 하는 겁니다."(96쪽) 같은 문장은 독단성이 강하다.

그리스인 조르바, 이렇게 살다 간 사람이 있을 수 있다는 개연성은 크다. 이 소설은 소설이 줄 수 있는 대리만족을 최대한 느끼게 한다. 이보다 더 크고 강하게 줄 수는 없을 것이라는 생각이 들기도 한다. 그런 측면에서는 내가 지금까지 읽은 소설

---

29) 2010년 오프라 윈프리 북클럽 선정도서, 조너선 프랜즌의 장편소설 『자유』를 옮긴 홍지수는 옮긴이의 말에서 "이제는 자유가 무엇을 누릴 자유보다 무엇으로부터의 자유가 절실한 세상이 된 것 같다."고 썼다.

중에서는 으뜸이다. 서평에서 많은 인용을 하는 것이 결코 바람직한 일이 아니지만 인용하고 싶은 문장이 참으로 많다. 끝까지 읽어도 밑줄 하나 그을 수 없는 책도 있다는 걸 생각하면 얼마나 다행인가. 마지막으로 가슴 찡한 한 문장 인용하며 끝맺고 싶다.

소설의 마지막을 장식하는 편지 속에 "고인이 평소에 당신 얘기를 자주 했고, 자기가 죽은 뒤에 그의 산투르를 당신에게 주라고 했답니다. 당신이 그를 기억하는데 도움이 되었으면 한다고요."(305쪽)는 눈시울 붉어지게 한다. 지금 내가 손목에 차고 있는 고급 시계를 내게 넘겨주고 저세상에 먼저 간 내 친구가 떠올랐기 때문이다.

그래, 나는 내가 죽을 때 나의 그 무엇을, 그 누구에게 넘기고 죽어야 하나? 이 책을 덮으며 고민이 생기고 말았다. 절대 쉽게 결정될 수 없는 고민, 그리고 지금 내 삶에서 가장 중요한 것은 무엇인가? 내가 없어도 나를 상징하는 그 무엇이 있는가? 참 바보처럼 살았다는 생각이 스친다. 조르바 선생, 어쩌면 좋겠어요. 그 목소리로 어떻게 하라고 말해 줄 수 없나요?

'마음'30)일까? '양심'일까?

나쓰메 소세키, 송태욱 옮김
『마음』
현암사, 2018.

나쓰메 소세키〔夏日漱石 1867~1916〕, 49세를 일기로 세상을 떠
난 일본 소설가. 한국의 이광수, 일본의 셰익스피어로 비유될
수 있는 작가로 알려진다. 1984년부터 2004년까지 일본 1000
엔 지폐 인물이기도 했다. 그가 남긴 소설 『마음』을 집중해서

---

30) ①사람이 본래부터 지닌 성격이나 품성. ②사람이 다른 사람이나 사물에 대
하여 감정이나 의지, 생각 따위를 느끼거나 일으키는 작용이나 태도. ③사
람의 생각, 감정, 기억 따위가 생기거나 자리 잡는 공간이나 위치. ④사람이
어떤 일에 대하여 가지는 관심. ⑤사람이 사물의 옳고 그름이나 좋고 나쁨
을 판단하는 심리나 심성의 바탕. ⑥이성이나 타인에 대한 사랑이나 호의의
감정. ⑦사람이 어떤 일을 생각하는 힘. 이라고 무려 7가지의 의미로 풀고
있다. 한자의 '心(심)' ①마음 심 ②염통 심 ③가슴 심 ④가운데 심 ⑤근본
심 ⑥별이름 심. 영어로는 Mind, Will, Nous, Sentient 등이 쓰인다.

읽었다. 집중하려고 하지 않아도 소설이 집중하게 했다. 재미있었다. 『마음』이 내 '마음'을 끌고 갔다. 신문연재 소설이라 책 읽다가 숨 고르기도 좋았고, 작가가 회장체回章體의 특징을 잘 살려내어 다음 회에 대한 궁금증이 증폭되어 책장이 빨리 넘어갔다.

책을 덮기 전에 해설과 번역자의 말을 읽으니 혼란스럽다. 평론가 강유정은 "다 읽고 나면 왜 소설의 제목이 『마음』이어야 하는지 저절로 이해된다."고 했고, 번역자는 "K에게 감정이입하여 읽으면 선생님의 또 다른 마음이 보인다."고 썼다. 그런데 K에게 감정이입을 하면 다른 마음이 보인다는 말은 너무나 당연한 말이고, 제목을 '마음'으로 붙인 까닭은 저절로 이해되지 않는다. 이 소설을 해설한 문학평론가나 번역자만큼 집중해서 읽지 않았을까? 독해력이 부족한 것일까? 왜 알아지지도 않고 선명하게 보이지도 않는가 말이다.

이 소설의 제목이 '마음'인 것이 내게는 참 못마땅하다. 무책임하다는 생각까지 한다. 사람살이가 모두 마음의 움직임라고 볼 수 있는데 어느 소설인들 '마음'으로 붙여서 제목이 되지 않을 소설이 있을까 싶기 때문이다. 소설 속의 사건들은 모두 마음의 작용이 낳은 결과로 보아야 하는 것이 아닌가? 그러니까 소설의 서사는 모두 마음의 움직임을 좇아간 것이다. 불교「화엄경」보살설계품菩薩設偈品에 '모든 것은 오로지 마음이 지어내는 것'이라는 의미의 일체유심조一切唯心造'란 게송이 있지 않는가.

상중하로 나누어 선생님과 나, 부모님과 나, 선생님의 유서로 묶어져 하나인 듯 셋이고, 셋이면서 하나다. 한 인간을 둘러싼 인간관계가 얽힌 마음의 행로를 따라갔다. 이 소설은 한 여인을 사랑한 두 남자 사이의 사건이 그 핵심이 된다. 한 여자를 짝사랑한 친구들, 한 친구는 괴로움에 자살해 버린다. 산 자는 평생 동안 한 달에 한 번씩 무덤을 찾아가며 죄책감을 달랜다. 평생을 함께한 아내에게도 숨기고 있는 K의 죽음을 선생님이라 부르는 젊은 친구에게 편지로 고백하고 그도 자살해 버린다. 일본적 염결廉潔[31]이다.

그리고 이런 소설적 구성을 끌고 가는 인식의 바탕은 "예전에 그 사람 앞에서 무릎을 꿇었다는 기억이 이번에는 그 사람 머리 위에 발을 올리게 하는 거라네. 나는 미래의 모욕을 받지 않기 위해 지금의 존경을 물리치고 싶은 거지. 난 지금보다 한

---

31) 청렴하고 결백함

충 외로울 미래의 나를 견디는 대신에 외로운 지금의 나를 견디고 싶은 거야, 자유와 독립과 자기 자신으로 충만한 현대에 태어난 우리는 그 대가로 모두 이 외로움을 맛봐야 하는 거겠지."(50쪽)라는 판단이다. 이 문장이 이 소설의 핵이 아닐까 싶다.

그래서 이 소설의 제목은 '마음'이 아니라 "사물의 가치를 변별하고 자기의 행위에 대하여 옳고 그름과 선과 악의 판단을 내리는 도덕적 의식"인 '양심良心'이 되는 것이 더 적절하지 않을까? 선생님은 숙부의 배신을 통해 인간을 아는 일에 관심을 가졌고, 세상에는 타고난 악인이 있는 게 아니라 선인이 여차하는 순간 악인으로 돌변하기 때문에 방심해서는 안 된다는 사실을 '나'에게 주입시키려 한다. 그의 고뇌는 "인간의 가슴 속에 장치된 복잡한 기계가 시곗바늘처럼 거짓 없이 시계판 위의 숫자를 가리킬 수 있을까 하고 생각"(235쪽)하는 것이다.

미래의 모욕을 받지 않기 위해 지금의 존경을 물리치는 삶의 자세는 양심적인 삶이다. 겸손한 삶이기도 하다. '인간의 가슴 속에 장치된 복잡한 기계'라는 말은 작가가 해석한 '마음'으로 보인다. 그렇게 볼 때 마음의 시곗바늘은 악을 가리킬 것인지, 선을 가리킬 것인지 정확하지 않다. 그것을 찾아보고 싶은 사람, 이 책에다 '마음'이란 이름을 가진 양 떼 한번 풀어놓을 일이다. 그러면 그 양 떼가 뜯어 먹은 풀이 아주 신선한 우유가 되어 읽는 이의 컵에 '마음'의 맛을 듬뿍 쏟아줄 것이다.

꿈의 맛

헤르만 헤세 지음, 이순학 옮김
『데미안』
더클래식, 2019.

　"나는 내 속에서 스스로 솟아나는 것, 바로 그것을 살아보려 했다. 그것이 왜 그토록 어려웠을까?", "다른 이들이나 마찬가지로 나도 인간이 무엇인지 잘 모른다. 그저 늘 탐구해 왔고 지금도 탐구하고 있다. 다만 이제는 별이나 책에서 해답을 찾기를 그만두고, 내 몸 안의 피가 속삭여 알려주는 소리에 귀 기울이기 시작했다." 이 두 문장은 소설 속의 문장이 아니라 작가가 서문에 쓴 글이다. 이 문장에 소설의 실마리가 들어있다.

　그래서 이 소설이 '자전적'이라는 의미를 담게 되고, 그것이 또 열 살 때부터 전장에 나가 부상을 입을 때까지라 성장소설로 불려진다. 그것도 20세기 일대 센세이션을 일으킨 성장소설의 고전으로 자리매김되었다. 작가로서는 또 하나의 실험으로 1919년 이미 성공한 작가로 알려진 그가 '에밀 싱클레어'라는 가명으로 출판하여 자신의 소설이 유명세가 아니라 작품성만으로 인정받을 수 있는지 확인해 보고자 한 소설이다.

그러니까 이 작품은 헤르만 헤세가 심혈을 기울여 쓴 작품임에 틀림없다. 성장소설이 보편적으로 성공할 확률, 특히 다양한 연령대와 계층에서 널리 읽힐 가능성은 그리 높지 않은 게 사실이다. 그런데 『데미안』은 그런 장르적 한계를 뛰어넘은 소설이라는 점에서 특별하다면 특별하다. 이 소설의 줄거리는 아주 간단히 줄여서 주인공이 사람을 만나면서 성장해 간다는 것이다. 그 사람이 어떤 사람이냐에 따라 삶이 달라진다는 것을 분명하게 보여주면서….

'싱클레어'가 성장하면서 만난 사람들은, 난폭한 공립학교 남학생 프란츠 크로머, 삶의 전반에 영향을 미치는 막스 데미안, 기숙사에서 나이가 제일 많은 알폰스 벡, 말 한마디 나누지 않았지만 많은 영향을 끼친 베아트리체, 별난 음악가 피스토리우스, 에바 부인 등으로 이들을 만나면서 괴로워하고 즐거워하기도 하면서 성장했다. 물론 사람과의 만남 사이에 정신으로 만나는 카인, 아브락사스가 있다. 가장 어두운 만남은 전쟁이었고, 부상당하기도 한다.

사람의 성장은 인간관계 속에서 이루어진다. 사람을 만나면서 생각이 달라지고, 생각이 달라지면서 생활이 달라지고 삶의 목표가 달라지기도 한다. 그 만남이 일생을 지배할 수도 있고 스쳐 지나가기도 한다. 소설의 마지막 단락은 "내 자신의 깊은 곳으로 어두운 거울 속에서 운명의 형상들이 졸고 있는 곳으로 내려가면, 그 어두운 거울 위로 몸을 굽혀 내 모습을 비춰보았다. 이젠 완전히 내 친구, 나의 인도자인 그와 똑같이 닮은 모습이다."로 매듭지어진다.

이 소설은 데미안이 싱클레어에게 "무엇이든 '우연히' 발견되고, '우연히' 시작되는 것은 없다. 사람이 무언가 간절히 원하는 것이 있다면 그것은 이루어진다. 우리를 둘러싼 모든 것이 나를 얽매 와도, 자신의 내면에 귀 기울이고 집중해야 한다. 우리들 마음속에 모든 것을 알고 모든 것을 원하고 모든 것을 우리 자신들보다 더 잘 해내는 누군가가 있음을 인식해야 한다."고 한 것이 핵심으로 집힌다.

작가가 서문에서 쓴 '꿈의 맛'이란 말이 얼마나 맛있을까? '꿈의 맛'은 그 지독한 성장통일 것이다. 이 소설에서 "무의미, 혼돈, 광기, 그리고 꿈의 맛이 날 뿐이다."라고 한 것을 보면 그 꿈의 맛이 달콤한 것은 아닐 것 같다. 그러나 그 말은 젊음이 품어내는 열정으로 뜨겁고, 어둠을 밝히는 별처럼 광채가 난다.

기억되는 장면은 소설 끝부분의 전달 입맞춤, "에바 부인이 부탁했어, 만약 네가 언젠가 나쁜 처지에 처하면 그녀가 나에게 보낸 입맞춤을 너에게 전해주라고 말이야… 눈을 감아, 싱클레어!"(270쪽)에 이르면 성장의 모든 고통이 상쇄된다. "태어나려는 자는 한 세계를 깨뜨려야 한다."는 문장은 『데미안』이란 소설을 다 읽고 덮어도 덮이지 않는다.

미상불未嘗不 연암

박지원 지음, 김혈조 옮김
『열하일기』 1·2·3
돌베개, 2019.

열하일기 · 1

　『열하일기』는 내가 읽었다고 할 수도 없고, 읽지 않았다고 할 수도 없는 책이다. 읽었다 할 수 없는 것은 처음부터 끝까지 한꺼번에 읽지 않았다는 것이고, 읽지 않았다고 할 수 없다는 것은 『열하일기』 중 「일신수필」이나 「호질」, 「허생전」 같은 작품들은 다른 책들에서 읽은 적이 있기 때문이다. 그 외에도 부분적으로 읽은 것이 적지 않다. 역자의 말에 따르면 이번 개정판은 초고본의 내용을 그대로 살려 번역했고, 그동안 책의 이름이나 글의 제목만 알려져 있었을 뿐 기왕의 『열하일기』에 수록되지 못했던 몇 편의 글을 번역하여 새롭게 수록하였다고 하니 매우 좋은 기회를 갖게 된 것이다.

연암燕巖 박지원朴趾源(1737~1805)은 1737년(영조13) 한양에서 태어났다. 약관의 나이에 문명을 떨쳐 장래 나라의 문운文運을 잡을 인물로 촉망받았다. 그러나 타락한 정치 현실과 속물적 사회 풍기를 혐오하여 과거시험을 통한 출세를 진작 포기하고 창조적 글쓰기와 학문에 몰두하였다. 재야의 양심적 지식인으로서 당파와 신분을 초월하여 인간관계를 형성하였으며, 특히 선비 곧 지식인의 자세와 역할31)에 대해 일생 동안 깊이 고민하고 성찰하였다. 1752년 16세 때 이보천李輔天의 딸과 결혼하였고, 그 후 장인과 처삼촌에게 『맹자』와 『사기』를 배웠다. 22세 때 박제가, 유득공 등 당대 실학을 공부하던 이들과 교우하여 영향을 받았으며, 30세 때는 실학자 홍대용과 교우하여 서양의 신학문 등을 배울 수 있었다.

1777년(정조 1년)에는 벽파僻派32)로 몰리면서 정치적 위협을 느껴 황해도 금천의 연암협에 은거하였다. 호 연암은 이곳 지명에서 딴 것이다. 연암협에서 학문에 전념하다가 1780년 청나

---

31) 선비는 독서하는 사람인데, 그 사회적 역할은 독서의 내용을 실천하는 데에 있다. "조선의 지독한 가난은 따지고 보면 그 원인이 전적으로 선비가 제 역할을 못한 데 있다."라고 한 연암의 발언.(18쪽)

32) 1762년(영조38) 장헌세자(莊獻世子) 또는 사도세자(思悼世子)라고도 불리는 영조의 세자가 폐위, 아사한 사건을 중심으로 하는 당파에서 세자를 배척한 당파.

라 건륭 황제의 70회 생일의 진하사겸사은사進賀使兼謝恩使로 그의 삼종형 박명원朴明源이 임명되자 그를 따라 청나라에 갔다 왔다. 50세에 음직33)으로 벼슬에 나아가 이후 1792년 안의현감, 1797년 면천군수, 1800~1801년 영양부사 등을 역임하며, 주체적 벼슬아치 혹은 부모 같은 목민관으로 훌륭한 치적을 남겼다. 남긴 『연암집』은 '시와 산문', '열하일기', '과농소초'34) 등 크게 세 부분으로 구성되어 있다.

『열하일기』는 연암의 중국 기행문이다. 이 기행문은 연행록35)의 새로운 경지를 개척했다는 평가를 받으며, 연암의 기묘한 문장력으로 여러 방면에 걸쳐 당시 사회 문제를 신랄하게 풍자한 조선 후기 문학과 사상을 대표하는 걸작으로, 민족과 세계의 고전에 값하는 기념비적 저술로 평가된다. 그러나 당시 숭명반청崇明反淸의 시대 건륭이라는 청나라 연호를 사용해 오랑캐 연호를 쓴 책이라는 뜻의 '노호지고虜號之稿'라고 폄하되기도 했다. 따라서 연암 생전에는 비방과 찬사가 교차되었으며 근대에 이르기까지 사실상 불온서적의 낙인이 찍혔던 책이다.

---

33) 蔭職 : 과거에 의하지 않고 다만 부조(父祖)의 공으로 하는 벼슬
34) 1798년(정조 22) 11월 정조는 농업상의 여러 문제점을 해결하고자 전국에 농정을 권하고 농서를 구하는 윤음(綸音: 조선시대 국왕이 국민에게 내리는 훈유(訓諭)의 문서)을 내렸다. 이에 당시 면천(지금의 충남 당진 면천면) 군수였던 박지원이 1799년 3월 이 책을 올렸다. 15권 6책, 필사본.
35) 조선시대 중국 기행문을 조천록(朝天錄) 혹은 연행록이라고 불렀는데 조선 말까지 그런 기록을 통산하면 대략 500여 편이 된다.(『열하일기』 1, 13쪽)

연암의 청나라 여행은 공적인 소임이 없어 북경과 전인미답의 열하를 체험하는데 비교적 자유로웠다. 이런 상황이 연암의 개성과 참신성을 유감없이 발휘하게 하여 『열하일기』에 반영되었을 것이다. 『열하일기』의 문체는 당시 국왕 정조에 의해 독특한 '연암체'로까지 명명되기도 했다. 이렇게 당시로서는 평가가 확연히 달랐던 이 책이 고전이 되어 대대로 읽히고 있는 까닭은 무엇일까? 그것을 한마디로 말하긴 매우 어렵다. 이책의 역자는 『열하일기』에서 주목할 내용을 아래 다섯 가지로 제시하고 있는데, 이것이 이 책의 요점이기도 하다.

그 첫째가 미지의 세계에 대한 정보의 제공, 둘째, 선진문화 문물을 받아들여야 한다는 북학의 내용, 셋째가 천하대세를 어떻게 전망했는가? 하는 주제, 넷째, 각계각층의 다양한 인간 유형에 대한 묘사와 인물 형상의 창조, 다섯째, 선비 곧 지식인의 역할과 처신에 관한 문제를 들고 있다. 이것이 이 책이 읽히는 까닭으로 보아도 문제가 없을 것 같다. 이 내용들이 16세기의 일로만 치부할 수 없는 바로 오늘의 일이기 때문이다.

그러나 필자는 다르게 읽으려 한다. 이 책이 필사과정에서 윤색되고 왜곡된 여러 이유 중 역자가 밝힌 넷째, 연암의 자유 분방한 사고와 행동, 풍속이나 사회적 통념에 맞지 않은 내용, 즉 성적인 문제, 중국인의 동성애, 여성의 인물에 관한 묘사, 이를 훔쳐보려는 연암의 호기심, 투전판에 끼어든 연암의 무용

담 혹은 음식의 기호에 대한 언급 등은 점잖은 양반 체통과 어긋난다는 이유에서인지 모두 다른 내용으로 바꿔치기하였고, 고약한 중국인을 골려주는 장난기와 관광에 들떠서 호들갑스러운 모습 등 솔직하고 좌충우돌하는 연암의 모습은 적당하게 다른 내용으로 갈아치웠다는 그 부분에 관심을 두고 읽겠다.

이와 함께 필자는 인간적인 면모를 살펴보고자 한다. 하루 이틀이 아닌 긴 기간 여행 중의 언행에서 본성을 읽을 수 있을 것이라고 보기 때문이다. 필자는 '연암체'라는 문체를 확립한 연암의 일상적인 생활이 어떤 것인가를 찾아보고 그의 자유정신을 헤아려 보고 싶기 때문이다. 비유의 적절성에 문제가 있을 수도 있겠지만 연암을 그리스 작가 카잔차키스가 쓴 『그리스인 조르바』에 비할 수 있겠다 싶은 생각이 스쳐갔는데 그것을 확인해 보고 싶은 것이다.

따라서 부별로 여행 일정을 간략히 소개하고, 인간적인 면모가 드러나는 내용들을 옮겨볼 것이다. 이는 학자로서, 양반으로서의 연암이 아닌, 백성과 함께 호흡하는 자유인 연암을 그려보고 싶기 때문이다. 『열하일기』1·2·3권 모두를 이런 관점에서 읽고 그것에서 드러나는 특징을 모아 마지막에 글로 쓰는 연암의 초상화를 그려볼 것이다. 자! 이제 시작이다. "이 글을 기록하는 자는 누구인가? 대한민국 대구의 이보다. 기록하는 때는 언제인가? 단기 4352년 여름 음력 칠월 열이레다."[36]

'도강록渡江錄, 압록강을 건너며'는 6월 24일 신미일부터 7월 9일 을유일까지의 일. 의주를 출발하여 압록강을 건너 청나라 요양까지 이르는 도중에서 일어난 일과 자신이 직접 보고 듣고 체험한 것을 중심으로 일기체로 서술했다.

"한 잔을 가득 따라서 첫 번째 기둥에 부어 이번 여행이 무사하길 스스로 빌고, 또 한 잔을 채워 둘째 기둥에 부어 장복과 창대를 위해 빌었다. 호리병을 흔들어보니 아직 몇 잔이 남았기에 창대를 시켜 땅에 붓고 말을 위해 빌게 했다."(38쪽, 국경을 넘을 때 가져갈 수 없는 돈으로 술을 사서)

"드디어 서로 손을 잡고 시냇가로 나가서 술을 마셨다. 압록강을 건넌 뒤로 우리나라 술을 마시리라곤 생각지도 못했다가, 지금 홀연히 마실 수 있게 되니 비단 술맛이 썩 좋을 뿐만 아니라 한가한 시간을 내어 냇가에서 술을 마시니 그 운치가 말할 수 없이 좋았다."(55쪽)

"정진사, 주 주부周主簿, 변군, 박래원, 주부 조학동(상방 비장의 乾糧判事) 등과 시간도 보낼 겸 술값도 보탤 겸 해서 투전판을 벌였다. 모두들 내 솜씨가 서툴다고 판에 끼워주지 않고, 가만히 앉아 술이나 먹으라고 한다. 이른바 언문 속담에 "굿이나 보고 떡이나 먹지"라는 격이어서 더욱 분통이 터지고 원망스러웠

---

36) 8월 초1일 정미일에 쓴 마지막 문장을 패러디함.(461쪽)

지만 어찌할 수가 없었다. 누가 따고 잃는지 승패나 구경하고 술은 내가 먼저 마실 수 있으니 해롭지 않은 일이다."(104쪽)

"그때 벽 사이로 부인의 말소리가 들려왔다. 간드러지고 애교 있는 소리가 제비와 꾀꼬리가 우는 것 같아 주인집 아낙이 필시 절세가인이라는 생각이 들었다. 나는 일부러 담뱃대에 불붙이러 간다고 핑계를 대고 부엌에 들어가니 나이 오십 이상 되어 보이는 한 부인이 창 앞의 걸상에 앉았는데 얼굴이 아주 험상궂고 못생겼다. -중략- 나는 일부러 오랫동안 재를 뒤적거리면서 부인을 곁눈으로 흘깃흘깃 쳐다보았다."(104~105쪽)

"하루해가 길어서 한 해를 보낸 것 같고, 저녁으로 갈수록 더더욱 더워서 어지럽고 잠이 와 견딜 수가 없었다. 옆방에서 막 노름을 하려고 와자지껄하기에 나도 얼씨구나 하고 자리에 끼어들어 연거푸 다섯 차례나 이겨 돈 100여 푼을 땄다. 술을 사다 실컷 마시니 가히 어제의 분풀이가 될 만하여 이래도 승복하지 못한단 말이오?" 하니 조 주부와 변 주부가 "요행으로 이긴 게지요." 말하기에 서로 함께 크게 웃고 말았다. 변군과 박래원이 분을 참지 못하고 다시 한 판 붙자고 조르기에 나는 "옛말에 '뜻대로 성취된 곳에는 두 번 가지 말고, 만족할 줄 알면 위태롭지 않다.' 고 하지 않던가? 하고 사양했다."(114쪽)

"나는 그의 생김새와 말투, 생각이나 뜻이 야비하고 도리에 어긋나며 용렬하고 더러워 데리고 얘기할 가치가 없어서, 도저히 참고 오래 앉아 있을 수도 없어 즉시 하직하고 일어섰다."

(121쪽, 부공을 만나서)

"하늘 끝과 땅 끝이 마치 아교로 붙인 듯, 실로 꿰맨 듯하고 고금의 비와 구름만이 창창하니, 여기가 바로 한바탕 울어 볼 장소가 아니겠는가?" (142쪽)

'성경잡지盛京雜識, 심양의 이모저모'는 7월 10일 병술일로 부터 14일 경인일까지 닷새 동안의 여행 기록과 심양에서 체류 하며 겪은 내용이다.

"사신 일행은 출발이 임박해 첫 나팔을 불었는데도 나의 행 방을 알지 못해 장복을 보내 두루 찾았으나 찾지 못했던 것이 다. 밥은 오래 되어 이미 굳었고, 마음이 조급하여 목구멍에 넘 어가지 않는다. 그래서 장복과 창대에게 함께 먹으라고 건네주 고는, 혼자 점포 안에 들어가 국수 한 사발, 소주 한 잔, 삶은 계 란 세 개, 오이 한 개를 사서 먹었는데, 계산을 해보니 마흔두 닢이었다. 사신 행렬이 막 점포 문 앞을 지나기에 즉시 변군과 말고삐를 나란히 하여 따라갔다. 배가 너무 불러 억지로 참고 20리를 갔다." (169쪽, 노인이 키우는 개 구경을 하다가)

"잠시 뒤에 이웃집 닭들이 서로 홰를 친다. 나도 매우 고단 하고 술에 취해 의자에 잠시 기대었다가 이내 코를 골며 바로 잠이 들었는데, 날이 밝을 무렵에야 깜짝 놀라 일어났다. 모두

들 서로 침상에 기대어 베기도 하고 눕기도 했는데, 의자에 앉은 채 자는 사람도 있었다. 나는 혼자 일어나 술 두 잔을 따라 마시고, 배생을 흔들어 깨워 간다고 말하고는 즉시 숙소로 돌아왔다. 날은 이미 먼동이 트고 있었다."(198쪽)

"닭이 울기에 잠깐 눈을 붙였다가 문 밖에 사람들 소리가 시끄러워 그만 일어나 숙소로 돌아왔는데도 아직 날이 다 새지 않았다. 옷을 벗고 잠자리에 들었다가 아침밥이 되었다고 알리는 바람에 잠이 깼다."(222쪽)

"이틀 밤을 연거푸 밤잠을 놓치고 보니 해가 나온 뒤에는 너무도 고단했다. 창대에게 말 재갈을 놓고 장복과 함께 양쪽에서 내 몸을 부축하고 가게 했다. 한숨을 푹 자고 나니 그제야 정신도 맑아지고 눈앞의 경치도 한결 새롭게 보였다. 장복이 "아까 몽고 사람이 약대(낙타) 두 필을 끌고 지나가더이다." 하기에 내가 야단을 치며 "어째서 고하지 않았더냐?" 하니 창대가 나서서 "그때 천둥처럼 코를 골고 주무시느라 아무리 불러도 대꾸를 안 하시니 어찌하란 말입니까? 소인들도 처음 보는 것이라 그게 무엇인지는 몰랐습니다마는, 속으로는 약대려니 그저 짐작만 했습니다." 하기에 내가 "그래 모습이 어떻게 생겼더냐?" (중략) 이후론 처음 보는 사물이 있으면 비록 잠자거나 먹을 때라도 반드시 고하라고 단단히 일렀다."(225쪽)

"애초에 그런 일이 없었습니다. 외딴집 참외 파는 늙은이가 원래 어디 비길 데 없는 간교한 영감탱이라서, 서방님 혼자 뒤에 떨어져 오시는 것을 보고는 있지도 않은 황당한 거짓말을 꾸며내고 일부러 가엾은 꼴을 해서는 청심환을 우려내려고 한 수작입니다."라고 말한다. 그제야 늙은이에게 놀림감으로 당한 것을 알았고, 참외 사던 일을 생각하니 더더욱 한스럽고 분했다. 도대체 갑자기 흘리는 눈물은 어디에서 그렇게나 나올 수 있었을까?"(239쪽)

'일신수필駟汛隨筆, 말을 타고 가듯 빠르게 쓴 수필'은 7월 15일 신묘일에서 23일 기해일까지 무릇 9일 동안의 기록이다. 신광녕에서 산해관에 이르기까지의 연도에서 본 이국의 풍물과 체험을 쓴 내용, 일신수필은 빠르게 달리는 역말 위에서 구경을 하고 지나가듯 보고 느낀 것을 생각나는 대로 썼다는 뜻이다.

"나는 삼류 선비이다. 나는 중국의 장관을 이렇게 말하리라. 정말 장관은 깨진 기와 조각에 있었고, 정말 장관은 냄새나는 똥거름에 있었다고" -중략- "하필이면 성곽과 연못, 궁실과 누각, 점포와 사찰 도관, 목축과 광막한 벌판, 수림의 기묘하고 환상적인 풍광만을 장관이라고 말할 것이랴!"(270쪽)

"사대부들이 평생 읽는다는 글은 『주례』라는 성인의 저술인데, 거기에 나오는 거인車人이니 윤인輪人이니 여인輿人이니 주인輛人이니 하는 용어를 말하고 있지만 그저 입으로만 외울 뿐이요, 정작 수레를 만드는 법이 어떠한지 수레를 부리는 기술이 어떠한지 하는 연구는 없다. 이는 소위 건성으로 읽는 풍월일 뿐이니 학문에야 무슨 도움이 될 것인가. 오호라! 한심하고도 기막힌 일이로다."(286쪽)

'관내정사關內程史, 산해관에서 북경까지의 이야기' 는 7월 24일 경자일부터 8월 4일까지 11일간의 기록, 관내란 산해관 안쪽을 가리킨다. 산해관에서 북경에 이르기까지 견문을 기록한 내용이다. "외설스런 내용으로 대부분의 필사본에서 삭제된 내용"(311쪽)이나 "일출에 대한 견해"(336쪽)들은 연암의 신선한 의식이 엿보인다.

"모두 중국의 상고시대 것을 본받았답니다."라고 하니 축시 노인은 '하오, 하오' 好好라고 칭찬한다. 내가 "귀국의 여자 복장은 어떠하오이까?"라고 물으니 노인은 -하략- (339쪽)

"강산이 그림같이 아름답구면,"하기에 내가 "자넨 강산도 모르고 그림도 모르네, 강산이 그림에서 나왔는가? 아니면 그림이 강산에서 나왔는가? 그러므로 흡사하다, 같다, 유사하다, 닮았다, 똑같다 등은 같은 것을 비유하는 말들이지만, 그러나 비슷한 것을 가지고 비슷하다고 비유하는 것은 어디까지나 비슷한 것일 뿐이지 진짜는 아니네."(393쪽)

"연도의 수천리 길에서 부녀자들의 목소리는 모두 아리따운 꾀꼬리와 제비의 소리이고, 거칠거나 새된 소리는 하나도 없었다. 이른바 "모를레라, 임이 어느 곳에 있는 줄, 발 넘어 눈썹 그리는 소리, 그 임이 아닐까?(不識佳人何處在 隔簾疑是畵眉聲)"라는 시처럼, 직접 보진 못하고 상상만 하던 아리따운 노랫소리를 항상 한번 들어보고 싶었다. 그런데 지금 그들이 부른 노래의 사곡은 비록 가사는 이해할 수 있으나, 그 소리를 구분할 줄 모르겠다. 또 가락을 모르고 들으니, 듣지 않았을 때 여운을 간직하고 있는 것보다 도리어 못했다."(405쪽)

"정 진사에게는 중간부터 베끼게 하고, 나는 처음부터 베껴 내려갔다. 심이 "선생께선 이 글을 베껴서 무엇에 쓰려고 합니까?" 하고 묻기에 내가, "귀국해서 우리나라 사람들에게 한번 읽히려고 합니다. 응당 배를 잡고 웃다가 웃음을 참지 못해 뒤집어질 겁니다. 웃느라고 입 안에 있던 밥알이 벌처럼 뿜어 나올 것이고, 갓끈이 썩은 새끼줄처럼 끊어질 것입니다."라고 했다. 숙소로 되돌아와서 등불을 밝히고 살펴보았다. 정 진사가 베낀 곳은 잘못 쓴 글자와 빠진 글귀가 수도 없이 많아서 도무지 문장이 되질 않았다. 때문에 대략 내 생각으로 띄엄띄엄 땜질해서 글 한 편을 만들었다."(416쪽)

"이 글은 비록 지은 사람의 성명은 없으나, 아마도 근세의 중국 사람이 비분강개하여 지은 것으로 생각된다. 세상의 운세가 길고 긴 암흑세계로 들어가고, 오랑캐의 화가 맹수보다 심한데도 부끄러움이 없는 선비는 알량한 문장이나 주워 모아 당세에 아첨이나 하고 있으니, 그런 선비야말로 남의 무덤을 몰래 파서 보물을 챙기는 유학자일 것이니, 이들은 범도 물어가지 않을 자가 아닌가?"(428쪽)

'막북행정록漠北行程錄, 북경에서 북으로 열하를 향해'는 8월 5일 신해일에서 시작하여 8월 9일 을묘일까지 북경에서 열하까지 가는 동안의 체험, 특히 고생하면서 가는 길의 여정 기록이다.

"천고에 이별한 자를 어찌 다 셀 수 있을까마는, 오직 하량河梁에서의 이별(한나라 무제 때의 인물인 소무와 이릉의 이별, 19년간 흉노에 함께 억류되었다가 소무가 먼저 귀국하게 되자 이릉이 하량에서 이별 시를 지어주고 서로 헤어졌다.)을 가장 괴로운 이별로 꼽는 까닭은 무엇인가? 소무와 이릉만이 천하에서 유별나게 정이 많은 사람이어서가 아니라, 다만 하량이라는 곳이 이별하기에 아주 적합한 장소였기 때문이다. 이별의 장소로 최적지를 얻었기 때문에 가장 괴로운 감정이 된 것이다."(496쪽)

"무릇 강물 하나를 아홉 번이나 건넜는데, 물속의 돌들은 이끼가 끼어 미끄럽고 물은 말의 배까지 차올랐다. 무릎을 오므리고 발을 가운데로 모아서 한손으로는 고삐를 잡고 한손으로는 안장을 부여잡아, 견마 잡이도 없고 부축하는 사람도 없건만 그래도 떨어지거나 넘어지지 않았다. 나는 여기에서 비로

소 말을 모는 데도 기술이 있음을 깨닫게 되었다."(522쪽)

"여기에 이르기까지 모두 나흘 밤낮으로 오면서 눈 한번 제대로 붙여보지 못했으니, 하인들 중 가다가 잠시 발을 멈추고 있는 자는 모두 서서 잠을 자는 것이다. 나 역시 쏟아지는 잠을 견딜 수 없었다. 눈꺼풀이 무거워 마치 구름장이 드리워지듯 자꾸 내리깔리고, 하품은 파도가 밀려오듯 쉴 새 없이 쏟아진다. 어떤 때에는 남들에게 말에서 떨어질 것 같다고 조심을 시키면서도 정작 내 몸이 안장에서 기울어지기도 했다. 어떤 때에는 아름다운 여인이 나풀나풀 움직여 지극한 즐거움이 그 안에 있는 것 같고, 어떤 경우는 가랑비가 술술 내리듯 그 묘한 경지가 어디에 비길 데가 없다. 이른바 옛 사람이 말한 취중의 천지이고 꿈속의 산하라는 것이 이런 경지일 것이다."(530쪽)

"나는 길옆에 서 있는 바위를 가리키며 맹세하기를, 내가 장차 연암협 산골짜기의 나의 집으로 돌아가면 응당 일천 하루를 잠을 잘 것이다. 그리하여 송나라 은자 희이希夷(이름은 진단)선생37)보다도 하루를 더 잘 것이며, 우렛소리처럼 코를 골아 천하의 영웅들이 모두 젓가락을 떨어뜨리게 만들 것이며, 미인들로 하여금 코끼리 수레를 타고 달아나도록 만들 것이다. 그

---

37) 진단(871~989) 자는 圖南, 호는 扶搖者이다. 무당산(武當山), 구실암(九室巖)과 화산(華産)에서 수련했고, 한번 잠을 자면 100여 일씩 잤다고 한다.(각주 65)

렇게 하지 않는다면 나는 바위가 되리라라고 했는데. 몸을 한 번 구부정하게 굽혔다가 정신을 차리고 보니 이것 역시 꿈이 다."(531쪽)

열하일기·2

『열하일기』 2는 11개의 큰 묶음으로 전개된다. '태학유관록太學留館錄, 태학관에 머물며' 가 그 첫째다. 연암이 열하에 도착하여 숙소로 배정된 이곳에서 8월 9일부터 14일까지의 기록으로 그곳의 청나라 고관과 고시 준비생 및 학자들과 주고받은 이야기다. 우리나라의 지리, 풍속, 제도, 중국 시집에 기록된 조선 관련 사회에서부터 천체, 음율, 라마교 등에 이르기까지 다양한 내용을 담고 있다. 이 장에서 "이렇게 달 밝은 밤에 술을 마시지 않는다면 무얼 하겠는가?"(23쪽), "나는 담뱃대로 작은 잔을 쓸어서 뒤집고는 큰 사발을 가지고 오라고 냅다 소리를 질렀다. 그러고는 한꺼번에 술을 모두 따라서 단숨에 마셔버렸다."(52쪽)는 연암이 보인다.

'환연도중록還燕道中錄, 북경으로 되돌아가는 이야기' 는 황제의 만수절 행사를 마친 뒤 열하에서 다시 북경으로 돌아가기까지 길에서의 경험이다. 일기체 서술의 마지막이다. 만리장성의 역사와 그 제도에 대한 묘사, 이를 바라보는 심회가 드러난다. "나는 일찍부터 과거 시험을 단념했기에 진사가 될 수 없어비록 성균관에서 공부하기를 바랐으나 그렇게 할 수가 없었다."(105쪽), "학문이란 무엇인가? 생각을 삼가고〔愼思〕, 분명하게 논변論辯하며, 자세히 묻고〔審問〕, 널리 배우는〔博學〕 것을 말한다. 성인이란 한갓 타고난 덕성만 가지고 존숭하기엔 부족하다고 하여 다시 학문을 추가하여 성인이라고 하는 것이다."(138쪽)가 인상적이다.

'경개록傾蓋錄, 열하에서 만난 친구들'은 태학에서 만난 중국인 열한 사람의 이력이다. "'나이가 들어 만나도 젊어서 만난 듯 새롭고, 지나가다 잠시 일산을 기울이며 만난 사이라도 오래된 친구 같다.(白頭如新 傾蓋如舊)'라고 했으니 만나서 한 마디 이상을 주고받은 사람을 여기 기록해 둔다. 일산을 기울여 잠시 만난 친구라는 뜻으로 경개록이라"(156쪽) 하고 왕민호의 이야기를 처음 먼저 썼다. 그는 태학에서 학문을 닦고 있는 사람이다. "내가 무슨 연유로 과거 시험을 폐하느냐고 물었더니 나이가 많아서 그렇답니다. 머리가 허옇게 센 늙은이가 과거장에 가는 것은 선비의 수치입니다."(157쪽)라고 썼는데 동병상련의 마음 아니었을까 싶다.

'황교문답黃敎問答, 라마교에 대한 문답'은 황교에 대해 중국 사람과 문답한 내용이다. 황교는 티베트 지방에 유포된 불교의 한 유파인 라마교의 갈래다. 술집 누각에 올라 파로회회도破老回回圖라는 중국 관리와 필담을 나누면서 "도란 천지 사이에 지극히 공정한 이치이거늘, 어찌 내가 가지고 있는 하나의 물건을 움켜쥐고선 남들이 와서 엿보는 것을 허용하지 않을 수 있겠습니까? 제 생각에는 오도悟道라는 두 글자 역시 허심탄

회하거나 아주 공정한 호칭은 아닌 것 같습니다."라고 했는데 연암이 필담을 나누는 자세를 엿볼 수 있다. 겸손하지만 주장이 분명하다.

'반선시말班禪始末, 반선의 내력'은 라마교의 지도자 반선의 내력을 통해 라마교와 활불의 역사적 내력을 설명했다. 후지에서 연암이 한 말을 통해서 그 생각을 알 수 있다. 공자와 견줘 놀랍다. "일인지상─人之上의 일인이란 천자 한 사람을 가리키는 말인데, 천자란 만방에서 임금으로 받드는 대상이다. 일인지상이라고 해서 반선이 천자보다 위에 있는 사람이라고 했으니, 천하에 천자보다 더 높은 사람이 어디에 있는가? 선문대성지덕진지宣文大聖 至德眞智, 즉 문화를 편 위대한 성인이고, 지극한 덕과 진실한 지혜를 가진 인물이란 바로 공자를 가리키는데, 세상에 인간이 생겨난 이래로 공자보다 더 훌륭한 이가 다시 있을까?"(250쪽)라며 유교에 대한 신념을 밝혔다.

'찰십륜포扎什倫布, 반선을 만나다'에서는 찰십륜포 이야기를 하고 있다. 건륭 황제는 티베트 소재의 찰십륜포(티베트 언어로 고승대덕이 거처하는 집)를 모방해서 열하에 황금전각의 찰십륜포를 건설하고 활불을 초빙 거주하게 했다. 건륭은 조선 사신에게 자신이 스승의 예우로 섬기는 활불을 만나보도록 하였다. 연암은 위에서 밝힌 바대로 내키지 않은 걸음이지만 가지 않을 수 없었다. 그래서 연암은 "비록 몸뚱어리가 우뚝하게 방에 꽉

찰 정도로 크기는 하나 조금도 경외할 만한 모습은 없으며, 흐리멍덩한 모습이 무슨 물귀신이나 바다귀신의 화상을 보는 것 같았다."(258쪽)고 썼다. 연암의 정신이 보인다.

'행재잡록서行在雜錄序, 사행과 관련된 문건들'에서 행재란 천자가 여행하고 있는 곳. 이 편은 청나라 내부에서 조선 사행에게 내린 문건, 만수절 행사와 관련해서 지시한 문건이다. "우리나라가 강대국에게 사사로이 두터운 대우를 받은 지 여러 해가 되고 본즉, 사람들의 마음이 느긋해져서 이런 일을 가볍게 보거나 소홀하게 생각하기 쉬운 법이다. 내가 이 편에 우리가 중국에 아뢴 문건이나 황제의 조칙을 기록하는 까닭은 천하의 근심을 남보다 먼저 걱정하는 사람을 기다리고자 함이다."(272쪽)라고 썼다. 이 기록들은 작은 문서 하나까지 꼼꼼하게 챙긴 연암의 철저함을 보여준다.

'심세편心勢編, 천하의 대세를 살피다'는 중국의 문화 정책과 관련한 사상 통제의 실제를 예리하게 분석했다. 대대적인 지식인 탄압, 방대한 책을 출판하는 목적 등을 청조의 지식인 관리와 통제라는 측면에서 살폈다. "황제가 걸핏하면 주자를 내세우는 까닭은 다른 뜻이 있는 게 아니다. 천하 사대부들의 목을 걸터타고 앞에서는 숨구멍을 억누르며, 뒤에서는 등을 쓰다듬으려는 의도이다. 천하의 사대부들은 대부분 그러한 우민화 정책에 동화되고 협박을 당해서 쪼잔하게 스스로 형식적이고 자잘한 학문에 허우적거리면서도 이를 눈치채는 사람이 아무도 없다."고 한 비판 의식이 돋보인다.

'망양록亡羊錄, 양고기 맛을 잊게 한 음악이야기' 에서는 음악의 악률과 그 원리에 대한 문제, 음악의 문화적 의의, 악기의 변천사, 음악 이론의 변천 등을 중심으로 전문적 지식을 동원하였다. 형산은 "대체로 음악의 덕은 계절에 나는 곤충이나 철새와 같고, 음악의 재주는 시장과 우물과 같으며, 음악의 일은 역사와 같고, 음악의 이름은 시호諡號와 같습니다."에 연암이 질문하고 대답하는데, 곤충이나 철새와 같다는 말에 "여치와 베짱이는 본래 한 곤충이고 황조와 꾀꼬리는 원래 같은 새로, 계절에 따라서 몸이 바뀌고 우는 소리가 각기 다르답니다.", 시장과 우물이란 말에는 "시장에서는 화목을 볼 수 있고, 우물에서는 질서를 볼 수 있습니다. 서로의 물건을 가지고 비교해 보고 두 사람의 뜻이 서로 맞으면 교환을 하는 것이 시장에서 물건을 교환하는 도리이고, 뒤에 온 사람이 먼저 온 사람을 원망하지 않고 물동이를 줄 지어 놓고 기다리다가 자기의 뜻을 채우면 돌아가는 것이 우물에서 물을 뜨는 도리입니다."라고 답한다.(343~344쪽) 대저 역사의 본체는 꾸미지 않고 정직한 것을 본바탕으로 하고, 사람의 시호는 그 인간의 잘잘못을 평가해서 드러내는 것이라고 설명해주었다. 연암의 말이 아니지만 이 편의 핵심이다.

'곡정필담鵠汀筆談, 곡정과 나눈 필담'의 내용은 우주와 천체, 물체의 본질, 생물의 기원 등과 같은 자연과학적인 문제와 철학, 종교, 역사, 문화, 인물에 대한 평가까지 다양하다. 연암은 곡정을 "경전과 역사, 제자백가와 개인의 문집에 이르기까지 손에 닥치는 대로 뽑아 내 아름다운 구절과 묘한 문장을 입을 여는 대로 문득 만들어 냈는데, 모두 조리가 있어서 흐트러지거나 맥락이 닿지 않는 것이 조금도 없었다."고 평가했다. "무려 수십만 마디의 말이, 문자로 쓰지 못한 글자를 가슴속에 쓰고, 소리가 없는 문장을 허공에 썼으니 그것이 매일 여러 권이나 되었다."고 했으니 이 편은 양이 많을 수밖에 없다.

'산장잡기山莊雜記'는 피서산장에서의 기행문들이다. '한밤에 고북구를 빠져나가며', 야출고북구기夜出古北口記에서 "붓과 벼루를 꺼내고 술을 부어 먹을 갈아 장성을 어루만지며 글자를 썼다."(495쪽), '하룻밤에 강물을 아홉 번 건너며', 일야구도하기一夜九渡河記의 "나는 오늘에서야 도道라는 것이 무엇인지 깨달았도다. 마음이 잡된 생각을 끊은 사람, 곧 마음에 선입견을 가지지 않는 사람은 육신의 귀와 눈이 탈이 되지 않거니와, 귀와 눈을 믿는 사람일수록 보고 듣는 것을 더 상세하게 살피게 되어 그것이 결국 더욱 병폐를 만들어 낸다는 사실을."(505쪽)에서 연암의 진심을 만난다.

'승귀선인행우기乘龜仙人行雨記'는 거북을 탄 신선이 비를 뿌리는 이야기, '만년동춘기萬年春燈記'는 등불로 글자를 쓰는 이야기를 썼다. '매화포기梅花砲記'는 불꽃놀이를, '납취조기蠟嘴鳥記'는 납취조의 재주를, '만국진공기萬國進貢記'는 각국에서 보내온 진상품 이야기를 쓰고 있다. 이어서 희곡 대본 목록과 코끼리 이야기다. 연암이 처음 본 코끼리를 묘사한 것을 보자. "코끼리의 모습은 몸뚱이는 소 같고, 꼬리는 나귀 같으며, 낙타의 무릎, 범의 발굽을 하였으며, 짧은 털은 회색이었다. 어질어 보이는 모습에 슬픈 울음소리를 내며, 귀는 구름장같이 드리웠고 눈은 초승달 같았다. 두 어금니는 굵기가 두 줌쯤 되고, 길이는 한발 남짓 된다. 코는 어금니보다 길고 굽혔다 펴는 모습이 자벌레와 같으며, 도르르 마는 모습은 굼벵이 같고, 코의 끝은 누에 꽁무니 같은데, 물건을 족집게처럼 집어서 돌돌 말아서는 입에 집어넣는다."(530쪽)고 썼다. 연암의 묘사력이 어느 정도인지 잘 보여주는 문장이다.

『열하일기』 3은 10개의 묶음과 보유편 2개로 짜여 있다. 묶음의 길이는 모두 다르다. 4쪽 짜리도 있고, 70쪽에 이르는 것도 있다. 이렇게 길이가 다른 것은 본 것이 많아도 기록하고, 본 것이 적어도 기록하는 연암의 철저한 기록 정신에 따른 것이다. 많다고 반드시 중요한 것만은 아니고 또한 적다고 중요하지 않은 것은 아니다. 아무튼 1, 2권에 비해 아주 편안하게 읽을 수 있었다. 무엇보다도 이 3권은 재미있다는 말을 반복하게 하였다. 연암의 글쓰기 능력을 새삼 확인할 수 있는 부분이다.

'환희기幻戲記, 요술놀이 이야기'는 황제의 생일에 맞추어 열하로 모여든 마술사들의 마술연희를 보고 그 구체적인 모습 20가지를 기록했다. 그리고 덧붙이는 말에서 연암은 "눈을 달고 보면서도 시비를 분별하지 못하고 참과 거짓을 살피지 못한다면 눈이 없다고 해야 옳을 것입니다."(31쪽), "그런데도 항시 요술쟁이에게 현혹되는 것을 보면 이는 눈이 함부로 허망하게 보려고 한 것이 아니라, 분명하게 보려고 하는 것이 도리어 탈이 된 것입니다."라고 했고, "요술쟁이가 우리를 현혹시킨 것이 아니라, 사실은 보는 사람 스스로가 현혹되었을 뿐"(33쪽)이라고 했다.

'피서록避暑錄, 피서산장에서 쓴 시화'는 중국인과 관련이 있는 조선 시인의 작품, 조선과 관계된 중국 시인의 작품, 연암이 사행 길에서 직접 목도한 중국인의 시 작품, 연암에게 사행의 전별시로 지어준 지우의 작품 등을 수록하고 그 작품과 관련된 이야기를 모은 것이다. 기억하고 싶은 구절 하나는, 최간이崔簡易가 엄주弇州 왕세정王世貞을 만나 소매 속에 넣어온 자신의 문장을 꺼내어 가르침을 청하자 엄주는, "글짓기에 뜻을 두긴 했으나, 다만 독서를 많이 하지 못했고 견문이 넓지 못합니다. 귀국한 뒤에 한유韓愈의 글 중에서 '획린해獲麟解'라는 글을 500번 정도 읽는 게 좋겠소이다. 그러면 글을 짓는 지름길을 응당 알 수 있을 것입니다."(97쪽)라고 했다는 말이다.

'피서록 보유避暑錄 補遺'는 피서산장에서 쓴 시화를 보충한 글들이다. 고려 이인로가 원나라에 사신으로 가서 정월 초하룻날 문에 붙인 춘첩자春帖子로 중국 조정에 이름을 떠들썩하게 드날렸다는 시를 옮겨두고 싶다. "길가의 버드나무 푸른 눈썹에 아리땁게 펼쳐지고/ 고갯마루 위 매화 향기 흩날린다/ 천리 먼 내 고향 잘 있는 줄 알겠네/ 봄바람은 먼저 해동에서 불어오므로."(翠眉嬌展假頭柳 白雪香飄嶺上梅 千里家園知好在 春風先自海東來).(154쪽)

'구외이문口外異聞, 장성 밖에서 들은 신기한 이야기'는 잡록의 형태로 흥미 위주의 내용이 많다. 그런 가운데 삶에 교훈이 되는 내용, 외교적으로 중요한 정책이나 지혜를 촉구한 내용, 민족적 자긍심을 고취시키는 내용, 조선의 현실을 비판한 내용, 고루한 선비들의 식견에 대한 풍자가 들어있다. 그 가운데 "우리 집안에 훌륭한 의서가 없어서 매양 병이 나는 사람이 있으면 사방 이웃에서 빌려서 보았는데, 지금 이 『동의보감』 판본을 보자 구하고 싶은 마음이 아주 간절하였다. 그러나 책값 문은紋銀 닷 냥을 마련키 어려워 못내 아쉽고 섭섭하지만 돌아설 수밖에 없었다. 그래서 능어가 지은 서문이나 베껴서 뒷날 참고자료로 삼고자 한다."(227쪽)고 쓴 것을 읽으며 편치 않았다.

'옥갑야화玉匣夜話, 옥갑에서의 밤 이야기' 는 열하에서 북경으로 돌아오는 길에 옥갑이라는 곳에 묵으며 여러 비장들과 밤새 나눈 이야기를 옮겨 적은 것으로 그 유명한 허생전이 나온다. 허생 이야기는 연암 자신이 젊은 시절 윤영이란 인물에게서 제보를 받은 내용이거니와, 연암은 당시 윤영에게 허생에 대한 전을 짓겠다고 약속한 바 있었다고 한다. 허생 이야기 중, 허생이 대갈일성하며 "도대체 사대부라는 게 뭐하는 것들이냐. 오랑캐 땅에서 태어난 주제에 자칭 사대부라고 뽐내고 앉았으니, 이렇게 어리석을 데가 있느냐? 입는 옷이란 모두 흰 옷이니 이는 상주들이 입는 옷이고, 머리는 송곳처럼 뾰족하게 묶었으니 이는 남쪽 오랑캐의 방망이 상투이거늘, 무슨 놈의 예법이란 말인가?"(295쪽)는 참 시원한 일갈이다.

'황도기략黃圖紀略, 북경의 이곳저곳'은 북경의 명승지와 건물의 모습과 내력 위치 등을 요약한 기록이다. 자금성을 비롯하여 천주당의 그림, 유리창, 새 파는 점포, 화초 파는 점포까지 기록했다. 지금도 중국에 있는 자금성을 기록한 부분을 보면, "둘레는 17리로 붉은 담장을 두르고 담장의 지붕에는 황금빛 유리기와를 덮었다. 자금성에는 문이 4개 있다."로 이어지는데 이곳을 두어 번 가본 나는 여기 나오는 문맥 그 어디도 알 수 없다. 얼마나 허랑한 여행을 했는지를 알려주어 반성하게 한다. 여기 나오는 곳 여러 곳을 스쳤지만 같은 상황이다.

'알성퇴술謁聖退述, 공자사당을 참배하고'는 성인 공자를 알현하고 물러나 서술한 것이다. 북경의 학교 유적지에 대한 내용을 주로 담고 있다. 순천부학과 태학인 국자감의 시설, 위치, 제도 그 안의 유물 유적 등을 주로 다루고 있으며, 그 밖에 문천상 사당, 관상대, 과거시험장, 조선관 등의 위치와 시설 제도 등을 소개하였다. '앙엽기盎葉記, 적바림 모음'은 나뭇잎에 글자를 써서 항아리에 넣어 보관했다가 기록한다는 의미다. 일종의 기록 쪽지인 적바림 모음이다. 북경성 안팎에 있는 사찰과 도교 사원, 기타 민간 신앙과 관련된 건물, 야소교와 관련된 유적이 소개되고 있다.

'동란섭필銅蘭涉筆, 동란재에서 쓰다'에서 동란은 구리로 만든 난초를 가리킨다. 연암은 동란을 중국인에게 빌려서 자신이 임시로 거처하는 방에 두고 방의 이름을 동란재라고 했는데 선비의 멋이랄까 풍류가 느껴지기도 한다. 중국과 조선의 역사, 문학, 문화, 지리, 음악에서 역사적으로 특이한 문제를 중심으로 그 유래나 진실을 밝힌 내용이 많이 수록되어 있다. 요동 땅 못 미쳐서 왕상령王祥嶺에 있는 샘과 관련해서 "매번 우리 사행이 갈 때는 샘이 콸콸 넘쳐흐르는데, 우리 사행이 가고 나면 즉시 말라 버린다. 대개 요동은 본래 조선의 땅이었기 때문에 기가 서로 닮아서 감응하기 때문에 그렇다고 한다."(478쪽)라는 얘기도 있고, 양의 배꼽을 심어 양을 얻는 일 등 웃을 일이 많다.

'금료소초金蓼小抄, 의약 처방 기록' 은 왕사정의 저서인 『향조필기』에 인용된 서목인 「금릉쇄사」와 「요주만록」의 첫 글자를 따고, 인용된 처방을 가려 뽑아 베꼈다는 의미다. "구기자씨로 기름을 짜서 등불을 켜고 책을 읽으면 시력이 더욱 좋아진다."(529쪽)거나 "바늘을 삼켜서 뱃속에 있을 때는 상수리나무 숯가루 3돈쭝을 우물물에 타서 복용하여 내려가게 한다. 또다른 처방은 자석을 항문 밖에 두어서 당겨 내리게 한다."는 처방도 웃음을 찾기 어렵다.

더욱 괴이한 승려에 의해서 전해진다는 난산 처방은 정말 괴이하다. "임산부의 난산에는 살구씨 하나를 껍질을 벗기고 한쪽 변에는 날 일日자를 쓰고, 다른 쪽 변에는 달 월月자를 각각 써서 벌꿀로 붙이고 그 겉에 볶은 꿀을 발라서 환을 만든 다음 맹물이나 술로 삼킨다."(539쪽)고 했다.

또 하나 맨 마지막에 "양기를 돋우는 데는 가을 잠자리를 잡아 머리와 다리 날개를 떼어버리고 아주 곱게 갈아서 쌀뜨물에 반죽하여 환을 만들어 먹는다. 세 홉을 먹으면 자식을 생산할 수 있고, 한 되를 먹으면 노인도 능히 젊은 여자로 하여금 아양을 떨게 만들 수 있다."(543쪽)는 기록들은 실소를 금치 못하게 한다.

'〈보유편 Ⅰ〉양매시화楊梅詩話'는 양매죽사가에서 쓴 시화라는 뜻이다. 양매죽사가는 북경의 유리창 부근에 있으며 서점과 상가가 많은 문화거리다. 이곳에서 연암이 중국인들과 나눈 필담을 일부 정리한 것이다. '〈보유편 Ⅱ〉천애결린집天涯結隣集'은 청나라 인사들이 보낸 편지다. 중국 땅에 있는 사람과 다정한 이웃처럼 친구를 맺는다는 의미로 연암이 북경에서 만나 교유했던 청조의 인물들에게 받은 편지를 수록한 것이다.

『열하일기』 3권의 책을 덮었다가 다시 훑어보다가 드는 생각은 참으로 묘하다. 처음 이 책을 읽기 시작할 때 연암 박지원의 인간적인 면모에 관심을 갖고 읽고, 글로 쓰는 연암의 초상화를 그려보리라 생각했다. 그런 관점에서 이 책을 통해 그려

볼 수 있는 연암의 모습을 네 가지로 정리하는 데까지는 그럭 저럭 해냈다. 그러나 초상화까지 그려내는 데는 내 능력이 따르지 못한다. 한 번 읽어서는 될 일이 아니다. 이 책에서 나온 바 있는 엄주가 최간이에게 이른대로 500번 정도나 읽어야 될 일일 것 같다.

그 첫째는 연암은 호기심의 화신이라는 점이다. 그런 호기심이 없었다면 『열하일기』는 꿈도 못 꿀 일이다. 둘째는 기록과 묘사의 달인이라는 점이다. 이른바 연암체의 뿌리가 되는 것이다. 이렇게 철저하게 기록하고 적절하게 묘사할 수 있는 능력은 아무나 가질 수 없는 것이 분명하다. 셋째는 진정한 자유인이라는 것이다. 자유를 사랑했고 진정한 자유의 의미를 알고 즐겼던 사람이다. 마지막으로 연암은 돌올한 선각자였다. 전 분야에 걸친 관심과 해박한 지식은 그야말로 혀를 내두르지 않을 수 없다. 중국에서 펼친 그의 해박한 지식과 담대한 정신은 중국인들이 조선을 대국으로 생각하게 하는데 조금의 부족함이 없었다.

따라서 한마디 말로 이 기분을 표현하라면 연암이 이 책에서 몇 번 썼던 말 '미상불未嘗不'이다. 미상불은 '아닌 게 아니라 과연'이라는 뜻이다. 『열하일기』는 그렇다. 말로만 듣고, 어설프게 읽고, 부분적으로만 읽었던 책을 완독하고 나니 연암이 정말 커 보인다. 그래서 '미상불 연암'이다. 처음 이 서평을 시작할 때 가제로 '조선의 조르바여' 라고 붙여놓고 시작했는데, 책을 덮으면서 나는 '미상불 연암' 으로 제목을 바꾼다. 미상불, 미상불, 미상불. 그리고 많은 사람들을 향해 이 책을 읽지 않고 함부로 조선을 말하지 말라고 하고 싶다.

큰 느낌의 '만나봐야…'

Peter Hantke, 안장혁 옮김
『긴 이별을 위한 짧은 편지』
문학동네, 2019.

2019년 노벨문학상 수상자가 발표되었을 때 나는 '어, 아직 페터 한트케가 살아있었나?' 하고 중얼거렸다. 내가 그의 작품 『관객모독』을 읽은 지가 기억할 수 없을 정도로 오래되었기 때문이다. 알고 보니 1942년생 나와도 그리 멀지 않은 동시대의 사람이다. 오스트리아 그리펜의 소시민 가정에서 태어났으며, 유년 시절의 대부분을 척박한 벽촌에서 보내면서 일찍부터 궁핍을 경험했다.

그라츠 대학에서 법학을 공부하다가 1966년 『말벌들』을 출간하고 학업을 중단했다. 그 후 문제작들을 발표하여 세계 문단의 주목을 받았다. 1973년 게오르크 뷔히너 상, 실러 상, 1985년 잘츠부르크 문학상, 2009년 프란츠 카프카 상을 받았고, 2019년 노벨문학상을 받았다. 스웨덴 한림원은 한트케의 수상 이유를 "독창적인 언어로 인간경험의 주변부와 그 특수성을 탐구한 영향력 있는 작품세계를 보여주었다."고 밝혔다.

그러나 그의 수상에 이의가 제기되었다. 그가 동구권에서 인종 청소로 악명 높았던 유고슬라비아에서의 세르비아계에 의한 학살을 옹호하고, 전범인 슬로보단 말로세비치(1941~2006) 전 유고슬라비아 연방 공화국 대통령의 장례식에서 추모 연설을 한 이력 때문이다. 그러나 노벨 아카데미 위원회는 "문학적 측면과 정치적인 면 둘 다 고려해서 중립을 지키려고 했으며, 문학상인 만큼 문학적인 수준을 우선 고려해서 고심 끝에 선정했다."고 밝혔다. 2004년에 노벨문학상을 받은 오스트리아 출신의 엘프리데 엘리네크는 "노벨문학상을 받아야 할 사람은 내가 아니라 페터 한트케다."라고 말한 적도 있다.

페터 한트케의 『긴 이별을 위한 짧은 편지』, 이 소설은 1971년 부인과 헤어지고, 그 이듬해 발간되었다. 그래서 자전적 소설이며 낭만적인 제목이 다른 작품보다 먼저 읽게 한다. 또한 스스로 이 작품을 통해 "한 인간의 발전 가능성과 그 희망을 서술하려 했다."는 진술도 있었다. 인간의 발전 가능성이나 희망이란 말에는 끌리는 무엇인가가 있고 제목에 '이별'이란 단어가 들어가는데 가능성과 희망을 이야기하겠다니 색다른 기대가 생기기도 한다.

"나는 지금 뉴욕에 있어요. 더 이상 나를 찾지 마세요. 만나봐야 그다지 좋은 일이 있을 성싶지 않으니까." 이것이 소설의 발단이고 전개고 절정이고 결말인 그 '짧은 편지'다. 주인공은 이 편지를 남기고 사라진 아내를 찾아 미국 여행을 한다. 그곳에서 과거 인연이 있었던 여자와 그녀의 아이를 만나 함께 여행한다. 이후 주인공은 다시 혼자 여정을 이어가는데 그의 아내 유디트는 계속해서 그를 해코지하려고 일을 꾸민다.

자신을 해치려는 아내 때문에 주인공의 미국 여행은 불안하다. 아내도 주인공과의 관계를 편히 정리할 수 없었기에 편할 수는 없는 것. 결말 부분에 와서 영화감독 존 포드를 만나 대화를 주고받음으로써 둘은 지난한 관계를 정리할 수 있는 계기를 갖게 된다. 존 포드가 "이젠 당신들의 이야기를 들려주세요."라고 말하자. 유디트가 그들의 이야기를 들려주었다. 그리고 "지금은 마침내 서로가 평화적인 방법으로 헤어지기로 했다."는 말을 덧붙였다.

대화 중 존 포드의 말, "누군가와 반목하는 사이가 된다는 것은 견딜 수 없는 일입니다.", "갑자기 누군가의 이름이 잊히고 기억 속에 단지 흐릿한 형상으로 남는 것, 그의 얼굴이 희미한 그림자처럼 불분명해지고 일그러진 상으로 변해버리는 것, 그래서 스쳐 지나가면서 소 닭 보듯이 그냥 한번 힐끗 쳐다볼 뿐인 관계가 된다는 것을 생각해 보세요. 적을 갖는다는 것은 우리로서는 굉장히 불편한 일입니다. 그럼에도 우리는 적을 가질 수밖에 없긴 하지요."(195쪽)에 밑줄을 그었다.

여기에 이어지는 유디트의 "선생님은 왜 항상 '나'라는 말 대신에 '우리'라는 말을 사용하세요?"라는 물음에 존 포드는 다음과 같이 답했다. "우리 미국인들은 사적인 일에 대해 말할 때도 '우리'라고 합니다. 그것은 아마도 우리가 행하는 모든 것이 우리에게는 함께하는 공적인 행동의 한 부분으로 작용하기 때문일 겁니다. 일인칭은 한 사람이 다른 모든 사람을 대표할 때만 사용할 수 있다고 생각해요."(196쪽) 이 말이 헤어질 부부에게 어떤 의미로 새겨졌는지는 모르지만 그들은 편하게 헤어지기로 했다.

페터 한트케는 '우리'라는 낱말에 매우 관심이 많은 듯하다. 그의 언어극 『관객모독』에도 "여러분이라고 말하는 대신 우리는 특별한 조건에 따라 우리라고 말할 수도 있을 것입니다. 이것은 행위의 일체를 의미합니다.”(41쪽)라고 했다. 그리고 실제 대사에서 많이 쓰고 있는데 예를 들면 “우리는 연기하지 않고 또 연기하면서 행동하는 게 아니기 때문에 이 연극의 반은 희극이고 반은 비극입니다. 우리는 오직 말만 하고 시간을 벗어나지 못하기 때문에 우리는 여러분에게 아무것도 생생하게 묘사할 수 없고 또 아무것도 보여줄 수가 없습니다.”(『관객모독』 53쪽)와 ‘우리는’ 을 주어로 한 문장이 많다.

『긴 이별을 위한 짧은 편지』의 자전적 요소, 주인공이 아내와 헤어지게 된 이유나 과정이 줄거리에 녹아들었을 것이라는 개연성은 충분하다. 이별은 다시 만나지 않는 것, 다시 만날 수 없는 것이라 절망적이다. 하지만, 그래서 희망적이기도 할 것이다. 작가가 그런 이유로 인간의 발전 가능성과 희망을 서술하려 한다고 했을까? 반드시 둘이라야 살 수 있고 행복할 수 있다는 생각은 정말 옳은 일일까 반문하게 한다. 헤어짐이 희망이 됨을 부정할 수 없는 현실도 충분히 있으니까 말이다. 그것이 페터 한트케가 정말 하고자 한 말일 것 같다. ‘함께’ 가 행복의 절대적 요소가 아니라는 걸.

짧은 편지 속에서 아주 강한 느낌을 주는 말, ‘만나 봐야’ 라는 말, 그래 ‘만나 봐야’ 달라질 일 없고, 결과가 뻔한 일인 줄 알면서도 만나야 하는 건 어리석은 일이고 실망과 아픔만 더하는 일이다. 그러나 소설 제목의 안타까움을 자극하는 낭만성에 끌려가면 후회할 수도 있겠다. 현실은 언제나 냉담한 것이니까. 그리고 치유와 극복의 성장 소설이라는 해설자의 해석엔 그의 손을 들어주기가 어렵다. 단지 여행은 치유의 길이 될 수 있다는 사실까지 부정할 수는 없지만….

여행은 창조의 씨앗 뿌리기다

Olga Tokarczuk, 최성은 옮김
『Bieguni』
민음사, 2019.

한 해 늦게 시상한 2018년 노벨문학상 수상자 올가 토카르추크의 작품 『방랑자들』은 그 제목이 주는 낭만성보다는 인류의 다른 이름이 아닐까 하는 생각을 하게 했다. 책을 다 읽고 다시 책의 앞쪽을 펼치니 "홍수 방지용 제방에 서서 흐르는 물살을 바라보노라면, 아무리 위험해도 정체된 것보다는 움직이는 편이 훨씬 낫다는 생각이 들었다. 내게는 지속성보다는 역동성이 한결 가치 있게 느껴졌다."(15쪽)라는 문장에 밑줄이 그어져 있다.

외상성 경막하 출혈과 견갑골 골절로 병원에 누워있는 3주간 아주 조금씩 읽어간 이 책은, 움직인다는 것, '역동성'에 대한 간절함을 더욱 부추겼다. "진정한 삶은 움직임 속에서 구현"(85쪽)된다거나, "우리의 몸은 움직일 때 비로소 신성하다." (389쪽)는 문장을 읽으며 자유로운 움직임에 대한 고마움을 모르고 산 나를 많이 자책하게 했다. 내가 처한 상황과 책 내용이 정반대의 상황이어서 더욱 묘한 느낌을 주는 책 읽기는 그래서 새로운 경험이었다.

올가 토카르추크, 1962년 폴란드 생, 1993년 첫 장편 『책의 인물들의 여정』을 발표했다. 연대기적 흐름을 따르지 않고 짤막한 조각들을 촘촘히 엮어서 하나의 이야기를 빚어내는 특유의 스타일은 『낮의 집, 밤의 집』(1998), 2007년 발표한 『방랑자들』로 이어졌다. 『방랑자들』은 폴란드 최고의 니케 상, 2018년 맨부커 인터내셔널 상을 수상했고 노벨상 수상으로 이어졌다. 그 외 추리 소설 『죽은 자들의 뼈 위로 쟁기를 끌어라』는 영화로 각색되어 호평을 받았고, 역사소설 『야고보서』로 또 한 번의 니케상과 스웨덴의 쿨투르후세트 상을 받았다.

대학에서 심리학을 전공한 그는 카를 융의 사상과 불교 철학에 조예가 깊다. 작가가 한국을 방문한 경험을 토대로 한 '사리'는 짧은 글이지만 불교 철학에 관한 관심을 드러내는 것이다. '사리'를 "깨달음을 얻은 존재의 육신을 화장하고 남겨진 잔재"(255쪽)로 보았다. 그러면서 "내 육체는 그렇게 되지 못하고 그저 산산이 스러져 버릴 것이다. 나는 불교 신자가 아니므로."라는 문장은 작가의 순수와 유머를 엿볼 수 있는 문장이다.

『방랑자들』을 옮긴이는 해설에서 "여행이라는 키워드를 공통분모로 100여 편[38]의 다양한 글들이 씨실과 날실처럼 정교하게 엮인 하이브리드 텍스트다."라 말했으며 노벨문학상 시상 기관인 한림원은 "물리적인 이주移住와 문화의 이행에 초점을 맞춘, 위트와 기지로 가득 찬 작품"이라는 평가를 내렸다고 썼다.

책을 읽어가다가 "나이는 심리적인 것이고, 성별은 문법적이다."(20쪽)라는 문장이 날 붙잡았다. 불교에서는 일체유심조一切唯心造라고 하는데 나이는 생각하기 나름이고, 문법은 이런 저런 까다로운 조건을 필요로 하기도 하지만 나이 들면 성별의 구분이 무슨 의미가 있을까. 결국은 남녀가 아니라 인류라는 같은 이름의 동물이 되고 마는 것 아닌가 싶다.

60쪽에 와서는 "오늘은 화창하고 무덥고, 빛에 과다 노출된 필름 같은 날이 될 모양이다.", 82쪽에는 이 책의 주제와 관련된 "유동성과 기동성, 환상성은 문명화된 사람들의 특성이다. 야만인들은 여행을 하지 않는다. 그저 목적지를 향해 움직이거나 침략할 뿐이다."라는 문장을 만나기도 했다.

그렇게 여행을 즐기는 가운데 나를 붙잡아 진지하게 만든

---

38) 실제 이 책에 실린 작품 수는 122편이다. 단 2줄로 된 것(매우 긴 15분)도 한 편이고 수십 페이지도 한 편이다.

것은 122편 중의 한 이야기 '신의 구역'(415~458쪽)이었다. 한 편의 단편으로 읽을 수 있었다. 주인공 그녀가 사는 섬의 이름을 '신의 구역'이라고 불렀다고 하지만 이 이야기 자체가 신의 구역에서나 있을 법한 것이었다. 인생이 무엇이고 죽음이 무엇이고 기억은 무엇이며 또 사랑은 무엇인가 등에 대한 답을 풀어놓고 있다.

학창 시절에 한때 사랑했던 사람, 육체적으로 친밀했던 관계였던 그들은 헤어져 서로 모르는 다른 삶을 살았다. 불치병에 걸린 남자가 구글을 통해 동물 죽음을 연구하는 그녀를 찾아내 메일을 통해서 그녀에게 그의 삶을 마감하게 해 달라는 부탁을 하고, 그녀는 그 부탁을 들어준다. 너무나 전문적이고 너무나 완벽하게 처리되어 완전 범죄를 이룬다. 살인이 완전한 사랑이 아닐까 하는 생각까지 들게 한다. 남자는 가장 행복한 죽음을 맞이하는 것이다.

이 이야기의 끝부분에 와서 "고인은 그렇게 몇 년 동안 이 육체 속에서 여행을 했고, 몇 살의 나이에 이 육체를 떠났다."(457쪽)고 썼다. 죽음마저도 여행에 종속시키며 주제에 대한 집념을 보이고 있다. 그래서 하나이면서 122편의 이야기가 되고, 122편이면서 하나의 이야기가 되는 세계를 창조한 것이다. 그 창조는 참으로 위대한 발상이다.

"인간은 창조의 중심에 놓여 있으므로. 그리고 우리가 사는 세상은 신의 것도 다른 그 어떤 피조물의 것도 아닌 인간의 것이므로. 우리가 이룰 수 없는 것은 단 하나, 영생. 맙소사, 그렇기에 감히 불멸의 존재를 꿈꾸게 된 것 아닐까?"(306쪽) 창조에 대한 작가의 견해는 「카이로스」에서도 표출된다. "모든 것을 마다하라. 보지 말라. 눈꺼풀을 닫고 시선을 바꿔야 한다. 거의 모든 사람이 갖고 있지만, 좀처럼 사용하지 않는 다른 것에 눈을 떠야 한다."(572쪽)는 플라톤을 인용하는 그의 얼굴이 붉게 상기되었다고 썼다. 여행을 창조의 씨앗 같은 것으로 인식하는 작가의 사상이 보인다.

작가가 122곳의 여행지에서 "인생이란 우리가 오래전에 이미 통제 능력을 상실한 혐오스러운 습관 같은 거야."(421쪽), "과거는 늘 한 줄기 얼룩진 선 같았다."(427쪽), "살아있다는 것은 100만 가지의 특성과 자질을 아우르고 있다는 뜻이며, 삶을 벗어나서 존재하는 것은 아무것도 없다는 뜻이다. 그러므로 모든 죽음은 삶의 일부이며, 어떤 의미에서 보면 죽음이란 없는 것이나 마찬가지다."(433쪽)라는 문장은 어설프게 산 삶을 살아온 사람에게 위로의 문장이 된다.

그런 여행 속에서 "모든 여행자의 시간은 수없이 많은 시간이 하나로 모인 결합체다."(83쪽), "기차는 벌판 한가운데 밤안개 속에서 멈춰서고, 바퀴 달린 조용한 호텔로 변신한다."(95쪽), "인간의 신체에서 가장 강한 근육은 혓바닥이다."(158쪽),

"아버지에게는 그의 고귀한 영혼과 유머 감각, 선한 심성을 높이 평가하는 훌륭한 친구분이 많았습니다."(217쪽), "지도를 들여다보는 것이 우울증 치료에 효과가 있다는 말을 들었기 때문이었다."(313쪽), "근심 걱정에 가장 효과적인 약은 바로 일에 전념하는 것이었다."(332쪽), "가장 작은 것에 가장 큰 신의 위대함이 있다."(481쪽), "휴대용 화장지는 계급의 격차를 없애고 겸손한 반란을 일으켰다. 한 번 사용하고 나면 어김없이 쓰레기통 속으로 던져지므로,"(522쪽), "인간이 살아가기 위한 기후 조건은 대략 감귤 나무의 환경과 비슷하다고 생각합니다."(563쪽)라고 한 말들은 그냥 지나칠 수 없는 말들이었다.

이 책을 읽고 참 반가웠던 것은 내 남은 삶을 가장 행복하게 보내는 길이 어떤 것인가를 꿈꿀 수 있게 된 것이다. 「카이로스」 이야기다. 여든한 살의 노교수가 스무 살 아래의 아내를 데리고 크루즈에서 강의를 하며 삶을 정리하는 것, 그야말로 꿈 같은 죽음이다. 웰 다잉이란 말은 이럴 때에만 써야 하는 것이다. 그 「카이로스」는 "우리는 매 순간 뭔가와 맞서 싸워야 합니다."(553쪽)로 시작되었다. 아주 잘 죽기 위해서 아주 분명한 길이다. 그래서 움직여야겠다. 써야겠다.

IV

옳지 않은 말이 없고 버릴 말은 더욱 없다

키케로 외, 천병희 옮김
『그리스 로마 에세이』
숲, 2017.

그리스, 로마 작가들의 에세이를 묶은 책이다. 아우렐리우스의 「명상록」을 필두로 해서, 영혼을 치유하는 세네카의 에세이 4편, 로마 최고의 지성 키케로의 에세이 두 편, 그리고 최후의 그리스인으로 불리는 플루타르코스의 6편, 모두 13편의 에세이다. 이 글들은 처음부터 에세이란 이름으로 불린 것은 아니다. 이런 문학 장르가 에세이라 불리게 된 것은 프랑스 몽테뉴가 자신의 수상록에 '에세이집' 이라는 명칭을 붙이고부터다. 이 글들을 읽는다.

철학 읽어주는 황제 마르쿠스 아우렐리우스 「명상록」

언젠가 문고판으로 나온 「명상록」을 읽은 적이 있다. 기억에 남아있는 것이라곤 오로지 읽은 적이 있다는 것뿐이다. 독서클럽(파이데이아)에서 함께 읽어야 할 기회가 와서 다시 읽는다. 너무나 옳은 말들만 하고 있어서 감동이 생기지 않는다. 다 이해하기도 어렵거니와 실천 불가능한 말들로 느껴져 읽는 것이 건성이다. 이 글과 나 사이에 도대체 라포르가 형성되지 않는다. 한 번 다 읽고 다시 읽었다. 그래도 이해가 잘 안 돼 다시 끝에서부터 앞으로도 읽어본다. 그래도 완전히 이해되는 것은 아니다.

이 책을 어느 정도 이해하려면 먼저 알아야 할 것이 있다. '스토아 철학'이다. 아우렐리우스가 스토아 철학자 루스티쿠스(Quintus Iunius Rusticus)와 에픽테토스Epictetos의 영향을 많이 받은 사람이기 때문이다. 이해가 잘 안 되는 이유, 그 첫째가 스토아 철학 창시자 제논이 삶의 행복은 마음의 평정에서 오고 그 평온함은 욕심을 채우는 것이 아니라 욕심을 버리는 데서 찾을 수 있다고 했는데, 욕심을 버리지 않고 읽어서 그런가 보다. 둘째는 이 「명상록」은 왕궁에서 쓴 것이 아니라 적어도 일부는 게르마니아 전선에서 쓴 것으로, 남에게 보이고 읽히기 위한 글이 아니라 난관에 부딪혔을 때 스스로를 깨우쳐 올바른 길을 찾고자 한 개인의 치열한 고뇌와 사색의 결과물이기 때문이다.

「명상록」에는 모든 것이 끊임없이 변화하고 인생도 과객의 일시적 체재에 불과할 뿐 우리를 지키고 인도하는 것은 철학일 뿐이라는 저자의 사상이 담겨있다. 인간은 그 철학이 인도하는 대로 자연의 본성에 알맞은 생활을 하는 것이 최선의 길이며, 구제하는 길이라는 아우렐리우스의 신념이 담긴 책이다. 스토아 철학은 학문을 논리, 자연학, 윤리로 나누고, 윤리를 가장 존중하고, 논리와 자연학(신, 우주, 섭리=성실한 이성)을 논의한다.

이런저런 점을 다 감안하더라도 필자는 완전히 이해할 수는 없었지만 그렇다고 맹탕은 아니었다. 여기서 세 가지 정도의 배움을 얻었다. 전혀 새로운 사실은 아니지만 긍정하고 확인하면서 각오를 다지게 하는 내용이다. 죽음과 변화 그리고 공동체와 나(존재) 사이의 관계다.

이 문제에 대한 얘기는 여러 단락이 있다. 그 중에서 필자의 느낌에 와닿는 표현들을 세 영역에서 세 단락씩 인용해 본다.

젊은 날에 읽었다면 절대로 밑줄 치지 않았을 부분이다. 그런데 지금은 이런 표현에 마음이 쏠린다.

"죽음은 태어남과 같은 것이며 자연의 신비다. 태어남이 여러 요소의 결합이라면 죽음은 그 요소들로 해체되는 것이므로,

조금도 곤혹스러워할 일이 아니다. 그것은 이성적 동물의 본성이나 그의 타고난 기질과 모순되지 않기 때문이다."(IV-5/ 52쪽)

"죽음이란 감각을 통한 인상과 우리를 꼭두각시로 만드는 충동, 마음의 방향과 육신에 대한 봉사로부터의 해방이다."(VI-28/ 126쪽)

"존재하는 모든 개체를 고찰하되 이미 그것이 해체되고 변하고 있음을, 그러니까 썩거나 흩어지고 있음을, 또는 모든 것은 죽기 위하여 태어났음을 명심하라."(X-18/ 166쪽)

둘째로 '변화'에 관한 것. 엄청난 변화 속에 있어서 그런지 모르지만 변화는 약간의 두려움을 동반한다. 적응해야 하기 때문이다. 그러나 활기찬 삶은 분명 변화에 쉬 적응하는 것이다.

"네가 보고 있는 이 모든 것은 한순간에 변하여 더 이상 존재하지 않을 것이다. 너 자신이 얼마나 많은 변화를 경험했는지 항상 명심하라. 온 우주는 변화이고, 인생은 의견이다."(IV-3-3/ 51쪽)

"새로운 삶을 시작하는 것은 너에게 달려있다. 네가 보아온 사물을 새롭게 보도록 하라. 바로 그것이 새로운 삶을 시작하는 것이다."(VII-2-2)/ 104쪽)

"변화를 두려워하는 사람이 있는가? 변화 없이 일어날 수 있는 것이 도대체 있기나 한가? 보편적 자연 가운데 변화보다 더 친근한 것이 무엇이란 말인가? 나무가 변하지 않는다면 너는 더운 물에 목욕할 수 있는가? 음식물이 변하지 않는다면 너는 영향을 섭취할 수 있는가? 그 밖에 생활에 필요한 것들이 변화 없이 이루어질 수 있는가? 너 자신에게도 변화는 이와 똑같은 것이며. 변화는 전체의 본성에는 똑같이 필요하다는 것을 너는 보지 못하는가?"(VII-18/ 108쪽)

셋째, '나' 라는 존재와 공동체와의 관계에서 힘들지만 행동에 옮겨야 한다는 다짐을 하게 하는 구절들이 있다.

"정신적 자유를 향하여 날마다 만족하고, 소박하고, 겸손한 마음으로 자신을 지키면 된다."(VIII-51-2/ 139쪽) 이런 결론을 위해 끌어온 예화가 인상적이다. "예컨대 누가 맑고 물맛이 좋은 샘물가에 서서 샘물을 저주한다 해도 샘물은 마실 물을 솟아오르게 하는 일을 그만 두지 않을 것이다. 그가 진흙이나 오물을 샘에 던져 넣는다 해도, 샘물은 금세 그 맛을 씻어내고 정화하여 더럽혀지지 않는다. 그렇다면 너는 어떻게 우물이 아니라 늘 흐르는 샘물을 가질 수 있는가?' 라고 물었다.

"인간은 서로를 위해 태어났다. 그러니 서로를 가르치거나 아니면 참아라."(VIII-59/141쪽)

"첫째 목적 없이 무턱대고 행동하지 마라, 둘째 공동체에 유익한 것만을 네 목표로 삼아라."(VII-20/ 198쪽)

전혀 새로운 것을 알게 하는 것은 아니지만 알아도 실천하지 않고 사는 것이 무엇인가를 꼭꼭 짚어준다. 그래서 이 책 내용을 이해하기 어려웠을 것 같다. 누군가 내게 내리는 채찍으로 받아야 할 일들이다. 이 책은 젊은이들보다 나이 든 사람이 읽었으면 좋겠다. 언제까지나 죽지 않을 것처럼 행동하는 사람, 변화를 거부하고 고집을 피우는 사람, 공동체를 위하여 해야 할 일을 깨닫지 못하는 사람들 중 노인들이 더 많으니까 말이다.

죽음을 기꺼이 받아들이고, 변화를 두려워 말며, 이 세상은 혼자 살아가는 것이 아니라 함께 살아가는 곳임을 다시 한번 깨달아야 한다. 그런 생각으로 책을 덮고 하늘 한 번 쳐다본다. 흘러가는 구름에 한숨이 실린다. 아무래도 이 책의 내용을 내 삶에 끌어들이는 데 성공할 것 같지 않기 때문이다. 그래도 어쩌랴. 다시 한번 다짐하지 않을 수 없다.

영혼을 치유하는 세네카

세네카(기원전 4년경~기원후 65년)는 제정 로마시대의 정치가, 철학자, 시인으로 스토아 철학의 주요한 주창자이며, 당대의 정신문화를 지도한 대표자이다. 세계의 명언집에서 그의 이름을 자주 보아서 이름이 눈과 귀에 익어있는 사람이다. 향락에 빠져드는 로마인들을 보면서 문학적 기술과 개인의 경험, 상식을 동원해 그 시대 독자들에게 도덕적 감화를 주고 그들을 변화시키려 했다.

이 책에는 에세이 네 편이 실려 있다. 경찰 업무와 소방 업무를 맡아보던 친구 세레누스에게 헌정한 「마음의 평정에 관하여」를 비롯하여, 친구 루킬리우스에게 헌정한 「섭리에 관하여」, 로마의 양곡 조달관 파울리누스에게 헌정한 「인생의 짧음에 대하여」, 유니우스 갈리오에게 입양된 맏형 갈리오에게 헌정한 「행복한 삶에 대하여」가 그것이다.

「마음의 평정에 관하여」에서 세네카는 인간이 자신에게 만족하려면 마음의 평정이 필요한데 이것은 어떤 조건에서도 능력껏 공동체에 봉사하고 언제 어디서나 불행과 죽음을 각오할 때 얻을 수 있다고 주장한다. 그의 주장에 반론을 제기하기는 어렵지만 실행은 매우 어렵겠다는 생각을 하지 않을 수 없다. 그가 말한 '분주한 게으름'은 생각하게 하는 바가 컸고, "현인은 인간의 운명에서 벗어나 있는 것이 아니라 인간의 실수에서 벗어나 있는 것이라네."(249쪽)라는 말에 귀 기울였다.

「인생의 짧음에 관하여」는 세네카의 에세이 중에서도 걸작으로 꼽히는 글로 알려진다. 인생의 길이가 단순히 햇수의 길이가 아니라 시간을 얼마나 유용하게 사용하느냐에 따라 따져야 한다. 그리고 철학이 모든 시대의 위대한 인물과 사귀고 과거의 경험을 공유할 수 있게 하는 까닭에 짧은 인생도 길게 만들어 준다는 내용을 담고 있다. '쓸모없는 지식에 대한 무의미한 열성'이라는 말과 "일하고자 하는 욕구가 일할 수 있는 능력보다 더 오래까지 지속된다."(334쪽)는 말이 이 에세이를 정리하고 있다.

「섭리에 대하여」는 부제 "섭리가 있다면 왜 선한 사람들에게 불행이 자주 닥치는가." 하는 물음에 답하는 것이다. 세네카는 세계는 가장 잘 다스려지고 있는 만큼 고통은 좋은 목적에 이바지할 것임에 틀림없으며, 무엇보다도 고통과 시련을 통해 인간은 더 강해진다고 답하고 있다. "가난을 무시하라. 태어났을 때만큼 가난하게 사는 사람은 아무도 없다. 고통을 무시하라. 고통은 사라지거나 너희와 함께 끝날 것이다. 죽음을 무시하라. 죽음은 너희를 끝내거나 다른 곳으로 데려갈 것이다. 운명을 무시하라. 나는 운명에게 너희의 영혼을 칠 수 있는 무기를 주지 않았다."고 말하지만 실천하긴 정말 어려울 것 같다.

「행복한 삶에 관하여」는 행복이 무엇인지, 어떻게 해야 그 것을 구할 수 있는지에 대해 논하고 있다. 행복은 자연에 맞게 미덕을 추구하며 사는데 있다는 스토아 철학에서의 해답을 말하고 건강과 부의 가치도 부정하지 않았다. 올바른 판단을 하는 사람, 자연에 따라 사는 것, 자기 삶의 형성자, 미덕에 행복이 있다고 했다. 부와 관련해서는 "부는 현인에게는 종노릇을 하지만 바보에게는 주인 행세를 한다."는 말이 의미 있게 들린다. 그리고 "자, 미덕이 앞장서게 하시오. 모든 발걸음이 안전할 것이오."는 행복의 이정표 같은 말이다.

네 편의 에세이가 영혼을 치유하는 메시지를 줄 수 있다고 믿어지기 때문에 세네카라는 이름 앞에 그런 수사를 붙였지만, 치유에선 조금 멀다는 느낌이 온다. 그야말로 수사학적으로 빛나는 이런 말들의 가치는 어디에 있을까? 생각해볼 것도 없이 실천에 있다. 서양이나 동양이나 훌륭한 말은 언제나 있었다. 말이 없어서 세계가 평화롭지 못한 것은 아니었다. 언제 어디서나 말은 행동보다 앞섰는데, 세계의 진정한 평화는 행동 뒤에 말이 와야 가능할 것이라는 생각이 든다.

이 에세이를 읽고 난 후 『명심보감』「存心편」의 "사람이 비록 지극히 어리석지만 다른 사람을 책망할 때는 분명하고, 설사 영리하고 똑똑하더라도 자기 자신의 잘못에 대한 기준은 흐릿하다. 너희는 모름지기 다른 사람을 책망하는 마음으로 나

자신을 꾸짖어 탓하고, 자신을 관용하는 마음으로 남을 너그럽게 용서해야 한다. 그러면 성현의 지위에 도달하지 못할까 근심 걱정하지 않아도 된다."(人雖至愚 責人則明 雖有聰明 恕己則昏 責人之心 責己 恕己之心 恕人 不患不到聖賢地位也)는 말이 자꾸 떠올랐다.

로마 최고의 지성 키케로

키케로의 「노년에 관하여」, 「우정에 관하여」라는 에세이 두 편을 읽었다. 두 주제 모두 관심사가 아닐 수 없는 영역이다. 로마 최고의 지성으로 평가되는 키케로(기원전 106~43)는 로마의 웅변가, 정치가, 문인으로 수사학의 대가다. 행동하는 사상가이자 로마 최고의 문장가로 평가 받는다. 만년에 정치적 좌절감에 개인적으로 불행을 겪었지만 집중적으로 글을 썼다. 스스로 "「노년에 관하여」를 읽을 때면 때로는 너무나 감동되어 화자가 내가 아니라 카토라는 느낌이 든다."고 말한 작품이다.

「노년에 관하여」는 30대의 스키피오와 라일리우스의 요청에 따라 84세의 대 카토가 노년의 짐을 어떻게 참고 견디는 것이 최선의 방법인지 알려주는 형식으로 구성했다. 카토는 자신의 경험, 선현들의 이야기, 책을 통해 접한 고대 그리스 철학자들의 이야기를 들려주면서 포도주가 오래되었다고 모두 시어지지 않듯이, 늙는다고 해서 모든 사람이 비참해지거나 황량해지는 것이 아님을 강조하며 노년도 의미 있게 즐길 수 있다고 피력했다.

노년이 비참해 보이는 네 가지 이유를, 첫째, 노년은 우리를 활동할 수 없게 만들고, 둘째, 노년은 우리의 몸을 허약하게 하며, 셋째, 노년은 우리에게서 거의 모든 쾌락을 앗아가며, 넷째 노년은 죽음에서 멀리 떨어져 있지 않다는 것으로 파악하고 이들을 살펴보고 있다. 첫째, 활동할 수 없다는 이유는 몸은 허약하지만 정신력으로 할 수 있는 일이 있다고 단언한다. 둘째, 몸을 허약하게 하는 것과 관련해서는 "나는 노인 같은 구석이 있는 젊은이를 좋아하듯이, 젊은이 같은 구석이 있는 노인을 좋아한다네. 그렇게 되려고 노력하는 자는 육체는 노인이 되었어도 정신은 그렇게 될 수 없을 테니까 말일세."에서 답을 찾을 수 있다.

셋째, 감각적 쾌락이 없다는 것에 대해서는 "자연이 인간에게 준 역병疫病 가운데 쾌락보다 치명적인 것은 없다"고 하고, 플라톤은 쾌락을 '죄악의 미끼'라고 적절히 표현했다고 했다. 그리고 연로해진 소포클레스에게 어떤 사람이 아직도 성적 접

촉을 즐기느냐고 묻자 그는 "아이고 맙소사! 사납고 잔인한 주인에게서 도망쳐 나온 것처럼 이제 나는 막 거기서 빠져 나왔소이다."라고 적절하게 대답했다고 했다.

이어서 "그런 것을 갈망하는 사람들에게는 그런 것이 없다는 것이 아마도 혐오스럽고 괴로운 일이 되겠지만, 그런 것에 물리고 신물이 난 사람들에게는 즐기는 편보다는 없는 편이 더 즐겁다. 하지만 아쉽지 않은 사람은 결핍도 느끼지 못한다. 그런 고로 나는 아쉽지 않은 것이 더 즐거운 법이라고 말하는 거"라고 답한다. 그러면서 "정신적인 쾌락보다 더 큰 쾌락은 존재할 수 없다."고 강조하면서 농부의 생활보다 더 행복한 생활은 없는 듯하다며 농경을 큰 즐거움으로 보았다.

넷째, 죽음에서 멀리 떨어져 있지 않다는 것과 관련해서는 인간의 삶에서 자연과 조화를 이루는 것은 무엇이든 선으로 간주되어야 하는데, 자연이 우리에게 준 것은 임시로 체류할 곳이지 거주할 곳이 아니라고 말한다. 사람은 적절한 때에 죽는 것이 바람직하다고 했다. 그 까닭은 자연은 모든 것에도 그렇지만 삶에도 한계를 정해놓았기 때문이다. 노년은 인생이라는 연극의 마지막 장인만큼 거기에서 기진맥진하는 것은 피해야 한다고 주장한다.

자연의 길은 하나뿐이며, 그 길은 한 번만 가게 되어 있다. 그리고 인생의 매 단계에는 고유한 특징이 있는데 소년은 허약하고, 청년은 저돌적이고, 장년은 위엄이 있으며, 노년은 원숙한데, 이런 자질들은 제철이 되어야만 거두어들일 수 있는 자연의 결실과도 같은 것이라고 들려준다. 키케로가 현인이라는 별명을 얻고 지혜로운 것은 자연을 최선의 지도자로 모시고 자연이 마치 신앙인 양 거기에 따르고 복종하기 때문이라고 하는데 그것이 「노년에 관하여」에서 하고 싶은 말의 핵심으로 보인다. 모두 이상적인 견해들이라 반론을 펼 여지는 없지만 그렇다고 전적으로 동의할 수도 없는 내용이다.

「우정에 관하여」는 그의 평생지기인 앗티쿠스에게 헌정된 작품이다. 이 대화편은 소소스키피오가 죽은 직후, 스키피오와 평생지기였던 라일리우스가 자신의 두 사위 판니우스와 복점관 스카이볼라와 정원에서 주고받은 내용으로 되어있다. 라일리우스는 사위들의 요청에 따라 우정의 본질은 무엇이며, 우정이 지켜야 할 원칙에는 어떤 것들이 있는지 알려주고 있다. 키케로의 대화편 중에서 걸작으로 평가되며, 단테는 자신이 동경하던 여인 베아트리체가 죽은 뒤에 이 작품을 읽으며 위안을 얻었다고 했다.

키케로는 "우정이란 지상에서나 천상에서나 모든 사물에 대한, 선의와 호감을 곁들인 감정의 완전한 일치"이며, 앤니우스의 말을 빌려 "친구 간의 상호 선의에서 안식을 얻지 못하는 삶이 어떻게 살만한 가치가 있겠는가?" 물었다. 우정의 필요성은 "우리에게는 생활필수품이라는 물과 불 못지않게 언제나 우정이 필요"하며 우정의 이점은 "미래를 향하여 밝은 빛을 투사해 영혼이 불구가 되거나 넘어지지 않게 해준다는 것"이라고 했다.

키케로는 우정의 으뜸가는 규칙으로 "친구들에게 옳지 못한 것은 요구하지 말 것이며, 친구들을 위하여 옳은 것만 행하되 부탁해 오기를 기다리지 마라. 항상 돕겠다는 열성을 보이고 꾸물대지 말라. 거리낌 없이 솔직하게 충고하라. 좋은 충고는 항상 귀담아 들어라. 충고할 때는 영향력을 발휘하되 친구로서 솔직히 또 필요에 따라서는 엄하게 충고해라. 그리고 엄한 충고를 들을 때는 귀를 기울이되 충고받은 대로 행하라."고 했다. 누구라도 친구에게 어느 정도까지 해야 하는지 기준을 정하기가 어려운데 이런 발언이 크게 참고되겠다.

그리고 또 "더불어 우정을 나눌만한 새 친구들이 옛 친구들보다 때로는 더 선호되어야 하느냐."의 문제에 대해서 "마치 오래될수록 더 좋아지는 포도주처럼 우정도 가장 오래된 것이 가장 유쾌한 것"이라고 하면서도 새로운 우정을 경원시해야 한다는 뜻은 아니라고 하여 분명한 선을 긋지 않았다. 이어서 친구들을 도와주는 일에 대해서 첫째로 줄 수 있는 만큼, 둘째로는 도와주려는 친구가 감당할 수 있는 만큼 도와주라고 말하고 있다.

그리고 참 범하기 쉬운 실수를 방지하는 말로 절교를 해야 할 상황이 오면 "우정만 소멸되는 것이 아니라 적대 관계가 시작된 것이라는 인상을 주지 않도록 해야 한다."는 말이 인상적이다. 실천에 옮겨야 할 경우가 누구에게나 생기는 일이다. 이 글은 "우정은 미덕 없이는 존재할 수 없는 만큼 미덕을 높이 평가하되, 미덕 다음에는 우정보다 더 탁월한 것은 아무것도 없다는 점을 명심해두게나"로 끝맺고 있다.

이 글을 읽고 나니 몇몇 친구들의 얼굴이 떠오른다. 고마운 친구가 많다. 그런데 내가 그들에게 어떻게 수용되는 사람인가에 대해서는 판단하기가 쉽지 않다. 마음 다해 도와준 친구가 있는가? 진정한 마음으로 도움을 준 친구가 있는가? 떠올려 보면 전자는 없어도 후자는 있는 것 같다는 생각을 할 수 있을 정도다. 너무 늦게 읽었다는 생각이 드는 글이지만 아주 새로운 사실들, 또 내가 생각해보지 못했던 것들은 모두 아니다. 그러나 우정에 관하여는 관리를 잘한 것은 아니라는 반성을 하지 않을 수 없다.

최후의 그리스인 플루타르코스

플루타르코스는 박학다식하기로 유명했다. 철학, 신학, 윤리, 종교, 자연과학, 문학 등 다방면의 작품을 남겼다. '람프리아스 목록'에는 모두 227개의 제목이 포함되어 있지만 지금까지 남아 전하는 것은 50편의 『영웅전』과 78편의 『윤리론집』뿐이다. 그의 『윤리론집』에 나오는 에세이와 대화 중 6편을 옮긴 것이다.

「수다에 관하여」는 수다의 중세와 이에 대한 처방이 되었다. "인체 가운데 혀만큼 안전하게 울타리로 둘러친 부위는 없다. 자연은 혀를 지키기 위하여 그 앞에 이를 배치했으니 말이다."라고 했는데 이는 말조심의 의미를 준다. "말을 하지 않아 이득이 된 경우는 많아도 말을 해서 이득이 된 경우는 그리 많지 않다. 말하지 않은 것은 언제든 말할 수 있어도 일단 말한 것은 다시는 되돌릴 수 없다. 그것은 엎질러진 물이다."는 말을 키워드로 하고 있다.

이어서 "우리에게 말하는 법을 가르치는 건 인간이지만 침묵하는 것은 신들이 가르치는 것 같다.", "말도 인간과 인간을 이어주는 가장 즐겁게 이어주는 수단이지만 생각 없이 잘못 사용하면 반인간적이요 반사회적인 것이 된다."는 경고를 준다.

플라톤이 "세상에서 가장 가벼운 것인 말 때문에 가장 무거운 벌을 받는다."는 말을 여러 번 강조하고 있다. "간결하게 말하는 사람, 적은 말에 많은 의미를 담을 줄 아는 사람"에 대한 도전을 부추기는 글이었다.

소포클레스는 경주에서 승리는 먼저 도착하는 사람의 몫이지만, 토론에서는 다른 사람이 적절한 대답을 할 때 시인하고 동의함으로써 호의적인 사람이라는 평판을 듣는 것이 옳다고 말한다. 대답이 불충분할 경우, 그때는 수정하고 보완하는 것이 비난을 사지 않는 시의적절한 처신이라 할 수 있다. 특히 주의해야 할 점은 누군가 다른 사람이 질문을 받았는데 우리가 그에게 대답할 기회를 가로채서는 안 된다고 이르고 있다.

대답을 가로채면 안 되는 이유 중에 대답이 필요해서가 아니라, 다정한 말을 이끌어내기 위해서 또는 대화에 끌어들이고 싶어 묻는 때가 있기 때문이다.(563~564쪽) 질문에는 세 가지 대답이 가능한데 필요한 대답, 공손한 대답, 쓸데없는 대답이 가능하다며, 시인 시모니데스의 "무엇보다도 말한 것을 가끔 후회한 적은 있어도 침묵한 것을 후회한 적은 한 번도 없었다."는 말을 인용하며 끝내고 있다.

「분노의 억제에 관하여」는 대화 형식을 취하고 있다. 인간은 누구나 남에게보다는 자신에게 더 서투른 판단을 하고 만다는 말을 먼저 한다. 분노의 발생을 허약함 탓에 혼의 괴로움과 고통에서 발생하는 것으로 보고, 분노는 혼의 힘줄과 같은 것이 아니라, 오히려 자기 방어의 의지로 지나치게 흥분해 있는 혼의 긴장과 경련 같은 것이라고 말한다. 마음속에 분노에 대한 전승 기념비를 세우는 일이 승리를 가져다주는 위대한 힘의 증거라는 말에 밑줄 긋는다.

바가지 긁는 아내의 대명사가 된 소크라테스의 아내 크산티페Xanthippe의 일화가 주목된다. 소크라테스가 제자 에우튀데모스를 대접하려고 집으로 데려갔는데, 크산티페가 화가 나서 다가오더니 그들에게 욕설을 퍼붓다가 마침내 식탁을 엎어버렸다. 제자가 난처해서 일어나 가려고 하자 소크라테스는 "일전에 자네 집에서 암탉이 날아들어 똑같은 짓을 했지만 우리는 흥분하지 않았잖은가?" 했다고 한다. 생각거리를 준다.

「아내에게 주는 위로의 글」은 출타 중인 플루타르코스가 두 살배기 어린 딸 티목세나가 죽었다는 소식을 듣고 아내를 위로하기 위해 보낸 편지다. 미신과 관습에 따라 자학적인 슬픔에 빠지지 말고 어린아이가 살아있을 때 안겨준 행복을 떠올리고, 어린아이가 이 세상과 인연이 짧은 것은 더 나은 곳으로 더 일찍이 가기 위한 것인 만큼 그것을 위안으로 삼자고 다정하게 위로한 것이다.

"애도에 대한 지칠 줄 모르는 욕구에서 울고불고 가슴을 치는 것은 무절제한 쾌락 못지않게 수치스러운 짓"으로 보았다. 그리고 마지막 문장에 참 많은 정이 느껴진다. "우리는 겉으로는 법이 시키는 대로 처신하되 안으로는 더 정결하고 더 순수하고 더 절제된 상태를 유지하도록 합시다." 남편의 이런 위로는 아내가 딸을 잃은 슬픔을 달래는 데 크게 도움이 되었을 것으로 보인다. 위로에도 격이 있다는 생각을 하지 않을 수 없다.

「동물들도 이성이 있는지에 관하여」는 대답을 지레짐작하게 한다. 없다면 그런 논제가 정해지지 않을 것이기 때문이다. 음식에 대한 욕망을 인간과 비교하여 다음과 같이 쓰고 있다. "인간은 온갖 질병에 시달리는데 여러 만성병은 과식이라는 단 한 가지 원인에서 생겨나 배출되기 어려운 온갖 가스로 그대들의 몸을 가득 채우지요. 그런데 모든 종류의 동물은 나름대로 한 가지 먹을거리가 있소. 더러는 풀을 먹고, 더러는 뿌리를 먹으며, 더러는 열매를 먹지요. 육식동물은 다른 종류의 먹을거리는 거들떠보지 않으며, 약한 동물들에게서 먹을거리를 빼앗지 않소. 사자와 늑대는 사슴과 양이 본성에 따라 풀을 뜯어 먹게 내버려둬요. 그러나 인간은 욕심이 많아 어디서나 쾌락을 추구하며, 자기에게 무엇이 적절하고 유익한지 모르겠다는 듯 무엇이든 맛보고 시식해요."라고 하는 말에서 모든 것을 집약

시켜 두고 있다. 해설자는 결론적으로 동물이 용기, 절제, 지혜에서 인간보다 한 수 위임을 입증하고 있다고 했는데 이성이 있다는 것까지는 인정할 수 있지만 인간보다 한 수 위라는 주장에는 동의하기 어렵다.

「소크라테스의 수호신」은 플루타르코스의 가장 정교하고 가장 긴장미 넘치는 대화편이라고 하는데 그리 쉽게 이해되지 않는다. 기원전 379년의 거사가 성공한 뒤 아테나이를 방문한 테바이인 카피시아스가 아테나이인 아르케다모스와 그의 동아리들에게 들려주는 이야기다. 고대 명문銘文의 의미, 그리고 소크라테스의 수호신을 어떻게 해석해야 하는지, 그리고 상대방의 호의는 어떤 경우에 거절해야 하는지에 대해서 쓰고 있다.

고대 명문의 의미를 찾기 위해 아게실라오스가 알크메네의 무덤을 발굴하고 우리한테서 빼앗아간 동판에 새겨진 글자들을 해독했다. 그 명문은 "헬라스인들에게 여가를 즐기며 평화롭게 함께 살되 철학으로 서로 경쟁하고 옳고 그름을 결정할 때는 무기에 의지하지 말고 무사 여신들과 이성의 도움을 받으라고 격려하고 지시하는 내용"이 포함되어있는 것으로 정리할 수 있다.

소크라테스의 수호신은 '재채기'나 '우연한 말'이 아니라 신적인 존재라고 보는 것으로 읽힌다. 문답법과 말의 대가인 소크라테스 같은 사람이 자신에게 신호를 보낸 것은 수호신이라는 것, 재채기나 우연한 말이 아닌 것은 누가 자기에게 부상을 입혔을 때 부상을 입힌 것은 화살이지 화살을 쏜 궁수가 아니라고 말하고, 무게를 다는 것은 저울이지 저울로 물건의 무게를 다는 사람이 아니라고 말하는 것과 같다고 했다.

상대방의 호의를 어떤 경우에 거절해야 하는지에 대해서는 호의를 베풀려는 친구를 피하거나 물리치는 것은 옳지 못하다고 말한다. 왜냐하면 가난이 짐이 아니라 해도 부도 불명예스럽거나 배척받아 마땅한 것이 아니기 때문이다. 하지만 정당하게 제공된 선물이라 해도 받아들이는 것보다 거절하는 편이 더 값지고 더 명예로운 경우도 있다고 본다. 그리고 탐욕과 명예욕이 추구하는 것을 삼감으로써 그런 욕망들을 줄여나가다가 마침내 완전히 말살하는 것이 분명 훨씬 수월할 것이라는 말에서 욕망의 절제를 위한 훈련이 필요함을 느끼게 된다.

「결혼에 관한 조언」은 플루타르코스가 결혼을 앞둔 폴리안스와 에우리디케에게 건넨 조언이다. 따라서 대부분 유추할 수 있는 말이었다. 다만 "과학자들에 따르면 액체는 완전히 혼합된다고 하는데, 부부의 경우에도 몸, 재산, 친구, 친인척이 하나로 섞여야 하오."라는 말을 핵심으로 수용하게 했다.

이 에세이들은 인간의 바른 삶을 탐구하고 있는 것이다. 옳지 않은 말이 없고 버릴 말은 더욱 없다. 그러나 그것을 실천에 옮기는 것은 매우 어려운 일이다. 마음의 평정, 섭리, 인생의 짧음, 행복한 삶, 노년, 우정, 수다, 분노, 위로, 동물의 이성, 수호신, 결혼에 대한 깊은 생각들인데 주제에 어울리는 연령대에 읽어보면 위로와 위안, 그리고 행동의 대체적인 방향을 알아차릴 수 있게 한다.

시가 된 노래, 노래가 된 시

Bob Dylan, 양은모 옮김
『바람만이 아는 대답(CHRONICLES)』
문학세계사, 2016.

"사람은 얼마나 많은 길을 걸어봐야 진정한 인생을 깨달을 수 있을까"

밥 딜런의 노래 'Blowing In The Wind' (바람만이 아는 대답)의 첫 구절이다. 이 구절을 귀로 듣거나, 시로 읽으면 그의 궁금증을 따라가지 않을 수 없다. 스웨덴 한림원은 밥 딜런을 2016년 노벨문학상 수상자로 결정하면서 "위대한 미국 노래 전통 내에서 새로운 시적인 표현을 창조해냈"기 때문이라고 밝혔다. 당연히 가수가 문학상을 받는다는 것에 대해서는 이론이 있었다.

그러나 그의 자서전(2004년 뉴욕타임스가 뽑은 올해 최고의 책)인 이 책을 읽고 나면 그를 포크 싱어로만 이해하고 있는 사람은 생각을 고쳐먹게 될 것이다. 시대를 외면하지 않은 그의 저항성이라든지, 자유와 평화를 노래하는 음유시인이란 점이 크지만, 그는 대단한 독서가였다. 그가 읽은 고전은 그의 노래가 삶과 시대와 인간을 위해 무엇을 해야 할 것인가에 대한 고민을 많이 하고 있었음을 알게 한다.

그는 "대개 책의 중간을 펴서 몇 페이지를 읽고 괜찮다 싶으면 처음부터 다시 읽었"고(45쪽) "소리 내어 책을 읽었고, 단어의 음과 표현법을 좋아했다."(47쪽)고 썼고, "책은 실제로 가슴 설레는 꿈을 줄 수 있다."(50쪽)고 했다. 그의 독서력을 인정하지 않을 수 없게 하며 그의 책에 대한 신뢰가 그의 노래에 대한 신뢰로 전이된다.

5부로 나누어 '1. 값을 올려라 2. 사라진 세계 3. 새로운 아침 4. 드디어 행운이 5. 얼어붙은 강' 의 순이다. 필자는 2부의 글에 많은 밑줄을 쳤다. 어느 분야에서나 성공하는 사람들의 일대기처럼 희망과 절망이 부침하는 과정을 밟는다. 그러나 이 자서전은 사건 중심이 아니라 생각 중심이라는 특이점을 갖고 있다.

포크송에 대한 그의 신념은 튼튼한 아름다움 속에 있다. "포크송은 내가 우주를 탐구하는 방식이었고, 그림이었다."(25

쪽), "포크송은 신앙처럼 내 마음에 깊이 새겨졌으므로 추락은 문제가 되지 않았다. 포크송은 현재의 문화를 초월하는 음악이었다."(35쪽), "포크송은 천 개의 얼굴을 가지고 있고, 그것을 연주하려면 그들 모두를 만나야 한다.", "포크 뮤직은 빛나는 차원의 진실이었다."(252쪽)고 쓰고 있다.

그의 노래는 노래만을 위한 노래가 아니었다. "나는 세상에 대해 느낀 것을 정의하기 위해 노래하고 있었다."(61쪽)라는 말이나 "노래는 개인적인 동시에 사회적이기도 하다."(290쪽)고 하는 말들에서, 그의 노래가 '귀로 듣는 시'라는 말을 부정하기 어렵게 한다. 세상 속에 있는 가사, 혹은 시를 쓰기 위하여 시사에 보이는 관심 등은 밥 딜런의 노래가 포크라는 장르와 함께 자유와 평화를 지향하는 정신이 깊이 배어있음을 느끼게 한다.

그는 노래에 대해 말한다. "나에게 노래는 가벼운 오락 이상의 의미를 지니고 있었다. 노래는 개인 교사였고, 현실의 변화된 의식으로 가는 안내자였고, 해방된 공화국이었다."(43쪽) 그는 노래를 통해 해방된 공화국으로 가는 길을 찾아 헤매고 있다. 그가 부르는 노랫말 속의 '바람'이 그가 온 생을 걸고 부르는 '포크송'이 아닐까 의심하게 한다. 그 의심을 풀고 싶은 사람이 해야 할 일이 무엇인가는 굳이 말하지 않아도 좋으리라.

"친구여 그건 바람만이 알고 있어, 바람만이 그 답을 알고 있다네."

우물쭈물이 아니었다

Hesketh Pearson, 김지연 옮김
『Bernard shaw-지성의 연대기』
뗀데데로, 2016.

George Bernard shaw는 내게 그의 묘비명으로 기억된다. "우물쭈물하다가 내 이럴 줄 알았다." 그런데 이게 오역이란 말을 또 들었다. "I knew if I stayed around long enough something like this would happen!" 제대로 번역하면 "나는 알았지, 무덤 근처에서 머물 만큼 머물면 이런 일(무덤 속으로 들어가는 일)이 일어날 것이라는 것을" 이게 바른 번역이라고 한다. 참 밋밋하다. 그래서 오역이라 해도 그 기억을 버리고 싶지 않다. 『지성의 연대기』는 쇼의 연극판 후배이기도 한 배우 출신의 저자가 존경하는 극작가의 전기를 써보겠다고 20년 넘게 쇼와 가까이 지내며 대화를 나눈 결과물이다. 그래서 보통의 전기에서 차고 넘치는 미화라고 하는 편견을 버리고 책을 펼칠 수 있다.

조지 버나드 쇼(1856~1950). 노벨문학상을 받은 영국 극작가, 그의 명성은 극작가에만 머무를 수는 없다. 음악, 미술, 연극 비평가, 연설가, 재담가, 정치가, 사상가로서의 영역을 넘나들며 종횡무진 활약했다. 한국식으로 말하자면 기인에 속하기도 한다. 그가 유명 인사로 등극하자 귀족 부인들의 초대가 빗발쳤지만 그는 사교계를 정치계보다 더 싫어해서, 만찬에 참석하거나 어릿광대 노릇을 하는 경우가 드물었다. 그는 "나는 거만한 게 아니야, 볼일이 있는 사람이 오라는 거지."라며 그를 지켜 나갔다. 이뿐이 아니다. "작가는 고객을 만날 일이 없어서 잘 차려입을 필요가 없습니다. 그건 제가 글쓰기를 직업으로 선택한 주된 이유이기도 합니다."(83쪽)라고 말하며, 철저한 채식주의자[39]이며, "머리에 일만 있고, 놀이가 전혀 없으면 극도로 멍청한 사람이 된다."고 주장하는 것 등이 그렇다. 이런 그의 지성은 '날카로운' 혹은 '경이로운'으로 평가되었다.

『지성의 연대기』는 쇼의 지성이 어떻게 형성되고 활용됐는지를 중심으로 쓰고 있다. 그가 생활한 곳을 3부로 나누어 그곳

---

39) 육식 반대 이유 세 가지. 첫째, 끔찍하다. 우리의 동료 피조물인 동물에게 강한 동류의식을 느꼈다. 둘째, 육식이 사회적으로 해롭다. 셋째, 건강과 체력 문제 : 동물 중에서 가장 힘이 세다는 황소는 채식을 한다. 사자도 사냥한 먹이의 배를 갈라서 위장에 소화되지 않고 남은 채소를 먹고 산다.

에서 어떤 활동을 했다는 식의 정리다. 20세까지 더블린, 이후 런던에서 24년, 그 후 1900년부터 1950년까지 생의 후반을 산 런던 에이욧 세인트 로렌스에서의 삶을 정리한 것이다. 예술가가 되면 명성 얻기를 바라고, 돈 벌기를 바라고, 상 받기를 원하는 것이 당연한 것으로 아는 것이 보통이다. 그런데 쇼는 그런 것들에 가까이하지 않고 버림으로써, 오히려 그 모든 것을 다 가졌다.

명성과 관련해서는, 『성녀 잔다르크』의 한 장면을 교과서에 싣게 허락해 달라는 요청을 받자 펄쩍 뛰었다. "절대로 안 됩니다. 지금도 그렇고 앞으로도 내 작품을 교과서에 실어서 셰익스피어처럼 나를 미움받게 만들려고 하는 자는 누가 됐건 영원히 저주할 것입니다. 내 작품은 고문의 도구로 만들어진 것이 아닙니다. 내 작품을 원하는 학교가 어디가 됐건 나 버너드 쇼에게서는 이러한 대답 외에 다른 어떤 대답도 들을 수 없을 것"(25쪽)이라고 했다.[40] 그는 어린 시절 학교에 대해 아주 좋지 않은 기억을 갖고 있었고, 학창시절을 "오, 지옥 같은 어린 시절이여!"(28쪽)라는 한마디로 요약하기도 했다.

수상과 관련해서는, 1925년 노벨문학상 수상자로 선정되었

---

40) 아동문학가 권정생은 『우리들의 하느님』이 출간됐을 때 방송국의 한 프로그램에서 이 책을 선정도서로 지정하려고 했을 때 타의에 의해 읽을 책을 선정한다는 것이 바람직하지 않다는 이유로 단호히 거절했다.

을 때, 스웨덴 왕립아카데미에 편지를 보내 "그 상금은 해안가에 이미 안전하게 당도한 사람한테 던진 구명 튜브나 다름없습니다."라며 수상 거부 의사를 밝혔다. 그의 수상 거부로 7000파운드가 공중에 뜨면서 눈에 보이지 않는 수많은 문제가 발생하자 결국 그는 상금을 수령했다. 하지만 상금이 그의 수중에 머무른 시간은 그가 영수증에 서명할 때부터 신탁증서를 영국-스웨덴 문학 동맹에 넘기기까지 아주 잠깐뿐이었다.(627쪽) 그는 "자선과 후원을 혐오했"지만 노벨문학상 상금은 그렇게 후원했다. 그에게 돈은 "사소한 횡포로부터 보호해 주고 해방시켜 준다는 것 외에는 다른 의미는 없었다."(580쪽)

문단 활동과 관련해서는, 펜클럽 가입에서 특별한 말을 남긴다. 가입을 피하려고 했지만 John Gold worthy[41]의 강요에 항복하며, "작가들은 서로 어울려서는 안 돼, 파벌이나 증오나 질투 때문이 아닐세. 그들이 정신적으로 교배해 봤자 미숙아를 낳을 뿐이기 때문이지… 나는 내 습관을 바꾸지 않을 참이네, 펜클럽이 국제단체고 식사 모임은 아니라서 자네의 강제 복무령에 굴복하는 걸세"(627쪽)라고 한다. 이 세 가지가 버림으로써 얻은 것이다.

이 책 곳곳에 드러나는 그의 예술적 열정은 뜨겁고 개성적

---

41) 영국의 소설가, 극작가(1867~1933년). 『포사이트가의 이야기』로 1932년 노벨문학상 수상.

이다. 예술 문제에 관한 한 그는 인정사정이 없었다. "좋은 비평가가 되기 위해서는 -읽기 쉽게 쓰는 능력, 불경스러움, 개성, 용기-"가 있어야 한다며, 핵심 덕목으로 제시하기도 했다.(193쪽) 예술에 열정을 다해 버틸 수 있는 마지막까지 혹사되어도 좋다고도 했다. 『인간과 초인』에서는 "진정한 예술가는 아내를 굶기고, 자식들을 맨발로 다니게 하고, 일흔 노모에게 집안일을 지겹게 시키면서, 자신은 자신의 예술 말고는 어떤 일도 하지 않지."(81쪽)라고 쓰기도 했다.

그렇게 치열한 정신 아래서도 그는 예술의 부드러움을 받들었다. "정말로 지적인 작품은 전부 유머러스하다."(357쪽), "오직 웃음을 통해서만 악의 없이 악을 물리치고 오글거림 없이 의리를 말할 수 있다."(390쪽)고 했다. "초보 작가는 문학적 표현을 위해 안달하지만, 노련한 작가는 문학적 표현을 없애려고 애쓴다."(200쪽)고도 썼다. 그의 이런 냉철한 지성은 어떻게 형성되었을까? 그가 위대해도 결국은 사람, 그가 읽은 책에서 온 것이었다. 그는 책을 얼마나 많이, 또 어떻게 읽었는가? "나는 옷을 입거나 벗는 와중에도 항상 책을 읽는다. 탁자 위에는 언제나 책이 펼쳐져 있다. 나는 그 책을 절대로 덮지 않는다. 그 책을 다 읽기도 전에 다음 책을 올려놓는다. 몇 달이 지나면 책들이 산더미처럼 쌓이고 전부 펼쳐져 있어서, 내 책에는 먼지나 검댕 자국이 사분의 일 이상 차지하는 페이지가 꼭 있다."

(325쪽) 위대함은 책이 만든다는 사실을 다시 한번 느낀다.

그의 전기는 나를 많이 당황하게 했다. 그는 내가 태어난 다음해에 이 세상 사람이 아니었다. 나는 그의 생각을 너무 늦게 전해 들었다. 문단 활동을 나름 열심히 했고, 주는 상을 거절한 적도 있긴 하지만 나중엔 받았고, 교과서에 작품이 실렸다고 자랑했다. 그래서는 안 되는 줄 알면서 은근히 즐겼다. 나처럼 어설픈 예술 활동을 하면서 예술가라 착각하며 산 사람들은 이 책을 읽지 않는 것이 좋겠다. 자긍심에 심각한 상처를 받을 수 있으므로….

내 삶이 쇼의 삶과 엇비슷한 하나는 "오랫동안 나는 먼지와 더러움을 어쩔 수 없는 상황으로 받아들였다. 내 서재는 가정부 일곱 명이 대걸레 일곱 개를 들고, 오십 년 동안 치워도 별로 달라지지 않을 것이다."(325쪽)란 말뿐이었다. 그가 힘주어 말하는 "삶의 이유는 언제나 미래에 있다. 따라서 언제나 희망이 있고 언제나 기적이 있다."(360쪽)는 말을 꼭 끌어안고 싶다. 조지 버나드 쇼, 그는 정말 우물쭈물한 삶을 산 사람이 아니었다. 그래서 "우물쭈물하다 내 이럴 줄 알았다."는 묘비명은 오역이 맞다.

'비극' 이란 말이 너무 작다

William Shakespeare, 한우리 옮김
『리어 왕』
더클래식, 2017.

　　'비극悲劇' 이란 '인생의 슬픔과 비참함을 제재로 하고 주인 공의 파멸, 패배, 죽음 따위의 불행한 결말을 갖는 극 형식' 을 가리킨다. 파멸, 패배, 죽음 그 세 가지 중의 하나만으로 '비극' 이란 극은 성립된다. 그런데 『리어 왕』은 파멸만도 아니고, 패 배만도 아니며, 죽음만도 아니다. 파멸하고, 패배하고, 죽음을 맞이한다. 그래서 『리어 왕』을 단순히 비극이라고만 하는 것은 이 극을 너무 작게 말하는 것이 아닌가 싶다. 본문 중에 코델리 아가 "나의 사랑이 나의 말보다 크다는 것을 믿는다." 는 대사 가 나오는데 그것처럼, 이 이야기는 비극이란 말보다 몇백 배 나 더 크지 않는가!

"말해 보아라. 나의 딸들아! 과인은 이제 이 나라의 통치 및 국토방위와 국정에 대한 부담에서 벗어나고자 하니, 너희들 중 누가 가장 나를 사랑한다 말하겠느냐? 나에 대한 사랑과 효심이 제일 깊은 딸에게 제일 큰 몫을 주겠다." 왕의 이 말에 큰딸 고네릴과, 둘째 딸 리건은 과장된 말로 아부하고 왕은 그 말에 흡족해 한다. 그러나 막내딸 코델리아는 "할 말이 없습니다, 폐하"라고 대답한다. 할 말이 없으면 받을 것도 없다며 다시 말해 보라고 재촉했을 때 "불행히도 저는 제 마음속에 있는 것을 말로 다 할 수 없습니다. 저는 자식된 도리에 따라 아버님을 사랑합니다. 그 이상도 그 이하도 아닙니다."라고 답한다.

왕이 다시 고쳐 말해보라고 했을 때도 "훌륭하신 아버님! 아버님은 저를 낳아주시고, 길러주시고, 사랑해 주셨습니다. 그 은혜에 보답하려는 의무를 지고 저는 아버님께 순종하고 아버님을 사랑하며, 무엇보다 아버님을 진심으로 공경하고 있습니다. 언니들은 아버님만을 사랑한다고 하면서 어째서 남편을 얻었는지요? 만약 제가 결혼을 한다면 제 맹세를 받는 그분이 제 사랑의 절반을, 제 관심과 의무를 절반으로 가져가실 겁니다. 아버님만을 사랑하기 위해서라면 저는 결코 언니들처럼 결혼하지는 않을 것입니다."라고 답한다. 왕은 다시 확인한다. 정말 그러하냐고. 코델리아가 그렇다고 대답하자, 왕은 '너의 진실이 저의 지참금'이라고 하면서 코델리아를 "내 눈 앞에 띄지 마라." 며 버린다.

코델리아는 간청한다. "소녀가 마음을 먹으면 말이 아닌 행동을 먼저 하며, 마음에 없는 말을 매끄럽고 번지르르하게 하는 재주가 없기 때문이라면, 그렇다면 이것만은 말씀해주세요. 제가 아버님의 총애를 잃은 것은 제가 저지른 품행의 오점이나 살인, 정숙하지 못한 행동 또는 명예롭지 못한 몸가짐 때문이 아니라, 그저 없는 것이 더 나을 어떤 점이 부족했기 때문이라는 것을요. 저는 애걸하는 눈과 혀를 갖지 못한 것이 언제나 자랑스럽습니다. 비록 그것이 없어 아버님의 마음을 잃긴 했으나" 그러나 왕은 '자연이 주는 천륜을 저버리는 몹쓸 년' 이라며 간청을 뿌리치고 두 딸에게만 모든 권력을 넘겨버린다.

그런 왕의 곁에 있는 광대는 왕을 온갖 방법으로 놀려대면서 재미를 더해준다.

광대 : 아저씨 계란 하나만 줘요. 그럼 내가 왕관 두 개를 줄게요.
리어 : 어떤 왕관이 둘이란 말이냐?
광대 : 계란을 나눠 속을 먹으면 두 개의 계란 껍데기 왕관이 남지요. 당신이 왕관을 둘로 쪼개 나눠줬으니 타야 할 나귀를 등에 지고 걷는 셈이죠. 황금 왕관을 건네줄 때 당신의 대머리 속에 지혜란 게 없었나 보지. 내가 하는 말이 바보의 말로 들린다면 그 생각을 한 사람이 먼저 매를 맞아야 해.

그렇게 지혜를 버린 왕의 비극이 시작된다. 온갖 아부로 사랑한다던 두 딸로부터 왕은 철저하게 버림받고 폭풍이 몰아치는 황야를 헤매게 된다. 프랑스 왕의 아내가 된 코델리아는 아버지의 처참한 소식을 전해 듣고 리어를 구하기 위해 군을 이끌고 영국으로 진격한다. 코델리아를 만난 리어는 회한의 눈물을 흘리며 딸에게 용서를 구하지만 에드먼드가 이끄는 영국군에게 패한 코델리아는 죽음을 맞게 된다. 이런 가운데 에드먼드를 사이에 두고 리건과 치정 싸움을 벌이던 고네릴은 질투에 눈이 멀어 동생을 독살하게 되고 본인 또한 자살한다. 함께 감옥에 갇혀 코델리아의 죽음을 부정하던 리어는 그녀의 시신을 품에 안고 오열하다가 숨을 거둔다.

셰익스피어, 그는 왜 이렇게나 비극적인 희곡을 썼을까? 켈트 신화로 알려진 레어 왕(King Leir) 전설이 원전으로 알려져 있긴 하지만 이렇게나 참혹한 세계를 상상하다니 그 상상까지 두렵다. 희곡 『리어 왕』의 세계는 배은망덕과 배신이 판을 친다. 그 어디에서도 질서라는 것은 찾을 수 없고, 부녀 관계, 부자 관계, 형제자매 관계, 주인과 하녀 관계도 다 끊어졌다. 정상적인 것이 하나도 없는 세계다. 오로지 탐욕만이 들끓는 세상이다.

악함과 악한 사람이 패배하고 파멸하고 죽음에 이르는 것은 당연하지만, 선한 사람도 악한 사람과 구별 없이 패배하고, 파멸하며, 죽음에 이른다는 것이 그야말로 비극적이다. 그렇게 악랄한 세상에서는 선함은 발붙이기 어렵고 견디기 어렵다는 뜻일까? P. B. 셸리가 『리어 왕』은 세상에 존재하는 가장 완벽한 극예술이라고 했는데 그 까닭이 인간이 상상할 수 있는 비극의 극점에 도달했다는 뜻인가? 오죽했으면 결말 부분을 코델리아의 군대가 승리하고 악한 두 딸이 처벌받으며, 리어가 코델리아와 에드가의 결혼을 축복하며 함께 행복하게 사는 것으로 개작하여 무대에 올리기까지 했겠는가?

그러나 돌아보면 그렇다. 이 작품이 창작된 것은 1608년, 그때로부터 400여 년이 지났다. 지금 지구촌이 그런 것 아닌가 하는 생각을 갖게 된다. 흉악 범죄가 끊이지 않고 일어나는 지금 우리 사는 세상에 정의가 살아있고 윤리가 있고 도덕이 있는가? 거기까지 생각이 걸어 나가면 셰익스피어는 위대하다. 그의 악한 상상력은 악한 것으로서의 빛을 발한다. 그래서 토마스 칼라일이 "영국이 인도와 셰익스피어 중에 하나를 포기해야 한다면 인도를 포기하는 게 낫다."고 했을까? 그렇다. 상속을 둘러싸고 일어나는 현대 사회의 비극을 『리어 왕』은 이미 400년 전에 경험했다.

다양한 인간 사회, 사람 수만큼이나 다양한, 아니 그보다 더 많이 생산될 수 있을 것 같은 악, 악, 악하고 소리 치고 차라리 외면해 버리고 싶다. 세상을 착하게만 사는 사람들, 낮은 곳에서 위만 쳐다보고 사는 사람들, 이 책을 읽고 진실이 무엇인지? 인간이 어떻게 악마가 되는지? 그 악마가 할 수 없는 일이 무엇인가를 짐작해 보라. 그 악함에 몸서리치며 읽을 책이 있다는 것, 그것은 결코 불행한 일이 아니다. 어쩌면 살면서 겪게 될 악독함, 참혹함에 대한 예방주사를 맞는 것일 수도 있으니까. 읽지 않으면 참혹함을 견디지 못할지 모른다.

"눈 내리는 모든 밤은/ 눈과 어둠으로 더욱 깊어지고"

보리스 파스테르나크, 이동현 옮김
『닥터 지바고』
동서문화사, 2018.

읽지 않았어도 읽은 것 같은 느낌을 주는 건, 노벨상 수상 작품 목록을 읽고 듣거나, 영화를 본 때문일 것이다. 데이비드 린 감독의 영화는 러시아의 광활하고 거친 겨울 풍경을 생생하게 재현했으며, 모리스 자르의 음악은 이야기를 더욱 아름답게 채워주는 것으로 유명하다. 위대한 영화로 남을만한 작품이지만, 지바고와 라라의 러브스토리를 강하게 각인시켜 소설이 가진 다른 미학을 놓치게 한 아쉬움이 있다. 필자는 이 책을 실감 있게 읽기 위하여 소설의 배경이 되는 러시아 자작나무 숲이나, 이르쿠츠크를 지나 바이칼호를 여행할 때, 두꺼운 책을 들고 다니는 고생을 마다하지 않았다. 여행지에서 다 읽지는 않았지만…

　보리스 파스테르나크는 1890년에 태어나 70세가 되던 1960
년에 "아침이 되면 창문을 열어주시오"란 마지막 말을 남기고
떠났다. 시인이기도 한 작가는 55세에 '닥터 지바고' 집필을 시
작, 10년 후인 65세에 완성한다. 이 작품으로 노벨 문학상 수상
자로 결정되어 노벨상 수상을 수락했으나 러시아 정부가 10월
혁명과 혁명의 주역인 인민, 소련의 사회 건설을 비판했다는
이유로 압력을 행사, 수상을 거부하게 된다. 1905년 제1차 혁
명과 1917년 10월 혁명을 배경으로 씌어진 이 작품은 짜리즘
(러시아 전제정치)의 러시아가 붕괴되는 사회적 혼란 속에서 지식
인이 겪는 비참한 운명과 인간 비극을 묘사하고 있다. 제1장에
서 17장으로 이어지는 이 소설은 제17장에 '유리 지바고의 시'
25편이 실린다. 성경의 복음서를 모티프로 했다. 필자가 서평
의 제목으로 뽑은 구절은 「17, 밀회」에 나오는 구절이다.

　『닥터 지바고』는 어느 고독한 지식인의 연대기에 사회 각계
각층을 대변하는 인물이 파노라마처럼 등장한다. 지바고는 좋
은 가문 출신의 의사면서 타고난 시인이다. 어린 시절부터 좋
아했던 토냐와 결혼하고 전쟁터로 떠난다. 부상을 당해 치료를
받다가 일생의 연인 라라를 만나는데 그녀는 그 뒤 그들이 헤
어져 있는 동안 혁명군 지도자의 아내가 된다. 혁명이 끝난 뒤
지바고의 가족은 시대의 고생을 면치 못하고 지바고는 내전에

서 볼셰비키 군대의 군의관으로 일할 수밖에 없는 처지에 놓인다. 마침내 탈영하지만 이미 가족은 투옥이나 더 나쁜 환경을 피해 파리로 탈출한 뒤다. 라라와 지바고는 우연히 도서관에서 운명적 만남을 이룬다. 다시 만나 둘이 함께 사는 동안 그의 가장 훌륭한 시편들을 써낸다. 그러나 다시는 만날 수 없는 운명을 뒤로 하고 둘은 헤어져야만 한다.

700쪽에 가까운 이야기를 줄거리를 알면서 읽는 고통을 감내하면서 읽었는데, 역시 잘한 일이라고 생각하지 않을 수 없었다. 사랑 이야기보다 더 깊은 철학이 있었기 때문이다.

"지금은 온갖 그룹이니 협회니 하는 것이 유행이라네. 그들이 그렇게 무리 짓는 것을 좋아하는 건 그것이 재능이 없는 자들의 피난처이기 때문이지."(28쪽), "예술은 두려움 없이 죽음에 대해 사색하고, 그로 인해 두려움 없이 삶을 창조해 왔다."(118쪽), "인간이란 살아가기 위해서 태어나는 것이지, 살아갈 준비를 하기 위해서 태어나는 것이 아니오. 그리고 살아가는 일 자체는, 삶의 현상은, 삶의 재능은, 정말이지 진지한 것 아니겠소! 어째서 삶을 이렇게 미숙한 허구의 어린애 장난 같은 광대놀음으로 바꿔야 하죠?"(351쪽), "사랑하지 않는다는 것은 사람을 죽이는 것과 거의 같고, 나는 누구에게도 그런 타격을 주는 건 견디지 못할 테니까요."(485쪽), "우리는 하나가 아니라 저마다 다른 운명을 가진 둘이라는 것을 이제 막 깨닫고 있던 참에,"(520쪽), "예술이란 미美에 봉사하고, 미는 형식을 지니는 데서 오는 기쁨이며, 형식은 바로 존재의 유기적 생명의 열쇠이며, 존재하기 위해, 또 그리하여 예술이-물론 그 속에 비극적인 것이 포함되어 있더라도- 존재의 기쁨에 대한 이야기이기 위해서는, 살아있는 모든 사람은 이 형식을 지녀야만 하는 것이다."(529쪽), "그대는-파멸로 가는 길의 축복이다./ 살아있는 것이 질병보다 힘겨울 때의, 하지만 미의 본질은 용기,/ 그것이 우리 두 사람을 끌어당기며 놓지 않는다."(시「12 가을」끝연, 617쪽) 이 책의 역자는 해설 끝에서 "문학을 대중 교육 수단으로 다루는 것을 부정하고 자신이 아끼고 사랑했던 자연, 사랑, 삶, 고독을 자유스러운 형식 안에 담아냈다."라고 말한다.

　이보다 더 많은 페이지에 밑줄을 그었지만 다 옮기지는 않는다. 이 앎이, 아니 느낌이 내 삶에서 언제 기억될지 모르겠다. 아니다. 기억되지 않아도 좋다. 지금 이 느낌만으로도 이 책 읽기에 투자한 시간은 그 어디에 쓴 시간에 못지않다. 암울한 시대, 그리고 아픈 사랑을 눈 내리는 밤의 어둠으로 나는 인식한다. 눈이 내리고 어둠이 깊어지는 세상을 살아가려면 지바고의 시를 읽어야 하리라. 시「25, 겟세마네」에서 읊은 "아득한 별의 반짝임이 무심히 내리비치고 있었다."는 그 광경을 그리며…

네가 죄 짓지 않아도 죄라고 하면 죄이니라

한승원
『**물에 잠긴 아버지**』
문학동네, 2016.

　　일본 북해도를 다녀오는 2박 3일(2019. 5. 21.~23.) 일정의 여행 가방에 꽂은 소설이다. 대구 공항에서 출발 시간을 기다리며 첫 페이지를 열었고, 돌아오기 전날 저녁 북해도 APA 호텔 1128호에서 책 끝의 '작가의 말'을 읽고 책장을 덮었다. 소설가 한승원은 고향 장흥 '해산토굴'의 '달 긷는 집'에서 창작 활동에 전념하는 작가다. 최근엔 맨 부커상을 탄 소설가 한강의 아버지로 더 알려졌다. 이 책은 5월 1일 필자가 문학기행으로 해산토굴에 갔다가 작가로부터 직접 사인을 받아 구입한 것이다.

　　작가가 책 끝에서 "이 소설은, 비극의 땅 유치에서 태어나

고 자라면서 영육에 깊은 상처를 입은, '아버지가 남로당원'
이었던 한 남자의 삶을 형상화시킨 것이다. 어린 시절부터 죽
지를 펴지 못하고 주눅이 든 채 자투리 인간(잉여인간)으로 살아
온 남자의 한스러운 삶," 이라고…

더 이상 잘 요약하기 어렵다. 그렇지만 여기서 그런 남자가
첫째 아들이 사법고시에 합격, 검판사가 되어 그의 한스러운
삶을 보상하리라는 기대만을 가지고 살았던 사람이라는 것쯤
은 보태 놓아야 안심되는 줄거리다. 소설이사 그 누구라도 읽
을 때 감정이입이 되어 소설 속의 사건에 휘말리게 되는 것이
지만 이 소설의 경우 참 분통 터지는 일이 많아도 너무 많다.
인생이 이렇게도 꼬이나 싶고, 어쩌다 한번 몸부림친 것으로
인생이 망가지는 삶이 있나 싶다.

그런데 가만히 생각해 보니 그것은 개인적인 이유가 아니라
국가의 이유였다. 그가 남로당원의 아들이 아니었다면, 그의
아버지가 처형당하지 않고 살아 있었다면, 그들은 농사를 지으
면서 가난하긴 해도 행복하게 살았을 가능성이 많다. 아버지가
남로당원이었기 때문에, 당사자가 아닌 그 아들이, 아니 그 손
자가 국가 공무원이 되지 못했다. 그것은 범죄인과 특정한 관
계에 있는 사람에게 연대 책임을 지게 하고 처벌하는 연좌제緣
坐制 때문이었다. 참 억울함과 원망을 엄청나게 생산했다. 물에
잠긴 듯 숨 제대로 쉬지 못하고 산 사람들이 많다.

우리나라에서 연좌제가 폐지된 것은 1894년 갑오개혁 때. 그해 6월에 칙령으로 "범인 이외에 연좌시키는 법은 일절 시행하지마라(罪人自己外緣坐之律一切勿施事)"고 되어있다. 대한민국 헌법 제13조 3항에서 "모든 국민은 자기의 행위가 아닌 친족의 행위로 인하여 불이익한 처우를 받지 아니한다."는 규정이 있다. 그런데 눈 한번 마주친 적 없는 할아버지 때문에 남로당원의 손자가 검판사가 될 수 없게 한 것이다. 소설 읽다가 여행길에 나서 본 북해도의 지옥곡地獄谷이 그 연좌제를 던져버려야 할 곳으로 적당하다는 생각이 들기도 했다.

이 소설에 필자가 흥분하는 것은 그것이 내 삶과 다름없기 때문이다. 이 소설은 어쩌면 작가 한승원 세대로 아우를 수 있는 6.25 전쟁 전후에 태어난 사람들 모두의 이야기가 될 것 같다. 사법고시 1차에 두 번이나 합격하고 2차에서 떨어진 주인공 오현의 아들 일남이 황치에 가서 교사로 있을 때 아버지가 찾아가서 그 부자가 나누는 대화는 가족사가 아니라 한국의 근대사다. 스스로 아무런 죄를 짓지 않았어도 받아야 할 죄가 있었던 아픈 역사다. 눈물로 읽어야 할 문장이다.

"이 자식아, 돌아가신 느그 증조부의 소원이 뭣인 줄 아냐? 니가 검판사가 되는 것이었어. 이 천하에 불효막심한 놈아.", "아버지, 제발, 제가 하고 싶은 일을 하고 살도록 좀 놔두고 보십시오. 사실 말해서,

자기의 주제 파악도 못한 채, 사법고시에 목을 걸었던 이 김일남이라는 놈은 세상에서 제일로 가엾은 놈이었어요. 아버지, 제발, 이 가엾은 아들이 제 삶을 제멋대로 즐기면서 살아가도록 좀 놔둬주십시오."

(194쪽)

'음악의 씨앗을 허리춤에서 분수처럼 쏟아 내놓'는 악기

파트리크 쥐스킨트, 유혜자 옮김
『**콘트라베이스**』
열린책들, 2015.

슈베르트의 5중주곡 음반을 올려놓고 주인공은 비장하게 각오한 듯, "…이제 가보겠습니다. 음악당으로 가서, 소리를 지르겠습니다. 그럴 용기만 있다면 말입니다. 여러분께서는 내일 신문에서 그것에 관한 기사를 읽으실 수 있으실 겁니다. 안녕히 계십시오!"라는 대사를 마지막으로 막을 내렸다. 그러나 그 누구도 내일 아침 신문에서 그의 이름이나 그가 저지른 사건을 읽을 수는 없을 것이다. 왜냐? 그가 아무 짓도 하지 않았으니까?

사람 만나기를 싫어해 상 받는 것도 마다하고 단 한 장의 사진도 공개되기를 원치 않으며 인터뷰도 거절해 버리는 기이한

은둔자로 알려진 파트리크 쥐스킨트가 쓴 희곡, 남성 모노드라마. 무대에 서서 책을 읽어주듯 '나'의 삶과 주변에 있는 모든 것들을 주워섬긴다. 가끔씩 콘트라베이스의 음이, 더러는 음반이 돌아가는 그 고요한 무대에서 열정과 욕정과 절망과 희망이 쏟아진다.

서른다섯 살의 국립 오케스트라 콘트라베이스 연주자, '나'는 "지휘자는 없어도 되지만 콘트라베이스만은 뺴놓을 수 없다"(8쪽)며 콘트라베이스 연주자로서 자긍심을 가진 남자로 아름다운 20대 중반의 소프라노 세라에게 마음이 흘려 악기에 불만이 커져만 간다. 그 불만과 함께 음악과 오케스트라와 작곡가와 음악과 관련된 많은 것들에 대해 얘기를 늘어놓는다. "괴테는 자신이 활동하기 전의 문학이 백지장과도 같아서 운이 좋았다는 말을 누차 했지만, 모차르트는 그런 시대의 덕을 한 번도 인정하지 않았다."(73쪽)며 세라에게 다가서지 못하는 불만을 엉뚱한 곳에서 풀어내고 있는 것이다.

콘트라베이스를 제재로 희곡을 쓴다면 악기의 연주자를 주인공으로 내세우는 것이 가장 손쉬운 방법이다. 작자도 그 방법을 취했다. 그러나 악기의 특징을 주인공의 삶으로 변환시키는 표현은 매우 교묘하다. 이를테면, 콘트라베이스는 오늘날까지 음악 분야에서 볼 수 있는 것들 중에서 가장 큰 악기다. 그런 반면 콘트라베이스는 현악기 중에서 가장 저음을 내는 악기다. 가장 큼과 가장 낮은 음의 대비가 콘트라베이스 연주자의 오케스트라 위치다.

'나'는 "여성스러운 악기 가운데 가장 큰 콘트라베이스의 형상에 어머니의 모습을 떠올리며 상상으로 수도 없이 겁탈해 왔습니다."(42쪽)라고 하기도 했고, "삼십 대 중반이나 된 제가 왜 항상 이렇게 훼방만 놓는 이따위 악기와 함께 살아야만 하는지 그 까닭은 좀 설명해 주시지 않으시겠습니까?"라고 질문하기도 한다. 한편 그가 짝사랑하는 소프라노 세라의 노래에서는 "기가 막히게 아름다운 목소리는 그것 자체만으로 영혼을 담고 있다."(89쪽)고 하고, "세라가 노래를 부를 때면 그 소리는 내 가슴속을 너무나 깊게 파고들어서, 저는 거의 성교를 하고 있는 듯한 착각마저 하게 된다."(89쪽)고 한다.

그녀를 얻기 위해 수상이 자리한 공연장에서 일부러 공연을 망치며 '세라'라고 소리쳐서 그녀의 눈에 띄어 그녀의 사랑을 차지하겠다는 이 가엽고 어리석은 계획은 애시당초 실행을 위한 계획이 아니라는 생각이 든다. 그래서 그것은 안타까움이 점철되는 비극이 아니라, 웃음을 자아내는 비극이어서 슬프다. 희곡집이 아니라 실제로 공연장에서 이 연극을 보면 지겨울 것 같다. 그렇지만 중간에 뛰쳐나오지는 않을 것 같다.

사랑하는 사람에게 다가설 방법을 찾지 못하는 저 가련한 사내에 대한 연민으로 그의 손을 잡지 않을 수 없다. 그리고 그가 아닌 나의 첫사랑, 그렇게나 고백이 어렵던 사랑을 돌아보고 싶은 사람들은 콘트라베이스의 낮고 낮은 음을 들으면 잠시 흐뭇하리라.

개츠비의 위대함은?

F. Scott. Fitzgerald, 최은영 옮김
『The great Gatsby』
행복한박물관, 2007.

읽어는 봐야겠다는 생각은 갖고 있었지만 읽지 않은 책이었
다. 더운 여름날 책장에서 우연히 꺼내들고 읽기 시작해서 한
자리에서 다 읽었다. '위대한' 이라는 형용사가 자꾸 내용을 지
레짐작하게 했다. 제목이 그러니까. 그러나 다 읽고 나서는 '위
대한' 이라는 그 형용사가 제값을 발휘하지 않아서 오히려 좋았
다. 이 소설에서 위대한 것은 아무것도 없었다. 있다면 작가가
재미있는 소설을 쓴 것, 그것뿐이다.

중서부 출신의 닉 캐러웨이는 증권업을 배우려 동부 뉴욕
외곽의 웨스트 에그로 와서 이웃 저택에 사는 개츠비와 친구가
된다. 맞은편 해안에는 상류 사회인 이스트 에그의 저택들이

줄지어 있다. 이곳엔 닉의 먼 친척뻘인 데이지와 닉의 대학동 창인 톰 부부가 산다. 출처 모를 막대한 부를 소유한 개츠비는 매일 밤 저택에서 호화 파티를 벌이며 수백 명의 사람들을 불러 모은다. 이 사치스런 파티에 닉이 경멸을 내비치자 개츠비는 이것이 옛 연인 데이지와의 재회를 위한 수단이라고 설명한다.

열여덟의 데이지와 군인이었던 개츠비는 연인이었으나 집안의 반대로 헤어졌고, 데이지는 이듬해 조건 좋은 톰과 결혼했다. 그러나 지금 톰은 자동차 수리공 윌슨의 아내와 공공연히 외도를 즐기고 있다. 어쨌든 개츠비는 닉을 통해 데이지와의 재회에 성공한다. 이를 안 톰은 호텔 스위트룸에 모인 지인들 앞에서 개츠비의 실체를 폭로한다. 개츠비는 데이지에게 톰을 떠나 자신에게 돌아오겠다고 말하라고 한다. 데이지는 끝까지 대답을 피하고 개츠비와 둘은 먼저 차를 타고 집으로 향한다.

한편 아내의 불륜을 직감한 윌슨은 그녀와 말다툼을 벌이는데, 그녀는 집 밖을 지나던 차를 보고 뛰쳐나갔다가 그 차에 치여 즉사한다. 그녀를 친 차는 얼마 전 톰이 윌슨의 정비소에 몰고 와 기름을 넣은 노란색 쿠페였다. 그러나 톰은 윌슨에게 자기 차를 몬 것이 개츠비라고 선수를 친다. 윌슨은 아내의 외도 상대이자 그녀를 죽인 범인이 개츠비라 믿고 저택 수영장에 있던 개츠비를 총으로 쏴 죽인 뒤 자살한다. 데이지는 전문조차 보내지 않고 개츠비의 장례식은 결국 닉, 개츠비의 아버지 게츠 씨 등만 참석한 채 쓸쓸하게 치러진다. 장례식을 끝낸 닉은 고향으로 돌아간다는 위대하지 않은 줄거리다.

그러나 제목에 '위대한'이라고 붙였으니 그 위대함을 찾아본다면 위대하지 않은 위대함이 있는 것 같다. 한 여인을 사랑하는 사내의 열정이 위대하다면 참으로 위대한 것 같다. 사랑하는 사람들의 신분과 빈부 차이는 연애 소설의 흔한 구성이다. 그것을 극복하고 사랑에 이른다는 뻔한 구도는 싫증에 그치지 않을 정도다. 그런데 이 소설은 그 열정이 끝내 두 사람의 재결합으로 이어지지 않고 아주 지독한 불행으로 이어졌다.

교통사고가 소설 속 사건의 핵심이 되는 설정에서 주인공이 아닌 닉과 조던이 나눈 말이 떠오른다. "조심성이 없는 운전기사는 다른 조심성이 없는 운전기사를 만날 때까지만 안전하다고…."(267쪽) 그래, 이 말 속의 운전기사를 '사랑하는 사람'이라고 바꾸면 사랑의 운전이 되겠다. 무작정 소비하고 향유하며 무작정 어리석은 꿈에 젖는 이 질펀한 향연의 끝이 어디인가를 보여준다는 점에서 '위대한'은 피츠제럴드의 이름 앞에 쓰여야 할 것 같다.

작가 Fitzgerald는 군대에서 젤더와 약혼했으나, 대법원 판사의 딸인 그녀와의 신분 차를 극복하지 못하고 파혼 당하고 고향에 돌아와서 『낙원의 이쪽』을 발표, 다시 젤더에게 청혼하여 결혼을 하게 되지만, 44세 짧은 나이에 생을 마감했다. 어떻게 자전적 느낌이 든다.

별 하나에 윤동주, 윤동주

최인수
『소설 윤동주』
좋은글, 1992.

    시인 윤동주는 한국인 누구나 관심을 가지는 시인이다. 그의 시에 매료되었기 때문이다. 그 점에 일제강점기 독립운동을 하다가 일본 감옥에 끌려가 옥살이를 하다가 천인공노할 생체실험 대상이 되어 옥사했다는 안타깝고 불운한 생이 겹쳐져 있기도 하다. 그래서 "죽는 날까지 하늘을 우러러 한 점 부끄럼 없기를" 바랐던 청년 윤동주. 그는 갔지만 그의 시와 그의 깨끗한 정신은 이 땅에서 영원히 사라지지 않을 것이다.

    이 소설을 읽게 된 계기는 2009년 한국문인협회가 주는 제25회 윤동주문학상을 받고 그 후로 윤동주에 관심을 갖고 윤동주의 이름이 있는 책은 모두 사 모으는 편이었는데, 언젠가 사놓고 읽지 않은 책이 서가에 꽂혀있었다. 그런데 2019년 10월 12일부터 13일까지 이틀에 걸쳐 문화체육관광부가 주최하고 한국출판산업진흥원이 주관하고 대구광역시가 후원한 2019 대구 울트라 독서마라톤 대회에 참여하면서 읽을 책을 고르다가 손에 잡힌 것이다.

『소설 윤동주』는 윤동주의 짧은 생애를 쫓아간 논픽션 같은 소설이다. KBS 라디오 '인물현대사' 프로에서 연속 방송된 인기 드라마 "'하늘과 바람과 별과 시'의 원작 소설!"이라고 속표지에 쓰고 있다. '1. 혜란강의 봄'으로 시작해서 '16. 영원을 사는 시인'으로 끝났다. 소설의 끝도 시작도 윤동주의 서시가 실려 있다. 소설 속에 윤동주의 시와 산문, 동시 등 대부분의 작품이 수록되었다. 그리고 소설의 끝에 '윤동주의 작품 연보'를 싣고 있다.

소설을 쓴 최인수는 한국일보 신춘문예 시나리오 부문 입선 작가로 방송 작품으로 KBS 창사 15주년 기념 특집극 「삼학도」 등 여러 작품이 있고, 장편 소설로 『묵시의 날개』, 『향나무의 꿈』 등이 있다. '후기'에서 윤동주 시인의 동생 윤일주 교수, 윤동주가 연희 전문에 다닐 당시 하숙집 주인이었던 김송金松의 구술을 들었다는 점을 명기하고 있다. 다만 윤일주 교수도 구술 못한 단절된 시절, 생활 그리고 뒷이야기는 작가의 창작력으로 엮었다는 것을 밝히고 있다. 그래서 소설이 되는 것이다.

새롭게 알게 된 사실은 없지만 윤동주의 삶은 언제 읽어도 감동받지 않을 수 없다. 너무나 억울한 죽음을 맞은 시인이기 때문이다. 이 소설을 통해 다시 또 더듬게 되는 것은 두 가지다. 그 하나는 윤동주 '서시'의 창작 배경이다. 그것이 이 소설에 나온다. 그리고 나머지 하나는 윤동주, 그 억울한 죽음의 순간이다. 이것만으로 이 소설을 읽은 시간의 보상으로는 차고 넘친다.

작가의 픽션이지만 소설 속의 '12. 하늘과 바람과 별과 시'에서 '서시'의 창작 순간을 쓰고 있다. 사실과 거리가 있다고 해도 공감할 수 있다. 윤동주가 18편의 원고를 정리하여 '병원'이라는 제목으로 시집을 발행하려 했다. 병든 현실을 치유한다는 상징적 의미였다.

"원고 정리가 끝나고 목차까지 정해졌지만 동주는 마음에 차지가 않았다. 77부 한정판으로 출간할 계획이었다. 그런데 어딘가 자꾸만 미흡한 생각이 드는 것이다. 좀 더 적극적이고 구체적인 자기 발현이 필요할 것 같았다. 조금 더 준엄한 목소리로 자신의 도덕적 진실과 결백에의 지향을 아름다운 언어로 시화할 수는 없을까? 몇 날 몇 밤을 두고 동주는 골똘히 생각했다. 단순한 시인의 욕망만이 아닌, 인간 윤동주의 부끄럽지 않은 인간 선언을 표출하고 싶은 강렬한 욕구였다. 하늘이 부끄럽지 않은 인간 선언을… 용광로처럼 끓는 가슴을 부둥켜안고 오뇌에 가득 찬 몇 개의 밤을 뜬눈으로 세웠다. '하늘이 부끄럽지 않은… 그렇다, 한 점 부끄러움 없는 그런 삶은 없는가… 죽는 날까지…' 동주의 머리에 전광 같은 영감이 왔다. "죽는 날까지…" 마치 이 한 편의 시를 얻기 위해서 만 24년을 살아온 듯한 느낌이었다."는 것이다.

그리고 나머지 하나 조선의 지식인이 조선의 독립을 외치지 않을 수 있으랴만 윤동주는 애국심에 불타는 청년들과 함께 조국의 독립과 미래를 걱정했다. 그것을 염탐하여 일본이 뒤집어씌운 '개정 치안유지법 제 5조, 조선독립운동 혐의'로 수감된 것이다. 그리고 "동주는 아무런 저항도 없이 주사를 맞았다. 침대에서 일어날 때 역시 시야가 핑그르르 도는 듯한 현기증이 느껴졌다. 다음 순간에는 진한 구토가 일어났다. '이상하다….' 그것은 아무리 생각해도 이상한 노릇이었다. 다음 날 아침에도 동주는 자신의 몸이 천근의 무게로 늘어 나락 속으로 떨어지는 듯한 나른함을 맛보아야 했다. 손가락 하나 움직일 기력마저 없었다." 시인 윤동주, 일본이 영양주사라고 속여 맞힌 생체 실험의 대상이 되어 그가 헤아리던 별 곁으로 갔다.

그가 헤아리고 싶어 했던 별을 얼마나 헤아려야 그의 영혼을 위로할 수 있을까? 그래, 1941년 11월 20일에 썼던 '서시'의 마지막 행 "오늘밤에도 별이 바람에 스치운다." 그렇다. 정말 오늘도 별이 바람에 스치울 것이다. 그 별, 윤동주가 헤아리던 별, "별 하나에 추억과 별 하나에 사랑과 별 하나에 쓸쓸함과 별 하나에 동경과 별 하나에 시와 별 하나에 어머니, 어머니"를 뜨거운 가슴으로 다시 읽을 뿐이다.

"별 하나에 어머니, 어머니"를 "별 하나에 윤동주, 윤동주"로 바꾸어서….

자유를 갈망하는 여인의 꿈

홍석중
『황진이』
문학예술출판사, 주체91, 2002.

황진이黃眞伊, 그를 어떻게 말해야 가장 간단하고 분명하게 말할 수 있을까? 아주 줄여서 말한다면 '기생', 이를 조금 더 풀면 '조선의 명기' 쯤 될까. 생몰 연대는 ?에서 ?.[42] 서경덕[43], 박연폭포와 더불어 송도삼절이라 불리었다. 한시와 시조에 뛰어났으며 작품에 한시 4수가 있고, 시조 6수[44]가 있다. 이 정도

---

42) 생몰 연대가 밝혀진 곳도 있는데 심재완 정본 시조대전에는 1511~1541이라고 기록하고 있다.

43) 조선중기(1489~1546)의 학자. 한국 유학사상 본격적인 철학문제를 제기하고 독자적인 기철학의 체계를 완성했다. 대표작으로 「원이기(原理氣)」, 「이기설(理氣說)」이 있다.

44) 내 언제 무신하여/ 동짓달 기나긴 밤/ 산은 옛 산이로되/ 어져 내일이야/ 청산리 벽계수야/ 청산은 내 뜻이오.

가 객관적인 사실이다. 그 외, 황진이라는 인물에 싸인 불명확한 사실들은 신비의 보자기를 만들었고, 많은 사람들이 소설, 영화, 드라마 등 예술 작품으로 재구성해 냈다.

가장 많은 것이 소설이다. 1936년 상허 이태준이 처음 『황진이』라는 소설을 낸 이후 정비석, 최인호, 전경린, 김탁환, 차상찬, 문정배, 임경진 등이 소설을 썼다. 거칠게 훑어봐도 이정도라면 그에 대한 소설적 관심이 얼마나 큰가를 짐작할 수 있다. 소설의 소재로서 갖추어야 할 것들이 모두 들어있을 법하다는 생각도 든다. 그런 가운데 2002년 북한 작가 홍석중이 쓴 『황진이』는 여러 면에서 '처음'이라는 수식어가 붙으면서 새롭게 관심을 끌었다.

그 관심의 첫째는 북한 소설의 국내 공식적 반입이라는 것이다. 북한소설 『황진이』는 2003년 11월 문학계간지 「통일문학」 제3호에 원작의 3회 분재를 시도하였다가 통일부의 배포중지 명령을 받음으로써 주요 언론의 스포트라이트를 받았다. 우여곡절 끝에 2004년 8월 15일 대훈닷컴에서 홍석중 『황진이』가 출판되었다. 따라서 해방 후 당국의 허가를 얻어 발행된 최초의 북한 작품이 되었다. 필자가 읽은 책은 2002년 북한판이다.

그 외도 이 소설이 2004년 '창비사'가 주관하는 제19회 만해문학상 대상작으로 선정됨으로써 홍석중이 북한 작가로는 최초로 국내 문학상의 수상자가 되는 영예를 안은 작가가 되었다. 또한 2012년 홍석중의 『황진이』가 북한에서 직수입돼 우리 서점가에 깔렸다는 것도 예사로 넘길 일은 아니다. 보통의 소설이 갖는 의미 이상의 의미를 갖는 것이다. 이런 일들이 진즉 있었다면 관심이 아니겠지만 처음이라는 사실에 충분한 관심거리가 되는 것이다.

작가에 대한 관심도 크지 않을 수 없다. 북한판 책의 앞날개에 '저자의 경력'에 "1941년 9월 23일 출생. 1957년부터 1964년까지 조선인민군 해군에서 복무. 1969년 김일성종합대학 어문학부 졸업, 1970년 처녀작 단편소설 「붉은 꽃송이」 발표. 1979년부터 조선작가동맹 중앙위원회 작가로 창작활동 시작. 지금까지 다부작 장편소설 「높새바람」 외 여러 편의 작품들을 북남출판물에 발표."라고 소개하고 있다. 이 사실만 가지고는 그런가 보다 할 일이지만 홍석중이 『임꺽정』을 쓴 홍명희의 손자이고, 국학자 홍기문 전 김일성 종합대학교 교수의 아들이라는 사실을 알게 되면 달리 생각하지 않을 수 없다.

다음은 소설의 내용이다. 이 소설이 북한 소설에서 드물게 노골적인 성 묘사를 하고 있어[45] 남한에서 큰 관심을 불러일으키고 있다고 한다. 북한이 통제 사회이기 때문에 그런 생각을

---

45) 박태상, 북한역사소설 『황진이』 연구, http://m.cafe.daum.net/mmkorea.

할 수 있지만 홍석중의 소설에서는 충격적이라 할 만큼 대담한 장면들이 나온다. 수리 전날의 허참46)에서 벌어진 사건은 21세기 지금 자유주의 국가에서도 상상하기가 쉽지 않은 일이다.

---

46) 서울 선전관청에서 새로 벼슬을 한 선전관의 교만방자한 예기를 겪는다는 명목으로 신진에게 갖은 곤욕을 다 보이는 장난 비슷한 례식이다. 세월이 흐르면서 지방관가의 장청이나 통인청에까지 그것이 퍼져서 새로 장교가 되거나 통인 노릇을 하게 되는 사람은 원래 있던 사람들의 무지막지한 방망이찜질을 당하고서야 제자리에 앉을 수 있는데 새 사람이 당하는 곤욕을 허참이라고 부르고 제자리에 앉는 허락을 면신이라고 했다.

47) "글쎄 북이든 꽹과리든 그건 모릅죠만 나으리께서 아무리 양기가 특출한 분이시라두 연거푸 셋은 안된다니까요.", "다섯은 염려 없어.", "아니요, 고작 셋.", "기껏 당하셔야 셋이라니까요." 처음에 진이는 그들이 무슨 주량을 다루는 승벽내기를 하고 있는 줄 알고 속으로 웃었다. 술이 술을 먹을 정도까지 된 다음에야 셋방구리면 어떻고 다섯방구리면 어떻단 말인가. 갑자기 형방비장이 주먹으로 술상을 내리쳤다. "이년아 내가 이 자리에서 네년들 다섯을 단번에 해제끼면 어쩔테냐?", "쉰네집 기둥뿌리가 빠지는 한이 있어두 상목 한동을 올립죠. 대신 나으리께서 다섯을 당하지 못하실 땐?", "상목 두동을 내마.", "좋아요.", "오늘 허참을 하는 년 다섯을 몽땅 이 자리에서 내가 행실내 버릴테니 눈 부릅뜨구 똑똑히 봐."(중략) "아무리 로류장화요 장삼리사라고 하는 청루의 타락한 도덕이라구 하더라도 이럴 수가 있는가. 만사람이 보는 앞에서, 짐승처럼, 첫 희생자는 이금이와 나이가 동갑인 애된 계집애였다. (중략) 희생자가 바뀔 때마다 갈채소리가 높았다. 하나, 둘, 셋, 넷, 누군가가 진이의 팔을 잡아 앞으로 내밀었다. 그제서야 진이는 형방비장이 행실내려는 다섯 중에 자기도 끼여 있다는 것을 상기했다. 어쩔 사이가 없었다. 진이는 등메를 퍼놓은 정각 한가운데 나섰다. 그의 눈앞에는 땀에 흠뻑 젖은 등거리바람에 아랫도리를 벌거벗은 형방비장이 서 있었다. (중략) 순간 진이의 가슴속에서는 자기 자신까지를 포함한 인간 전체에 대한 분노와 억제할 수 없는 증오가 불길처럼 치솟아 올랐다. 형방비장이 씨근거리며 끌어안으려고 바짝 다가서는 찰나 그의 부르쥔 주먹이 사내의 코등을 쥐어박았다. 진이는 악에 받쳐 부르짖었다. "개 같은 놈!" 그다음 진이의 머릿속에 남아있는 것은 코피가 터져 얼굴이 피투성이가 된 형방비장의 깜짝 놀란 얼굴이었으며 선살 맞은 멧돼지처럼 소리를 내지르고 팔을 휘두르며 달려들던 그의 노기충천한 얼굴이었다. 진이는 그의 첫 주먹에 머리를 얻어맞고 의식을 잃었다.(243~245쪽)

그 충격은 진이의 악에 받쳐 부르짖은 "개 같은 놈!"에 사건이 축약[47]되어 있다.

소설의 줄거리는 우리의 편견과는 달리 자유를 갈망하는 여인의 삶으로 전개된다. 황진이는 황진사의 본처 교전비 사이에서 태어난다. 양반집 체통을 지키기 위해 진이를 낳은 현금은 딸을 두고 쫓겨나 기생이 된다. 그리하여 진이는 황진사의 고명딸로 자란다. 그야말로 곱게 자라서 시와 서에 능할 뿐 아니라 가야금과 거문고를 잘 다루어 아름다운 규수로 알려진다. 그를 한 번 본 동네 총각이 상사병에 걸려 죽어가기도 한다.

그런 가운데 서울 윤승지 댁 자녀와 허혼을 하게 되었다. 그런데 황진사 댁의 차지를 맡고 있는 '놈'이 어릴 적부터 진이를 사랑하고 있어, 윤승지 댁에 가서 진이의 출생 비밀을 알려주어 파혼 통보를 받게 한다. 이 일로 진이는 더 이상 양반집 고명이 아니다. 기생이 되기를 작심하고 놈이를 불러, 그를 기둥서방으로 삼는다며 처녀를 바친다. 그리곤 기생이 되어 누구도 따를 수 없는 명기가 된다. 황진이는 기생의 삶을 살고 있었지만 인간의 바른 길과 자유를 갈망하는 삶을 살았다.

놈이와의 사랑은 몸으로 나누는 사랑이 아니라 마음으로 나누는 사랑으로 승화되어 진이는 놈이를, 놈이는 진이를 평생 사랑하고 있다. 놈이가 진이를 사랑하여 관가에 자수하여 목숨을 버리고, 진이는 기생으로서 그를 괴롭힌 류수 사또 김희렬에게 찬란히 복수하고, 명창 이사종과 유람을 떠난다. "진이하구 함께 산수유람을 다니지. 올봄에 약산동대를 거쳐 묘향산엘 갔었네. 여름내 관서8경을 차례로 돌아 전달에 금강산에 왔는데 지금은 지리산으로 가는 길이야."라는 이사종의 말에서 그 후의 삶을 짐작해 볼 수 있다.

이 소설은 기생의 삶을 다룬 것이라는 것을 알고 있지만, 그것을 북한 작가는 어떻게 썼을까 하는 것이었는데, 기대했던 것보다 훨씬 재미있었다. 무엇보다도 이른바 소설 속에 등장하는 말맛이 여간 아니었다. 속담이나 관용구들을 상황에 맞게 척척 갖다 붙이는 작가의 역량이 대단했다. 소설의 2페이지에서 대뜸 "벌거벗고 칼을 찬 것같이"라는 말이 나오더니 이어서 "정말 성가시기는 오뉴월의 똥파리들이로군." 등[48]이다. 토속

---

[48] "깊은 강물을 짧은 삿대로는 재지 못하는 게라네.", "가는 방망이에 오는 홍두깨비", "오미자국에 넣은 닭알이구려", "모주 먹은 돼지 벼르듯", "귀구멍에 말뚝들을 박구 다니나", "벙어리가 웃는 뜻은 양반 욕하자는 뜻", "량반 못된 것이 장에 가서 불호령을 한다", "낟알이 제 아무리 돌아 처두 매돌 안에서 논다네", "쥐며느리가 새우아재를 사모하듯", "소죽 끓이는 솥이라고 닭알을 못 삶아 먹는다는 법이야 없지 않은가", "호박넝쿨과 딸은 옮겨놓는 대로 된다", "벗이 없는 곳이 가장 낯선 곳이요 가장 외로운 존재는 벗이 없는 사람이라고들 하지 않는가", "하늘이 가까이 있는 것 같애 두 손이 가 닿지 못하는 게야", "룡이 가는데 구름이 따르고 범이 가는데 바람이 따른다", "봄바람은 첩이 죽은 귀신", "개천을 치다가 금을 줏는 것", "개 대가리에 뿔이 난 것처럼 도무지 어울리지 않는 일", "똥은 말라두 구린내가 난다", "꿀벌은 몸 안에 꿀만 가지고 있는 것이 아니라 꼬리의 침과 독도 가지고 있다", "티 없는 옥이 어디 있고 크고도 단 참외가 어디 있으랴", "곧은 막대기는 아무리 더러운 진창 속에 꽂아두 그림자가 곧은 법이야", "개입에서 상아가 나오랴", "똑똑한 새는 나무를 가리여 앉구 군자는

260

어와 북한어 등은 사전이 필요하다. 이런 말들이 많아서 홍석
중의 소설 『황진이 어휘사전』[49)이 나오기도 했다.

소설 속이라 정확한 의미는 알지 못해도 이야기의 진행을
크게 방해받지는 않을 정도지만 사전 찾아가며 읽는 재미도 적
지 않다. 530쪽의 이 책은 인쇄 상태가 좋지 않아서 읽기가 불
편하다. 글씨도 작고 복잡하게 조판되었다. 그래서 북한 맛이
난다. 삽화가 여덟 장이나 들어있는데 판권에 보면 인민예술가
차형삼이라고 그린 이를 밝혀두고 있다. 이 그림 또한 매우 북
한스러운 것들이라 이 소설이 북한에서 만든 책임을 분명히 해
준다.

우리가 황진이 하면 사랑을 떠올리기도 하는데, 이 소설에

벗들을 가리어 사귄다", "노 젓는데 정신을 팔면 돛 올리는 것을 잊어버리
는 법", "갑작 사랑이 영이별", "썩돌에서 불이 난다", "바늘 떨어지는 소리
조차 들릴 정도로 조용했다", "뱀의 굴에 손을 집어넣은 꼴", "기절초풍을
해서 불알 떨어진 건 래일 줏어 간다 하구 들구 뺑디다 그려", "북이 아무리
크게 울려두 속은 텅텅 비었습니다", "꼭두에 부은 물이 발뒤꿈치까지 흐
른다", "눈썹에 서캐 쓸가봐 어떻게 마음 놓구 사노?", "불을 끄는데 깨끗
한 물만 필요한 것이 아니다", "가을바람에 부채 노릇", "별치 않은 나뭇가
지에 상투가 걸린다", "성미가 꼭 불붙는 가랑잎이로군", "구운 게두 두 다
리를 떼구 먹는다", "모든 항아리에는 제각기 맞는 뚜껑이 있어", "짧은 팔
로는 산을 안을 수 없다", "강물이 차지고 더워지는 것은 오리가 먼저 아는
법", "궁둥이에서 비파소리가 날 지경", "얼러 죽은 귀신한테 홑이불이 당
한가", "늙은 중의 목탁이 매 맞는 것은 타고난 팔자", "물속에서 불을 피우
려는 것과 같은 허황한 짓", "불은 죽으면 죽었지 식는 법이 없다", "근처
의원이 용한 줄 모른다", "잘 입어 못난 놈 없고, 못 입어 잘난 놈 없다",
"죽은 뒤의 청심환", "물에 비긴 달을 그물로 건지려는 것과 같은 허황한
짓", "복을 타구난 사람에게는 수탉두 알을 낳아 준다구"
49) 임무출, 대훈, 2006.

서 황진이는 "사랑이란 두억시니[50] 같은 것이에요. 말들은 많이 하지만 제 눈으로 직접 본 사람은 아무도 없으니까요. 또 당신의 말처럼 사랑이라는 것이 정말 있다고 하더라도 그것이 당신들의 그 뻔뻔스러운 계집질과 다른 것이 뭔가요? 당신들이 그것을 무슨 이름으로 부르던 간에 자식을 점지하는 삼신할미의 눈으로 보면 그것은 한갓 아이를 만들기 위한 과정에 지나지 않는 것이에요."(227쪽)라며 사랑을 부정하고 사랑에 몸서리친다.

북한판 소설 『황진이』가 경이로운 것은 소설 속의 주인공 황진이가 자유를 갈망하고 있다는 사실이다. 주인공이 자기가 처한 환경에서 제가 해야 할 일들을 하고 천하를 유람하는 것으로 끝맺음하는 것은 북한에서 있을 법한 일이 아닌 것 같다. 그리고 또 하나 말맛이 진하다는 것이다. 폐쇄 사회라서 그런지 우리말의 깊은 맛이 배어있는 단어들이 많다. 그걸 작가의 능력이라고 생각하면 할아버지 홍명희의 피가 흐르고 있구나 하는 생각을 지울 수 없다. 책을 덮다가 나는 다시 첫 쪽부터 밑줄 그은 말들을 읽는다. "불을 끄는데 깨끗한 물만 필요한 것이 아니다."라는 말을 오래 들여다본다.

---

50) 모질고 사악한 귀신의 하나. 불교에서는 하늘을 날아다니며 사람을 괴롭힌다는 모습이 추악하고 잔인한 귀신. 염라국에 살면서 염라대왕의 명령을 받아서 죄인을 다루는 옥졸.

"선형용善形容이라"[51]

혜경궁 홍씨, 정병설 옮김
『한중록』
문학동네, 2019.

'한恨의 가운데에서 쓴 글', 『한중록』은 제목이 할 말을 다한 듯하다. 이 책을 읽기 전의 '한' 과 이 책을 읽고 난 후의 '한' 은 말뜻이 크게 다르게 느껴질 정도로 '한' 이란 낱말에 진하게 젖었다. 그래서 흔히 쓰는 말 '한' 은 너무 가볍게 쓰이는 것 아닌가 싶다. 혜경궁 홍씨가 겪은 일쯤은 돼야 '한' 이라고 할 수 있을 것 같기 때문이다. '한' 은 "몹시 원망스럽고 억울하거나 안타깝고 슬퍼 응어리진 마음" 이다. 함부로 쓸 말이 아니다.

---

51) 398쪽. 정조와 혜경궁 홍씨가 나눈 김종수에 대한 대화에 나온 말.

영조의 며느리, 사도세자의 아내, 정조의 어머니였던 혜경궁 홍씨가 겪은 파란만장한 삶은 한의 뭉텅이였다. 명문가에서 태어나 어려서 궁궐에 들어간 혜경궁이 한의 가운데로 들어선 것은 남편 사도세자가 시아버지에 의해 뒤주에 갇혀 죽었고[임오화변壬午禍變], 아끼던 동생이 모략으로 사약을 받고, 아들이 왕위에 올랐지만 등극 전의 엄청난 고비, 평생 정적의 비판에 노심초사하다 숨을 거둔 아버지의 일 등 "천 갈래 만 가닥"(251쪽)이다.

집안이 망한 아픔에 화가 치밀어 등이 뜨거워서 잠을 자지 못한 혜경궁 홍씨가 68세와 72세에 순자의 생모 가순궁이 자손들도 알 수 있도록 써달라고 해서 쓴 것이 '내 남편 사도세자' 제1부다. 제2부는 61세이던 1795년 조카 홍수영의 부탁으로 쓴 '나의 일생'이다. 제3부는 '친정을 위한 변명', 제1편 '읍혈록'은 68세에 친정의 무죄에 대한 항변이며, 제2편 '병인추록'은 72세에 쓴 전편에서 못다 한 말을 보충하기 위한 것이다.

소설가 이태준은 『한중록』을 '조선의 산문 고전'이라고 평가했고, 정병설은 "조선시대 어디에서도 찾아보기 어려운 인간 내면의 도도한 물결을 그려낸, 『한중록』은 역사와 문학을 뛰어넘는 인간 내면의 기록"이라고 전한다. 어쨌든 『한중록』을 역사서로 보기는 어렵다. 역사라 한다 해도 정사 아닌 야사가 되겠지만 그것이 '한'에 빠진 사람의 한풀이적 성격을 외면할 수밖에 없기 때문에 문학으로 읽는 것이 옳지 않을까 생각된다.

이 글을 읽고 나는 두 가지 문제를 생각했다. 그 첫째는 권력이다. 좀 더 풀면 다른 사람의 삶에 영향을 미칠 수 있는 힘이 될 것인데, 예나 지금이나 권력에는 건전한 상식과 인간의 품위가 끼어들 틈이 없다. 오로지 그 힘만을 생각한다. 부모와 자식 간에도, 권력을 둘러싼 암투는 어느 나라 어느 곳에서도 그치지 않고 지금 이 낮과 밤에도 자행되고 있다. 그 가운데 이 시대의 '한중록'을 써야 할 사람들이 생기게 되는 것이다.

다음으로는 '정통성'이라고 할까? 왕이 된 사람이나 왕이 될 사람들이 누구나 왕이라고 인정하지 않을 수 없는 명분을 확보하는 것, 그것이 한중록에 가장 뚜렷하게 돋을새김되는 것 아닌가 싶다. 모든 일의 원인은 그 '왕'에 있었기 때문이다. 이 무지막지했던 왕권의 시대는 왕의 핏줄이 모든 것을 덮고 모든 것을 장악했다. 그것이 사람을 얼마나 해쳐왔는지는 역사도 다 기록하지 못한다. 잘못을 기록하지 않은 역사는 역사가 아니다.

아, 그런 역사는 정말 끝이 났을까? 오늘도 권력을 잡기 위해 투쟁은 벌어지고 있다. 권력이 휘두르는 칼은 언제나 내부로 쓰이는 적은 없었고 오로지 바깥을 향해 있었다. 혜경궁의 '한'도 안을 보지 않은 것 아닌가 하는 생각 스친다. 권력이 빚어낸 '한'을 두루마리한 『한중록』은, 그래서 과거의 일만이 아니다. 지금도 권력다툼으로 '한'은 만들어지고, 누군가는 '한중록'을 쓰고 있을 것이다. 문학적 의미로서는 뭐라 해도 '선형용'이 아닐 수 없다.

그는 죽은 것이 아니라,
영혼의 자유를 찾아 헤매고 있는 중이다

정도상
『그 여자 전혜린』
두리, 1993.

　　코로나 19에 갇혀있는 시간, 책장을 정리하다 눈에 띈 책, 읽었는지, 안 읽었는지 분간이 안 되는데 책을 살펴보니 읽은 것 같지 않다. 그 책 속엔 정공채의 산문[52]과 전혜린의 연보를 스크랩한 것이 끼워져 있다. 평소의 버릇이지만 이럴 때 쓰라고 한 것이니 참 요긴하게 쓰인다. 1934년 1월에 나서 1965년 1월에 갔으니 이승에 머문 시간이 고작 31년이다. 그 길지 않은 생애에 무엇을 남겨 그는 세월이 가도 잊히지 않고 회자되는가?

---

52) 정공채, 「정월에 태어나 정월에 가버린 전혜린」, 한국인, 1990. 4. 133~136 쪽.

그 대답은 여러 군데서 들린다. 전혜린, 그는 "그의 생애에 이룬 업적 때문이 아니라 그의 '무섭게 깊은 사랑, 심장이 터질 듯한 환희, 죽고 싶은 환멸' 등을 추구하는 무서우리만큼 비범한 삶의 자세 때문"[53]이라고 기록하고 있고, 정공채는 "얼굴이나 몸매는 별수없게 생겼어도 정신이 뛰어나게 잘생긴 여자, 누구나 느끼는 천재성의 여인"이라고 썼다. 그래, 업적을 남기는 데에는 필요한 것이 세월만은 아니다.

전혜린, 1934년 1월 1일 평남 순천에서 태어나, 경기여고 졸업, 서울법대 입학, 재학 중 독일로 유학, 뮌헨대 독문과 졸업, 그곳에서 조교로 있다 귀국, 서울법대 이화여대 강사와 성균관대 교수를 역임했다. 그리고 루이제 린저의 『생의 한가운데』 등을 번역했다. 필자가 1975~6년경 루이제 린저가 《문학사상》 초청으로 이화여대에서 강연을 할 때 경북 고령에서 서울까지 강연을 들으러 간 적 있는데, 감동 받은 『생의 한가운데』를 전혜린이 번역한 것이니 나도 그의 천재성에 유혹된 셈이다.

소설은 그의 전기에 살을 붙인 것이다. 서울대 중퇴, 독일 유학 생활, 돌아와서 강사와 교수 그리고 번역가로서의 활동 등 일곱 개의 묶음으로 나누었는데, 작가의 말에서 "내용을 채우기 위해 『그리고 아무 말도 하지 않았다』를 면밀히 분석했

---

53) 인터넷 지식백과.

고, 상당히 많은 부분을 인용했습니다. 특히 주영채의 유학 시절을 묘사할 때와 심리를 묘사할 때는 변주 없이 그대로 끌어다 쓰기도 했습니다."라고 고백했다. 따라서 소설 속의 대사가 전혜린의 육성이라고 생각해도 무리가 없다면 전혜린을 생생하게 만난다는 점에서는 나쁘지만은 않겠다.

전기에 붙은 그 살은 전혜린의 것이다. 그의 말들에 귀를 기울여 보자. "온갖 이론은 회색이고, 생명의 황금빛 나무는 녹색이다.(파우스트에 나오는 메피스토의 대사)", "인간이 노력하는 한은 잘못은 없다."(17쪽), "존재와 영혼의 자유"(33쪽), "사실 육체는 언제나 정신보다 정직했다."(53쪽), "주머니 속은 가난했지만 책을 사는 것에 인색하면 영원히 가난뱅이의 신세에서 벗어나기 어려운 거라고 다짐했다. 당장 내일 굶는다고 해도 나는 원하는 책을 살 작정이었다."(86쪽), "사회적 자유와 정신의 자유를 한꺼번에 옥죄는 수많은 금지의 테두리를 부수는 것이야말로 시인의 할 일이었기 때문이었다."(116쪽)는 말들에 밑줄을 그으며 그의 천재성을 인정하고 싶어진다. 그 감각적으로 다가오는 "너무 유명해서 감동을 상실한 작품"이라느니 "시간의 구두쇠"라는 표현들 그리고, "외로움이란 달래지는 게 아니라고," 하는 말들은 전혜린의 삶의 순간순간을 돌아보게 하기도 한다.

그렇다. 그의 삶은 너무나 치열해서 아주 짧았어도 시대의 빛이 될 수 있었다. 그의 삶은 존재와 영혼의 자유를 추구하는 것이었다. 그는 끝내 자유롭기 위해서, 자유를 찾아서 이승을 떠났다. 그래서 그의 죽음은 끝남이나 정지가 아니라 자유를 추구하는 전혜린 삶의 과정이다. 그가 애타게 찾아 헤매는 영혼의 자유, 그것이 그를 오래 회자하게 하는 진정한 이유가 될 것이다.

영웅은 어떻게 살고 죽는가?

- 『플루타르코스 영웅전』을 중심으로

차 례

Ⅰ. 서론

『플루타르코스 영웅전』은 고전 중의 고전으로 평가된다. 학식이 뛰어나고 위대한 문헌 고증 학자였던 테어도어 가자는 "책들이 모두 망가지게 된 경우 어떤 작가의 책을 구하겠는가?" 하는 물음에 플루타르코스라고 답하기도 했고,[54] "만일 전 세계의 도서관이 불타고 있다면 나는 뛰어 들어가 『셰익스피어 전집』, 『플라톤 전집』, 그리고 『플루타르코스 영웅전』을 구해낼 것이다."[55]라고 한 그 세 권 중의 한 권이다. 오늘날 '하버드 고전 총서', '옥스포드 고전 총서' 등 권위 있는 고전 시리즈를 비롯한 유명 대학의 필독서 목록에 빠짐없이 포함되어 있다. 동양에서는 사마천의 『사기』, 서양에서는 이 『영웅전』이 전기 분야 최고의 고전으로 꼽힌다.

저자 Plutarchos(46년?~120년?)는 생몰연대가 분명하지 않은 로마 제정기의 그리스인 철학자, 저술자다. 그리스 카이로네아의 명문 출신으로 고전 그리스 세계에 통달한 일류 문화인이며 최후의 그리스인이었다. 일찍이 아테네 아카데미에서 플라톤 철학, 자연과학, 변론술을 공부했다. 플라톤 철학을 신봉했던

---

54) 플루타르코스 저, 이성규 옮김, 『플루타르코스 영웅전 Ⅰ』, 현대지성, 2018. (2판4쇄). 263쪽.
55) Ralph Waldo Emerson. (미국의 사상가 겸 시인)

그는 로마에서 철학을 강의하고 관직에도 있었다. 박학다식하기로 유명했던 그는 철학, 신학, 윤리, 종교, 자연과학, 문학, 전기 등 폭넓은 저작 활동을 펼쳐 저술이 무려 250여 종이나 된다.

필자가 텍스트로 하는 『플루타르코스 영웅전 전집 Ⅰ, Ⅱ』[56]는 표지 날개에 지은이를 소개하는 글을 실었다. 그중에 "플루타르코스 『영웅전』(원제는 『비교열전』이지만, 국내에는 『영웅전』이라는 제목으로 더 많이 알려져 있다.)은 그리스와 로마의 영웅 50인의 이야기와 이들 중 유사한 영웅 23쌍의 비교 평가를 담은 작품"이라고 밝히고 있다. 그러나 이는 사실과 다르다.[57]

이 책은 Ⅰ, Ⅱ로 나누어져 있다. Ⅰ권에는 아서후 클러프의 「해제」,[58] J. W. 랭혼의 「플루타르코스의 생애」가 나오고, 제1장 테세우스로 시작해서 제27장 니키아스로 끝난다. Ⅱ권은 제28장 크라수스로 시작해서 제50장 오토로 끝난다. 대부분 작자가 책을 쓰게 된 목적을 밝히는데 그 글이 없다. 왜 그럴까? 강한 의문이 들었다.

---

56) 이성규 옮김, 현대지성, 2018.(2판 4쇄)
57) 쌍으로 비교한 인물은 17쌍 34명이고 4명을 1쌍으로 비교하였으며, 비교하지 않은 인물도 12명이나 된다. 또한 영웅이 아닌 일생의 삶을 그르친 사람들의 이야기를 통해 더욱 훌륭한 사람들의 삶을 본받게 하려는 목적으로 기술한 인물도 1쌍이다.
58) 해제를 한 아서후 클러프는 해설 첫 문장에서 "형식으로든 배열로든, 저자가 남긴 것과 동일하지 않다."고 한 사실은 이 책의 편집이 다양하게 이루어져 있다는 사실을 말해주는 것이다.

필자는 이 글을 통해서 이 책을 쓴 목적, 영웅들의 삶과 죽음을 살펴보려고 한다. 첫째, 집필 목적은 서문에 쓰지 않았지만 책 속에서 드러냈는데 그것을 직접 인용하여 고찰할 것이다. 둘째, 영웅들의 삶은 영웅이 살면서 가장 의미 있게 남긴 말과 실천한 일을 중심으로 살펴서 인용 요약할 것이며, 마지막으로 아무리 영웅이라 하더라도 피할 수 없는 것이 죽음인데, 어떻게 죽느냐가 그 삶을 평가하는 큰 기준이 될 것이라는 판단에서 그 죽음의 양상을 살피고자 한다.

II. 영웅전의 집필 의도

『플루타르코스 영웅전』은 모든 책에 있는 저자의 서문이나 머리말이 없는 것이 특징이다. 그런데 그것이 아주 없는 것이 아니라 본문에서 녹여낸다. 서문으로 볼 수 있는 내용이 다섯 번 표현된다.(1권 3번, 2권 2번) 언급된 차례대로 그대로 인용하면 다음과 같다.

1. "누구의 작품을 좋아하고 즐긴다고 해서 그것을 만든 사람까지 존경할 필요는 없다. - 그러나 미덕으로 이루어진 행동에 대해서 우리는 감탄을 보내고, 그와 같은 행적을 남긴 사람

을 존경하고 부러워하며 본받으려고 하게 된다. 재산의 보배는 우리가 그것을 향락하고 싶어 하는 대상물이지만, 미덕의 보배는 몸소 실천하려는 의지를 만들어내는 것이다. 가치 있는 행동을 직접 보거나 역사책 속에서 그것을 접했을 때 우리는 정신과 성격에 영향을 받아 자신들의 행동 속에서 그것을 실천하려고 노력하는 것이며 이 책을 쓰는 목적도 여기에 있다."[59]

2. "처음에 나는 남을 위해서 이 전기를 쓰기 시작했다. 그런데 계속 써 나가는 동안 어느덧 이것은 나의 기쁨이 되었고, 이제는 나 자신을 위한 것으로 생각하게 되었다. 이들 위인이 가지고 있는 각각의 미덕은 나의 인생을 비추는 거울이 되었고, 나는 나의 생활을 어떻게 고치고 세워 나가야 할 것인가를 배우게 되었다. 나는 매일 그 위인들과 같이 지내며 생활하는 것처럼 느끼며, 차례로 나를 찾아드는 손님들을 맞이하고 대접했다. 그들과 가까이하면서 감동을 느끼고, 그들의 행동에서 가장 중요하고 훌륭한 것을 골라 가지게 된 것이다. 마음을 깨끗하게 수양하는 데는 위인들의 삶을 배우는 이 방법보다 더 좋은 것은 없을 것이다. (중략) 내가 역사를 연구하고 전기를 쓰는 이유는 위인들의 선량하고 귀중한 영향을 받아들이기 위

59) 플루타르코스 저, 이성규 옮김, 『플루타르코스 영웅전 I』, 현대지성, 2018. (2판4쇄). 263쪽.

한 것이다. 그러기 위해서 나는 영웅들의 삶을 여기에 옮겨, 우리가 저속한 친구들과 만나면서 얻게 될지도 모를 야비하고 해로운 인상에서 벗어나려는 것이다."[60]

3. "옛날 스파르타 사람들은 술을 잔뜩 먹인 노예들을 잔치에 끌고 나와 일부러 청년들에게 구경을 시켰다고 한다. 술에 취한 주정뱅이가 어떤 모습인지를 그들에게 보여주려는 것이었다. 물론 어떤 사람을 가르치기 위해서 다른 사람을 희생시킨다는 것은 사회의 정의나 도덕에 어긋나는 일이다. 그러나 높은 지위와 권세를 가지고도 스스로 자신의 명예를 더럽힌 사람들을 여기에 소개함으로써 여러 사람들에게 본보기가 된다면, 이것은 그다지 나쁜 것은 아닐 것이다. 따라서 이 전기에서는 그런 사람들의 일생을 이야기하여, 다른 사람들에게 도움을 주고자 한다. 그러나 내가 이런 글을 쓰려는 것은 결코 이 책을 읽는 독자들의 기분 전환을 위해서도, 또 내 이야기에 변화를 주기 위해서도 아니다. 테베 사람인 이스메니아스는 제자들에게 피리 부는 법을 가르칠 때, 한 번은 제대로 불고는 "이렇게 불어야 한다."고 말하고, 또 한 번은 잘못 분 다음에 "이렇게 불면 안 된다."고 얘기했다고 한다. 그리고 안티게니다스라는 사

---

60) 위의 책, 396~397쪽.

람은 "처음에 나쁜 음악을 들려주고 다음번에 훌륭한 음악을 들려주면 그때의 기쁨은 한층 더 커진다."고 이야기했다. 마찬가지로 나는 일생을 그르친 사람들의 이야기를 들려줌으로써 더욱 훌륭한 사람들의 삶을 본받게 하려는 목적으로 이 글을 쓰려는 것이다. 그러므로 여기에서는 '포위자'라는 별명을 가진 데메트리오스 폴리오르케테스와 로마의 삼두정치가 중 한 사람인 안토니우스 생애를 이야기하도록 하겠다.

플라톤은 영웅은 큰 죄와 큰 덕을 함께 가지고 있다는 말을 했는데, 지금부터 이야기할 두 사람이야말로 이러한 사실을 충분히 증명해줄 만한 인물들이다. 이들은 둘 다 여자를 좋아했고 거기에 열중했으며, 술을 아주 많이 마셨고, 생활도 아주 사치스럽고 거만했다. 더구나 그들은 둘 다 호탕한 성격과 교만한 생활을 즐겼으며, 큰 성공과 함께 큰 불행을 겪었던 사람들이다. 그들은 대단한 권력을 손에 쥐었다고 생각한 순간 금세 닥쳐드는 파멸을 맛보아야 했고, 그다음 순간 다시 그만큼의 권력을 회복했다. 또한 이 두 사람은 살았을 때뿐만 아니라 죽을 때도 같은 운명의 지배를 받아, 데메트리오스는 적에게 잡혀 죽임을 당했으며, 안토니우스는 적에게 잡히자 스스로 목숨을 끊어버렸다."[61]

---

61) 위의 책, 638~639쪽.

4. "내가 글을 쓰는 것은 전기를 쓰려는 데 목적이 있는 것이지 역사를 기록하려는 것은 아니다. 전기를 쓰는 작가의 입장에서 보면, 반드시 위대한 업적이나 큰 전쟁에서만 그 인물의 사람됨을 읽을 수 있는 것은 아니다. 오히려 어떤 우연한 사건이나 사소한 말 한 마디나 농담들이 그가 벌였던 피나는 전투나 막대한 군비, 또는 성을 점령한 유명한 사건보다 더 절실히 그의 성격과 경향을 드러내주기 때문이다. 그러므로 초상화를 그리는 사람들도 다른 부분보다 작은 얼굴 부분에 온 정성을 다 쏟는 것이다. 때문에 나는 그 사람의 마음의 움직임을 드러낼 수 있는 행동을 자세하게 다루어 그들의 생애에 대한 초상화를 그리는 것을 본분으로 삼고 그 외의 위대한 업적이나 큰 전투의 승리들은 역사가들의 몫으로 남겨두려 한다." [62]

5. "내가 이런 사사로운 이야기를 자세하게 쓰는 것은 한 개인의 성품을 보여주는 데는 오히려 이런 일들이 공적인 어떤 위대한 업적보다 그것을 잘 드러내준다고 생각하기 때문이다." [63]

서문을 따로 쓰지 않은 특별한 이유는 발견하기 어려웠다. 실제로 전기를 쓰는 목적이라면 굳이 밝힐 필요가 없기도 하

---

62) 플루타르코스 저, 이성규 옮김, 『플루타르코스 영웅전 II』, 현대지성, 2018. (2판4쇄). 242~243쪽.
63) 위의 책, 242~243쪽.

다. 그래서 본문 속에 녹인 것으로 추측할 수 있다. 플루타르코스가 책 내용에서 밝힌 것은, 가치 있는 행동을 직접 보거나 역사책 속에서 그것을 접했을 때 정신과 성격에 영향을 받아 자신들의 행동 속에서 그것을 실천하려고 노력하는 것이며 이 책을 쓰는 목적도 그런 노력을 하게 하는 데 있다. 저자가 글을 쓴 것은 전기를 쓰려는 데 목적이 있는 것이지 역사를 기록하려는 것은 아니었다. 따라서 일생을 그르친 사람들의 이야기, 사사로운 이야기를 자세하게 쓴 것 등은 개인의 성품을 보여주는데, 이런 일들이 공적인 어떤 위대한 업적보다 그것을 잘 드러내 준다고 생각했기 때문이다.

III. 영웅들의 삶

영웅들의 삶을 살피는 방법은 여러 가지가 있을 수 있다. 그러나 다양한 방법 중에서 필자는 영웅의 삶을 비교적 선명하게 보여줄 수 있는 언행에서 찾아보려 한다. 영웅의 말보다 저자의 말이 더 감명 주는 것이 많았지만, 영웅의 말을 중심에 두고 다시 한번 더 읽어도 시간 낭비가 아니라는 생각이 드는 문장들에 밑줄을 그었고, 그것들을 옮겨 적으며 생각하고, 생각하며 그 삶을 기려보는 것이다. '행行'은 저자의 견해에서 필자가 극히 공감하는 부분을 옮긴다. 그러나 일생을 그르친 사람들의 이야기를 들려줌으로써 더욱 훌륭한 사람들의 삶을 본받게 하려는 목적으로 쓴 두 사람은 제외한다.[64]

01. 테세우스THESEUS 대중에게 호의를 보이고 민주정치를 펴기 위해 왕의 자리를 내던진 것은 테세우스가 최초의 인물이었다.[65]

02. 로물루스ROMULUS(BC 8세기) 미천한 처지에서 성장하여 훌륭한 업적을 이룩했다. 그들 형제는 돼지를 기르는 노예의 아들로 자라났지만, 라틴 민족을 해방시킨 공적으로 영예로운 명성을 얻었다. 또 그는 조국의 적을 무찔렀으며, 조국을 지킨 왕이었고, 로마라는 도시를 창건한 사람이기도 하다.(105쪽)

03. 리쿠르고스LYCURGUS(BC 9세기) 조국 스파르타에서 필요할 것이라는 생각으로 직접 시의 원본을 필사하고 순서대로 정

---

64) 43. 데메트리오스(DEMETRIUS, BC 337~283) 데메트리오스 1세, 폴리오르케테스(포위자), 마케도니아의 왕(BC 294~288) 술과 여자에 빠져 방탕한 생활을 하기도 했지만, 전쟁터에 나가면 가장 뛰어난 군인으로 이름을 떨쳤다. 여러 도시를 해방시키고 특히 아테네에서는 대단한 영광과 명예를 받았다. 몇 번이나 뒤바뀌는 운명을 살았으며, 셀레우코스 1세에게 잡혀 케로소네소스에 감금되어 있다가 54세에 세상을 떠났다.
44. 안토니우스(ANTONIUS, BC 83경~30) 향락과 사치를 좋아하여 몹시 방탕한 생활을 했다. 이집트의 여왕 클레오파트라와의 사랑으로 유명하며 결국 그녀 때문에 파멸의 길을 걷게 된다. 비겁하고 불쌍하게 죽기는 했지만 적의 손에 잡히기 전에 자살했다.
65) 앞의 책, 69쪽-이하 인용은 인용문 끝에 출처를 밝힌다.

리하였다. 호메로스의 작품은 이미 그리스 사람들 사이에서는 명성이 높아 그의 시를 가지고 있는 사람도 간혹 있었다. 그러나 호메로스의 시를 세상에 알려 유명하게 만든 것은 바로 리쿠르고스였다고 한다.(112쪽)

04. 누마 폼필리우스NUMA POMPILIUS(BC 715~673 재위) 살아있을 때의 그의 소망대로, 두 개의 석관을 만들어 하나는 그의 시체를 넣고, 다른 하나에는 그가 저술한 성스런 책들을 넣어 야니쿨룸 산에 묻었다. -중략- 그는 진정한 배움은 책 속에 남겨두는 것이 아니라 살아있는 사람의 마음에 새겨두는 것이라는 피타고라스의 가르침대로 그 책을 가지고 갔다.(154쪽)

05. 솔론SOLON(BC 630~560) 내란이 있었을 때 어느 편에도 가담하지 않고 중립을 지킨 사람은 시민권을 박탈한다는 법을 만들었다. 조국이 겪고 있는 괴로움을 외면하는 것은 비겁한 행동이라고 생각했기 때문이었다.(176쪽)

06. 포플리콜라POPLICOLA(BC 500년경 활동) 자유를 확대하는 법률을 만들었는데, 그중 특색 있는 것은 피고가 집정관의 재판 결과가 억울하다고 생각할 때 국민들에게 호소할 수 있도록 한 것이다. 둘째, 관리들의 관직을 빼앗을 때는 반드시 국민의 동의를 얻도록 했고, 셋째, 빈민을 구제하기 위해 가난한 사람들의 세금을 면제해 주었다.(193쪽)

07. 테미스토클레스THEMISTOCLES(BC 524경~459) 사령관으로

있을 때 케오스의 시인 시모니데스가 그에게 와서 자기가 이롭도록 사정을 좀 보아달라고 하자 그는 "당신이 운율을 지키지 않고 노래한다면 좋은 시인이 될 수 없는 것처럼, 법에 어긋나는 사정을 보아준다면 나도 좋은 관리가 될 수 없지 않겠소?" 반문하며 돌려보냈다.(209쪽)

08. 카밀루스MARCUS FURIUS CAMILLUS(?~BC 365) 카밀루스는 베이이를 정면에서 공격하기가 어려웠으므로 로마군은 성벽 둘레에 굴을 파기 시작했다. 다행히 성 부근의 땅은 파기가 쉬워 성 안에 있는 사람들의 눈에 띄지 않고도 깊게 팔 수 있었다.(234쪽)

09. 페리클레스PERICLES(BC 495경~429) 페리클레스는 그들을 말리다 못해서 군대를 여덟 개로 나누어 제비를 뽑게 한 다음 하얀 콩을 뽑은 부대는 다른 부대가 근무하는 동안 편히 쉬고 잘 먹게 했다. 이때부터 쉬는 날을 '하얀 날' 이라고 부르게 되었다.(284쪽)

10. 파비우스 막시무스FABIUS MAXIMUS(BC 203경 사망) "더 좋은 말이 생각나지 않아 당신을 아버지라 불러, 저를 낳아주신 분의 은혜보다 더 큰 은혜를 입었음을 말씀드리고 싶습니다. 저를 낳으신 아버지가 주신 것은 한 사람의 목숨이지만, 당신이 주신 것은 저의 목숨뿐 아니라 저희들 모든 병사의 목숨이었습니다." (305쪽)

11. 알키비아데스ALCIBIADES(BC 450경~401) 그의 행동은 장군다웠다. 고향도 없이 떠돌던 처지에서 많은 군사를 다스리는 장군의 지위에까지 올랐지만 그는 결코 가볍게 행동하지 않았다. 알키비아데스는 조급한 행동으로 몰고 가려는 민중들의 분노를 억제하여 아테네를 구하려 했던 것이다. 만일 이때 그들이 아테네를 향해 배를 몰고 갔더라면 이오니아 지방 전체와 헬레스폰토스, 그리고 에게해에 있던 모든 섬들은 그대로 적의 손에 넘어갔을 것이 틀림없고 아테네는 내란으로 같은 민족끼리 싸우게 되는 비극을 맞았을 것이다.(344쪽)

12. 코리올라누스CORIOLANUS(BC 490경 활동) 단순하고 곧은 성격을 가졌던 그는 금전에 대한 절제가 뛰어나 평생을 청렴결백하게 살았다.(357쪽)

13. 티몰레온TIMOLEON(BC ?~337) 인간의 마음은 사실 자기가 가지는 판단이나 품고 있는 목적이 이성적으로 증명되어 강한 힘을 얻기 전에는 남의 말에 흔들리기 쉽다. 행동은 그 자체가 정당하고 깨끗해야 할 뿐 아니라, 행동의 뒷받침이 되는 동기도 떳떳해야만 한다. 그리고 만약 그렇지 못할 때에는 좋게 보이던 것들도 나중에는 신통치 않은 것으로 변하고, 마음이 약해져 자기가 한 행동을 후회하게 되는 것이다. 그것은 마치 굶주렸던 사람이 일단 탐욕스럽게 음식을 집어먹고 나면 곧 너무 많이 먹었다고 후회하는 것과 같다.(400~401쪽)

14. 아이밀리우스 파울루스AEMILIUS PAULUS(BC 229~160) 한 번도 활을 쏘지 않은 사람이 과녁을 맞추거나, 자기 자리를 지키지 않는 자가 승리를 거두거나, 희망을 버린 자가 성공을 하는 일은 신이 허락하지 않는 법이다.(443쪽)

15. 펠로피다스PELOPIDAS(BC 410경~364) "행복한 자의 죽음은 슬프지 않다. 도리어 운명의 힘에 시달리지 않고 행복을 얻었으니 가장 축복할 만한 것이다."라고 말했던 이솝의 말처럼 펠로피다스는 여러 나라 사람들의 사랑 속에 행복하게 죽음을 맞이하였다.(493쪽)

16. 마르켈루스MARCELLUS(BC 271~208) 마르쿠스 집안 출신으로 대담하고 근면한 성격을 지니고 있었으며, 그리스의 학문과 예술을 사랑했다. 다섯 번이나 집정관을 지내고 세 번이나 개선식을 했던 그는 갈리안인과 싸워 승리를 거두었다. 한니발과 대항하다가 적의 복병에게 포위되어 전사하였으며 아테네 신전에 그의 조각상이 남아있다.(495쪽)

17. 아리스티데스ARISTIDES(BC 525경~467) 아리스티데스에 대한 도편 투표가 있을 때 이런 일이 있었다. 사람들이 모두 도편에다가 추방할 사람의 이름을 적고 있었는데, 글자를 모르는 시골 사람 하나가 그에게 와서 그의 이름을 좀 써달라며 자기의 도편을 내밀었다. 아리스티데스는 깜짝 놀라며, 그 사람이 당신에게 무슨 해를 끼쳤느냐고 물었다. 그러자 그 시골 사람

은 "그런 일은 없었지요, 어떻게 생긴 사람인지도 모르는 걸요. 하지만 어디서나 정의의 사람이라고 떠들기 때문에 그 소리가 듣기 싫어서 그러오" 하고 대답했다. 이 말을 들은 아리스티데스는 아무 말도 하지 않고 자기의 이름을 도편에 써 주었다.(535쪽)

18. 마르쿠스 카토MARCUS CATO(BC 234~149) 그는 자기에게 평생 동안 후회되는 일이 세 가지 있다고 했는데, 첫째, 여자에게 비밀 얘기를 한 것, 둘째, 말을 타고 가야 할 곳을 배를 타고 갔던 일, 셋째, 하루 종일 아무 일도 하지 않고 지냈던 일이 그것이라고 했다. 또 행실이 바르지 못한 한 노인에게는 이런 얘기를 했다. "그러지 않아도 사람이란 늙어갈수록 초라해지는 법인데 주책스러운 행동까지 하시면 어떻게 하십니까?"(568쪽)

19. 필로포이멘PHILOPOMEN(BC 252경~182) 그는 독서를 행동으로 옮기지 않으면 가치가 없는 일이라고 생각했다. 그래서 그는 〈전략론〉을 읽을 때 지도나 도표 같은 것은 무시하고 실제적인 지형의 기복이나 강의 방향 등 땅의 생김새를 일일이 살펴보았다. -중략- 그리고 군인이 아닌 사람은 나라에 쓸모없는 인물이라고까지 생각하였다.(596쪽)

20. 티투스 퀸티우스 플라미니우스FLAMININUS(BC 227경~174) 티투스는 그리스의 다른 도시들로부터도 상당한 영예를 받았다. 이 영예를 빛나게 한 것은 무엇보다 그의 따뜻하고 너그러

운 성격 때문이었다. 그는 때때로 많은 정치가들과 의견의 충돌을 일으켰고, 경쟁심 때문에 싸운 일도 많았지만 끝까지 원한을 품고 있는 일은 결코 없었으며 곧 노여움을 풀었다.(633쪽)

21. 피로스PYRRHUS(BC 365?~272) 말들은 정복자의 창과 칼이 할 수 있는 모든 일을 할 수 있다네."(에우리피데스의 시) 피로스는 "내가 힘으로 빼앗은 것보다 키네아스가 혀로 얻은 땅이 더 많다."는 얘기를 자주 했다고 한다.(658쪽)

22. 카이우스 마리우스CAIUS MARIUS(BC 157경~86) 70년이라는 긴 세월을 살았고, 최초로 일곱 번이나 계속 집정관을 지내고, 여러 명의 왕을 합쳐도 부족할 만큼 부귀와 영화를 누렸지만, 그는 자기의 소망을 다 이루지 못하고 죽어야 하는 운명을 탓하며 한숨을 지었다.(745쪽)

23. 리산드로스LYSANDER(?~BC 395) 언젠가 어떤 사람이 헤라클레스의 후손은 전쟁에서 간사한 꾀를 써서는 안 된다고 말했을 때 리산드로스는 크게 웃으며 이렇게 대답했다. "사자 가죽이 모자라면 여우의 가죽이라도 이어 붙여야지요." 수단과 방법을 가리지 않는 리산드로스의 성격은 밀레토스 시에서 그대로 드러났다.(755쪽)

24. 술라SULLA(BC 138~78) 술라는 회고록에서 "내게 행운을 가져다 준 많은 결과들은 대부분 깊게 생각하고 한 행동은 아니었다. 그러한 행동은 순간적으로 떠오른 영감에 따라 행동한

것이다. 나는 전쟁을 위해서보다는 행운을 위해서 태어난 것이
다."(793쪽)

25. 키몬CIMON(BC 510경~451경) 아테네의 장군이며 뛰어난
정치가. 아테네는 일찍이 그리스의 여러 나라에 곡식을 심고,
샘을 찾아내고, 불을 사용하는 법을 알려주었던 것을 자랑으로
삼고 있다. 그런데 키몬은 자기 집을 모든 사람들을 위해 열어
두고, 자기 땅에서 나는 모든 열매들을 누구든지 자유롭게 따
먹게 하여 다시 크로노스 시대의 낙원이 되돌아온 듯한 느낌을
주었다.(849쪽)

26. 루쿨루스LUCULLUS(BC 117경~56) 그는 좋은 책을 수없이
수집하였다. 그런데 이처럼 책을 수집한 것보다 그 책을 널리
이용하도록 한 것은 더욱 훌륭한 일이었다. 그의 도서관은 늘
열려있었고, 도서관에 딸려있는 산책로 외 열람실은 로마의 시
민들뿐 아니라 모든 그리스인들까지 드나들 수 있게 되어 있었
다. 그래서 사람들은 그곳을 마치 뮤즈의 신전처럼 즐겁게 드
나들며, 서로 얘기를 나누고 명상에 잠기기도 했다.(919쪽)

27. 니키아스NICIAS(?~BC 413) 전쟁에서 패배한 장군으로 조
국에 돌아간다는 것이 두려워 자신의 심정을 솔직하게 털어놓
았다. "나는 동포의 손에 잡혀 죽느니 차라리 적의 손에 잡혀서
죽는 편을 선택하겠소."(955쪽)

28. 크라수스CRASSUS(BC 115경~53) "죽음이 아무리 무서운 것

이라고 해도, 나를 위해 죽어간 친구들을 버리고 살기 위해 달아난다는 것은 말도 안 되오." (이하 II권, 39쪽)

29. 세르토리우스SERTORIUS(BC 123경~72) "다른 사람들은 자신의 무공을 나타낼 수 있는 것이 창이나 왕관 같은 것들뿐입니다. 그렇기 때문에 그들은 그것을 언제나 지니고 다닐 수 없지요. 하지만 나의 용맹과 명예를 나타내는 표시는 언제나 내 몸과 붙어 있습니다. 그것은 바로 내가 잃은 한쪽 눈입니다. 그래서 내 눈을 보는 사람들은 모두 내가 가진 용기를 짐작할 수 있을 겁니다." (60쪽)

30. 에우메네스EUMENES(BC 362경~316) "나는 내가 칼을 들고 싸울 수 있는 한, 나보다 위대한 사람은 세상에 없다고 생각하오." (98쪽)

31. 아게실라오스AGESILAUS(BC 444경~360) 스파르타의 왕이자 장군. 그는 다리를 약간 절었다. 그런 결점을 부끄러워하지 않았다. 그는 또 어떤 힘든 일이 있어도 절름발이라는 핑계로 피하려 한 적이 없었다. 그의 고결한 정신은 이 결점 때문에 오히려 더 뚜렷해졌다. 그의 얼굴이 어떻게 생겼는지는 알 수가 없다. 그는 생전에 자기의 초상화를 그리지 못하게 했으며, 죽은 다음에도 그리지 못하도록 금지시켰다. (113쪽)

32. 폼페이우스POMPEIUS(BC 106~48) 로마의 정치가이자 군인. "세상은 지는 해보다 솟아오르는 해를 더 숭배하는 법이

오."(170쪽)

33. 알렉산드로스ALEXANDER(BC 356~323) 마케도니아의 왕이자 뛰어난 군인. '용감한 사람에게는 결코 불가능이란 없으며, 비겁한 자에게는 가능한 것이 없다.'는 것이 바로 그의 생각이었다.(304쪽)

34. 카이사르CAESAR(BC 100~44) 로마의 정치가이며 군인. 아시아로 군대를 이끌고 갔을 때 로마에 있는 친구 마티우스에게 이 전쟁을 알리기 위해 짧게 세 마디를 적어 보냈다. "왔노라, 보았노라, 그리고 이겼노라."(359쪽)

35. 포키온PHOCION(BC 402?~317) 여러 역사가들의 기록에 의하면, 그는 자그마치 45번이나 아테네군의 총사령관으로 선출되었다고 한다. 그러나 그는 한 번도 선거장에 직접 나간 적이 없었고, 장군이 되고 싶어서 선거장에 사람을 보낸 일도 없었다고 한다. 그래서 그는 대부분 자신도 알지 못하는 사이에 지휘관으로 선출되었다.(382쪽)

36. 소 카토CATO THE YOUNGER(BC 95~46) 사람들은 흔히 용감한 사람들을 존경하며, 지혜로운 사람들에게 감탄을 하지만, 정의로운 사람에게는 그것 외에도 사랑과 믿음이 더해진다. 결국 사람들은 용감한 자를 두려워하고, 지혜로운 사람을 잘 믿지 않는다. 용기와 지혜는 사람이 타고나는 성품에 속하지만, 정의는 그 사람의 의지로 만들어진다. 그러므로 용기는 정신의

강한 점을 말하는 것이고, 지혜는 성격상의 예민함을 뜻하는 것이지만, 정의는 굳건한 지조에서 나오는 것이다. 그러므로 자기의 의지로 정의를 선택한 사람은 정의가 아닌 것은 결코 용서할 수 없는 죄악이라고 생각하며 이것을 혐오하는 법이다.(448쪽)

37. 아기스AGIS(BC 264~241) 스파르타의 왕. 사형장으로 끌려가던 아기스는 한 형리가 슬피 울고 있는 것을 보고 이렇게 말했다. "이보게 나 때문에 울지는 말게. 사악한 자들의 무법 행위로 죄 없이 죽임을 당하는 내가, 적어도 놈들보다는 나으니 말일세."(485쪽)

38. 클레오메네스CLEOMENES(BC 263~219) 스파르타의 왕, 군인. "모든 문제에서 도망치는 가장 손쉬운 방법이 자살인데, (중략) 우리 눈앞에 닥친 비참한 처지에서 도망치려는 수단이며 나라를 위해서는 결코 이롭거나 명예롭지 못한 길이오. 나는 스파르타의 내일에 대한 희망을 버리지 않을 것이며, 또한 그것이 우리의 의무라고 생각하오. 그리고 모든 희망이 다 사라진 다음에도 죽을 수 있는 길은 충분히 있을 것이오."(511쪽)

39. 티베리우스 그라쿠스TIBERIUS GRACCHUS(BC 163~133) 로마의 정치인, 웅변가. 티베리우스는 정의롭고 공정한 법을 제안하였으며, 검은 것을 희다고 말해도 믿게 할 수 있을 만큼 뛰어난 웅변술로 그들의 반대를 물리쳤던 것이다.(525쪽)

40. 카이우스 그라쿠스CAIUS GRACCHUS(BC 153~121) 카이우스는 연설 방법을 바꾸어 커다란 정치적 변화를 일으켰다. 즉 정치가는 원로원이 아니라 평민들을 향해 연설해야 한다는 것을 보여주어 귀족 중심의 정치를 민주적으로 바꾸어놓았던 것이다.(543쪽)

41. 데모스테네스DEMOSTHENES(BC 385경~322) 아테네의 정치가이며 뛰어난 웅변가. 여기저기로 떠돌던 그에게 청년들이 찾아와 가르침을 청하곤 했다. 그때 그는 정치에는 관여하지 말라며 이렇게 말했다고 한다. "정치가는 공포와 시기, 중상과 모략, 타인들을 배척하는 몹쓸 생활을 해야 한다네. 만약 누군가 정치와 죽음 중에 무엇을 택하겠는가고 묻는다면, 나는 차라리 죽음을 택하지 정치가가 되지는 않을 것이라고 말하겠네." (582쪽)

42. 키케로CICERO(BC 106~43) 공화정이 군주 정치로 바뀌자 키케로는 정계를 떠나 청년들에게 철학을 가르치며 조용한 생활을 보냈다. 지위나 가문이 뛰어난 청년들과 가까이 지냄으로써 큰 명성을 얻게 되었다. 그때 그는 철학에 대한 대화들을 책으로 엮어 내거나, 윤리학 또는 자연과학에 관한 전문 용어를 로마어로 번역하는 일을 하고 있었다. 표상, 동의, 협정, 판단의 억제, 원자, 명료, 개념, 진공 등의 단어는 바로 키케로가 처음으로 지어낸 낱말이라고 한다. 그는 비유나 그 밖의 적절한

방법을 써서 전문 용어를 쉽게 이해할 수 있도록 로마어로 바꾸었다. 키케로는 또 취미로 많은 시를 짓기도 했다. 마음만 내키면 하룻밤에도 자그마치 5백행이나 되는 시를 짓기도 했다고 한다.(624쪽)

43. 44. 삶을 그르친 사람들 제외

45. 디온DION(BC 408~354) 아테네는 옛날부터, 가장 착한 사람과 가장 악한 사람이 태어나는 곳이라는 얘기가 있는데 과연 이 말은 틀리지 않는 것 같다. 사실 아테네는 가장 향기로운 꿀과 함께 가장 무서운 독이 나는 곳으로도 유명한 곳이었다.(799쪽)

46. 마르쿠스 브루투스MARCUS BRUTUS(BC 85~42) 그는 평생 동안 한 번도 낮잠을 잔 일이 없으며, 밤에도 다른 사람들이 모두 잠들 때까지는 계속 깨어있었다고 한다. 그런데 특히 전쟁이 시작된 뒤라서 모든 일을 자기 혼자 처리해야 했으므로, 초저녁에 잠깐 눈을 붙이고는 밤새도록 일을 하곤 했다. 그리고 일을 다 끝내고 나면, 각 부대의 지휘관들이 명령을 받으러 오는 새벽 3시까지 주로 책을 읽으면서 시간을 보냈다.(828쪽)

47. 아라토스ARATOS(BC 271~213) 아라토스는 포키온이나 에파미논다스와 같은 사람이 뇌물로 자신의 명예를 더럽히지 않았기 때문에 지금까지도 그리스에서 가장 정의롭고 명예로운 사람으로 존경받고 있다는 사실을 잘 알고 있었다. 그래서 그

는 이 계획에 드는 돈은 모두 자기의 재산을 팔아서 쓰기로 했다. 자기가 무슨 일을 하는지도 모르는 시민들을 위해서 자신의 생명을 내던지기로 결심했다.(863쪽)

48. 아르타크세르크세스ARTAXERXES II(BC 404~359/ 358재위) 페르시아의 왕 아르타크세르크세스 1세 손자. "어떤 말이든 하고 싶은 대로 해라. 그러나 나 또한 어떤 말이나 할 수 있으며, 또 어떤 행동도 할 수 있다는 것을 잊지 말도록 하라."(896쪽)

49. 갈바GALBA(BC 3~AD 69) 로마 황제. "갈바의 운명은 이렇게 끝이 났다. 그는 가문이나 재산에서 당시 최고의 인물이었으며, 다섯 황제를 섬기면서 이름을 떨쳤고, 힘이나 권력이 아니라 명성만으로 네로 황제를 쓰러뜨렸던 사람이었다."(942쪽)

50. 오토OTHO(AD 32~69) 로마 황제. "나는 이 나라를 지배하는 것보다 차라리 나라를 위해 죽는 것이 더 영광스럽고 명예로운 일이라고 생각합니다. 내가 승리함으로써 이 나라에 줄 수 있는 평화는 아주 작습니다. 그러나 내 목숨을 버리고 얻는 평화, 이 나라가 오늘과 같은 불행을 다시는 맞지 않게 하는 평화는 그보다 훨씬 클 것입니다."(956쪽)

이상에서 살펴본 48인의 영웅들의 삶이 역사에 새겨지는 것은 우리가 상상할 수 없는 특별한 이유가 아니었다. 필자는 그것을 세 가지로 정리할 수 있을 것으로 본다.

첫째가 영웅은 아는 것을 실천에 옮기는 삶을 살았다. 솔론은 내란이 있었을 때 어느 편에도 가담하지 않고 중립을 지킨 사람은 시민권을 박탈한다는 규정의 법을 만들기도 했다. 조국이 겪고 있는 괴로움을 외면하는 것은 비겁한 행동이라고 생각했기 때문이다. 실천에 옮기는 것이 영웅의 삶에서 빠뜨릴 수 없는 사항으로 꼽았다. 필로포이멘PHILOPOMEN은 독서까지도 행동으로 옮기지 않으면 가치가 없는 일이라고 생각했다.

둘째로 철학자 바르트리하리는 "가장 위대한 영웅은 누구일까? 자기의 욕망을 지배하는 자다."라고 했다. 영웅은 공동체를 위한 삶을 살았다. 반드시 전쟁에서만 영웅이 되는 것이 아니라 일상생활에서 영웅이 되었다. 키몬은 일찍이 그리스의 여러 나라에 곡식을 심고, 샘을 찾아내고, 불을 사용하는 법을 알려주었던 것을 자랑으로 삼고 있고, 자기 집을 모든 사람들을 위해 열어두고, 자기 땅에서 나는 모든 열매들을 누구든지 자유롭게 따먹게 하여 영웅적인 삶의 모습을 보여주었다. 오토는 나라를 지배하는 것보다 차라리 나라를 위해 죽는 것이 더 영광스럽고 명예로운 일이라고 생각했다.

셋째로 명예를 목숨보다 더 소중하게 생각하는 사람들이었다. 명예를 지키기 위해서 영웅은 목숨을 구걸하지 않았다. 로마의 장군이자 정치가인 크라수스는 "죽음이 아무리 무서운 것이라고 해도, 나를 위해 죽어간 친구들을 버리고 살기 위해 달

아난다는 것은 말도 안 되는 것"이라고 강조했으며, 아라토스
는 뇌물로 자신의 명예를 더럽히지 않았기 때문에 그리스에서
가장 정의롭고 명예로운 사람으로 존경받고 있다.

아는 것의 실천, 공동체를 위한 삶, 명예를 소중히 하는 삶
이 영웅들에게서 드러나는 공통적인 사항이었다.

IV. 영웅들의 죽음

영웅들은 어떤 죽음을 맞이했을까? 어떻게 죽음을 맞이했
는가는 영웅이 되느냐 마느냐의 중요한 판단 기준이 될 수 있
기도 한다. 에우리피데스는 "장수는 자신의 몸을 우선으로 돌
보고, 그 다음은 명예로운 죽음을 임무로 한다."[66]고 했다. 저
자가 영웅으로 보지 않은 2인을 제외[67]한 영웅 48인의 죽음을
살펴본다. 타살, 전사, 자살, 자연사, 행방불명의 순으로 살펴
본다.

---

66) 앞의 책, 526쪽.
67) 두 사람 중 한 명은 적에게 잡혀 감금되어 있다가 죽었고, 한 명은 적에게
    잡히기 전 자살했다.

1. 타살

테세우스는 리코메데우스 왕이 그의 명성을 두려워했는지 그에게 토지를 보여준다고 하며 산꼭대기로 데려가 절벽 아래로 떨어뜨려 죽였다. 비아데스는 리산드로스가 보낸 자객에 의해 살해당했고, 코리올라누스는 금전에 대한 절제가 뛰어나 평생을 청렴결백하게 살았으나 볼스키인에게 타살됐다. 필로포이멘은 디노크라테스의 독약을 받고 죽었으며, 크라수스는 시민들의 반대를 물리치고 파르티아 원정을 떠나 큰 전투를 벌이다가 동포의 배신과 적의 속임수 때문에 타살당했다. 세르토리우스도 동지들의 배신으로 암살당했고 에우메네스 역시 동지들의 배신으로 안티고노스에게 죽임을 당했다. 알렉산드로스는 자연사로 알았으나 6년 후 독살의 증거를 찾았다.

카이사르는 브루투스의 음모에 의해 암살당했고, 포키온도 아그노니데스 등 배신자들의 음모로 죽임을 당했다. 폼페이우스는 카이사르와의 싸움에 패배하여 이집트로 피신하였다가 59세에 살해당했다. 아기스는 너그럽고 온화한 성품을 지니고 있었으나, 친구들의 배신으로 비참한 죽음을 맞았다. 클레오메네스는 리쿠르고스의 정책을 부활시키려다 살해당하고, 티베리우스 그라쿠스는 정적에 의해 살해당했다. 키케로는 안토니우스가 보낸 자객에 의해 비참한 죽음을 맞았다. 디온은 칼리포스의 음모로 죽임을 당했다. 아라토스는 필리포스 왕에게 독살당하고, 갈바는 네로 황제 시대에 스페인의 총독으로 임명되어 집정관, 제관들을 거쳐 로마의 황제가 되었으나 오토의 반란으로 끔직한 죽음을 당했다.

2. 전사

펠로피다스 장군은, 그가 이끈 전투에서 모두 승리를 거둔 뛰어난 장군이었으나, 알렉산드로스와 싸우다가 전사했으며, 피로스는 갈리아 군을 이끌고 안티고노스가 거느린 아르고스 성을 공격하다가 전사하였다. 리산드로스는 재물과 쾌락에 대해 깨끗한 성품을 지닌 인물이었는데 전사했으며, 마르켈루스는 한니발과 대항하다가 적의 복병에게 포위되어 전사했다.

3. 자살

데모스테네스는 적에게 쫓기다가 독약을 먹고 자살했으며, 테미스토클레스는 해전에 뛰어나 이순신에 비유되는데 스스로 목숨을 끊었다. 소 카토는 스스로 목숨을 끊어 생애를 마쳤고, 카이우스 그라쿠스는 로마의 정치인이며 뛰어난 웅변가였는데 자살했다. 마르쿠스 브루투스는 안토니우스와 옥타비아누스에게 져 스스로 목숨을 끊었고, 오토는 로마의 평화를 위해 자살했다.

4. 자연사

리쿠르고스는 자신이 평생을 통해 이룬 제도를 지속되도록 해놓고 평화롭게 생애를 마쳤다. 누마 폼필리우스는 팔십이 넘도록 살다가 조용히 숨을 거두었으며, 솔론은 시체를 화장하여 그 재를 살리마스 섬 주위에 뿌렸다는 이야기가 아리스토텔레스를 비롯한 많은 사람들의 기록에 전해지는 것으로 보아 자연사로 보인다. 포플리콜라는 자기 다음으로 집정관이 될 사람에게 나랏일을 맡긴 후 세상을 떠났으며, 카밀루스는 로마를 휩쓸었던 전염병에 걸려 사망했고, 페리클레스와 파비우스 막시무스도 자연사했다.

알키 티몰레온은 존경과 호의를 받으며 오래 살다가 가벼운 병에 걸려 죽었고, 아이밀리우스 파울루스 역시 평생을 가난하게 살다가 병을 얻어 자연사했다. 마르쿠스 카토는 전쟁을 시작한 뒤 오래지 않아 세상을 떠났다. 티투스 퀸티우스 플라미니우스는 한니발을 죽인 뒤 조용히 노후를 보내다가 자연사했고, 카이우스 마리우스는 일곱 번째 집정관이 되어 불과 17일 동안 그 자리에 있다가 자연사했는데, 그가 죽자 로마시는 온통 기쁨으로 들끓었다고 한다.

술라는 권력과 재물, 쾌락에 대한 욕구가 남달랐고, 죽는 순간까지 정치에서 손을 떼지 않고 살다가 자연사했다. 키몬은 전쟁에 나갔다가 이집트로 가던 배 위에서 사망했으며, 루쿨루스는 미트리다테스 때 화폐를 주조하여 '루쿨루스의 동전' 이라고 불렸는데 정신 이상으로 죽었다. 아게실라오스는 84세까지 장수를 누렸으며 이집트 원정에서 돌아오다가 자연사했고, 아르타크세르크세스(페르시아의 왕 아르타크세르크세스 1세 손자)는 94세까지 살면서 62년 동안 왕좌를 지키다 자연사했다.

5. 행방불명 및 기타

로물루스는 나이 54세 때, 왕위에 오른 지 38년 째 되던 해에 행방불명이 되었다. 퀴리누스 신이 되었다고 한다. 아리스티데스는 그에게 내려진 벌금 50미나를 갚을 돈이 없어 아테네를 떠났다가 이오니아 어느 곳에서 죽었다는 설은 있지만 분명하게 드러나지 않았다. 니키아스는 라쿠사 사람들의 명령에 의해 살해되었다는 설과 헤르모크라테스가 보낸 사형 선고를 읽고 나서 자살했다는 설이 있어 사인이 불분명하다.

이렇게 영웅들의 죽음을 분류해보면 여러 형태의 죽음이 나온다. 가장 많은 것이 반대파에게 피살되거나 암살된 경우로 18명, 자연사(병사) 17명, 자살 6명, 전사 4명, 행방불명 2명, 사망원인이 불분명한 경우가 1명이다. 의외로 전쟁터에서 죽은 사람이 많지 않다. 죽어서도 죽는 것 이상의 비참한 경우를 맞는 사람도 있었고, 죽어서도 많은 사람들이 참으로 아쉬워하고 안타까워하는 영웅도 있었다.

베이루비 포오튜즈 설교집에 "사람을 하나 죽이면 살인자이지만 수천 명을 죽이면 영웅이다."라고 했는데, 영웅의 삶은 언제나 죽음 가까이에 있었다. 본문 43장 데메트리오스 장에서 플라톤이 "영웅은 큰 죄와 큰 덕을 겸하고 있다."[68]고 한 말을 수긍하지 않을 수 없게 하는 죽음의 결과다.

영웅 48인의 죽음을 통계적으로 살펴보면 자연사를 제외한 죽음이 31명이나 되고 이 중 18명이 타살됐다. 가장 많았다. 영웅 48인의 37.8%이고 자연사를 제외한 영웅을 보면 58%가 된다. 여기에 행불이나 불분명한 사람 중에서도 타살 가능성이 있을 수 있으므로 60%을 육박하게 된다. 명예를 소중하게 생각하는 영웅들이 택한 자살도 영웅의 죽음으로 보면 12.5%이고 자연사를 제외한 영웅의 죽음으로 보면 20%에 가깝다.

전쟁터에서 전사한 영웅이 전체 영웅의 10%에 가깝고 자연사를 제외하면 12.9%에 이른다. 이런 결과는 앞절에서 밝힌 영웅의 삶과 직결된다. 즉, 실천하는 삶은 타살의 이유가 될 수 있었다. 아무것도 하지 않은 영웅이라면 타살될 이유가 없다. 공동체를 위한 삶을 산 영웅은 전사한 것이 대표적이지만 적에게 타살된 영웅 중에서도 공동체적 삶 때문에 죽음을 맞은 경

---

68) 앞의 책, II, 638쪽.

우가 많다. 에우메네스의 "남을 다스리려는 사람은 제 명에 죽지 못한다."[69] 는 말을 떠올리게 한다. 명예를 지키기 위해 6명의 영웅이 자살, 구차한 삶보다는 명예로운 죽음을 택했고 공동체를 위한다는 정신으로 택한 자살도 있었다.

V. 결론

본고는 『플루타르코스 영웅전 전집 Ⅰ,Ⅱ』를 읽고, 저자가 이 책을 쓴 동기와 목적, 영웅들의 삶, 영웅의 죽음을 살펴보자 하는 목적으로 쓴 것이다. 그 결과 다음과 같은 결론을 얻었다.

첫째, 플루타르코스는 가치 있는 행동을 보거나 역사에서 접했을 때, 자신의 행동 속에서 그것을 실천하려고 노력하게 되는데 그것을 자극하고자 하는 목적으로 이 책을 썼다. 전기를 쓰려는 데 목적이 있는 것이지 역사를 기록하려는 것은 아니었다. 따라서 일생을 그르친 사람의 이야기, 사사로운 이야기를 자세하게 쓴 것 등은 이런 일들이 공적인 어떤 위대한 업적보다 그것을 잘 드러내 준다고 생각했기 때문이었다.

둘째, 영웅들의 삶을 언행을 중심으로 살폈다. '언謇'은 영

---

69) 앞의 책, Ⅱ, 96쪽.

웅이 직접 남긴 말을 통해서, '행行'은 저자의 기록을 통한 것이었다. 언의 경우 필자에게 가장 큰 감명을 준 것, 행은 꼭 본받고 싶은 것을 주로 살펴 주관성이 강하다. 그럼에도 불구하고 48명, 영웅들의 삶은 크게 세 가지로 묶어낼 수 있었다. 그것은 첫째, 아는 것, 옳은 것의 실천, 둘째, 공동체를 삶의 중심에 둔 것, 셋째, 명예를 소중히 하는 삶이었다.

셋째, 영웅들의 죽음은 분석 대상 48명 중 가장 많은 것이 반대파에게 피살되거나 암살된 경우로 18명, 자연사(병사) 17명, 자살 6명, 전사 4명, 사망원인이 불분명한 경우가 1명, 행방불명 2명이었다. 영웅의 죽음은 그들의 삶과 직결된다. 영웅은 자기 삶의 목표에 맞는 죽음을 맞았다. 자연사를 제외하면 자기 삶의 목적을 달성하기 위한 죽음을 맞았다. 타살도 자살도 전사도 모두 공동체를 위한 것이었다는 것을 분명히 했다.

영웅은 국어사전에서 "지혜와 재능이 뛰어나고 용맹하여 보통 사람이 하기 어려운 일을 해내는 사람"으로 풀이한다. 그들의 삶은 아는 것과 옳은 것의 실천, 나보다 공동체, 명예를 소중하게 생각하는 삶이었다. 영웅의 죽음도 그들의 삶의 방향과 일치한다. 옳은 것을 실천하기 위하여, 공동체 삶을 위하여, 명예를 지키기 위하여 목숨을 바쳤다.

영웅의 삶과 죽음의 이야기가 고전으로 남아 후세의 인류에게 읽히고 있는 것은 인류가 그 영웅들의 삶을 본받아야 한다는 의식이 있기 때문이다. 모든 인류가 다 영웅이 될 수는 없지만 이 책이 많은 사람들이 영웅의 위대한 삶을 기리게 할 것은 분명하다. 영웅의 삶과 죽음에 관한 더욱 진전된 분석은 내 삶의 과제로 남는다.

참고자료

1. 플루타르코스 저, 이성규 옮김, 『플루타르코스 영웅전 전집 I』, 현대지성, 2018.(2판 4쇄).
2. 플루타르코스 저, 이성규 옮김, 『플루타르코스 영웅전 전집 II』, 현대지성, 2018.(2판 4쇄).

반려도서 갤러리

지은이 | 문무학

1판 1쇄 발행 | 2020년 9월 1일
1판 2쇄 발행 | 2021년 9월 1일

펴낸이 | 신중현
펴낸곳 | 도서출판 학이사
출판등록 | 제25100-2005-28호

　대구광역시 달서구 문화회관11안길 22-1(장동)
　전화_(053) 554-3431, 3432　팩시밀리_(053) 554-3433
　홈페이지_http://www.학이사.kr
　이메일_hes3431@naver.com

ISBN_979-11-5854-255-9　03810

이 도서의 국립중앙도서관 출판예정도서목록(CIP)은 e-CIP 홈페이지
(http://seoji.nl.go.kr)와 (http://www.nl.go.kr/kolisnet)에서 이용하실 수 있습
니다.(CIP제어번호: CIP2020035473)